WILLIAM FAULKNER

Palmeiras selvagens

Tradução
Newton Goldman
Rodrigo Lacerda

Copyright © 1939 by William Faulkner
Copyright renovado em 1966 em nome de Estelle Faulkner e Jill Faulkner Summers
Tradução publicada mediante acordo com a Random House Trade Publishing

*Grafia atualizada segundo o Acordo Ortográfico da Língua Portuguesa de 1990,
que entrou em vigor no Brasil em 2009.*

Título original
Wild Palms

Capa
Alceu Chiesorin Nunes

Imagem de capa (detalhe) e quarta capa
The Bay, de Helen Frankenthaler, 1963, acrílica sobre tela, 205,1 × 207,7 cm.
Instituto de Artes de Detroit, EUA. © Helen Frankenthaler Foundation, Inc./ AUTVIS,
Brasil, 2023. Reprodução de Bridgeman Images/ Easypix Brasil.

Foto do autor
Robert Capa/ International Center of Photography/ Magnum Photos/ Fotoarena

Revisão
Ana Maria Barbosa
Camila Saraiva

Dados Internacionais de Catalogação na Publicação (CIP)
(Câmara Brasileira do Livro, SP, Brasil)

Faulkner, William, 1897-1962
    Palmeiras selvagens / William Faulkner ; tradução Newton
Goldman e Rodrigo Lacerda. — 1ª ed. — São Paulo : Companhia
das Letras, 2024.

    Título original: Wild Palms.
    ISBN 978-85-359-3635-3

    1. Ficção norte-americana I. Título.

23-172118   CDD-813

Índice para catálogo sistemático:
1. Ficção : Literatura norte-americana   813

Cibele Maria Dias – Bibliotecária – CRB-8/9427

Todos os direitos desta edição reservados à
EDITORA SCHWARCZ S.A.
Rua Bandeira Paulista, 702, cj. 32
04532-002 — São Paulo — SP
Telefone: (11) 3707-3500
www.companhiadasletras.com.br
www.blogdacompanhia.com.br
facebook.com/companhiadasletras
instagram.com/companhiadasletras
twitter.com/cialetras

PALMEIRAS SELVAGENS

Palmeiras selvagens

A batida soou outra vez, ao mesmo tempo discreta e peremptória, enquanto o médico descia as escadas, o facho de luz da lanterna projetando-se à sua frente pela escada manchada de marrom, iluminando o lambri macho e fêmea, manchado de marrom, do vestíbulo. Era uma casa de praia, embora tivesse dois andares, iluminada por lampiões de querosene — ou por um lampião de querosene, que sua mulher tinha levado para cima quando subiram depois do jantar. E o médico usava um camisolão de dormir, não um pijama, pela mesma razão por que fumava cachimbo, coisa de que nunca conseguira e, sabia, nunca conseguiria gostar, entremeado aos charutos ocasionais que os pacientes lhe presenteavam entre um domingo e outro, quando fumava os três charutos que achava que podia comprar por conta própria, embora fosse proprietário da casa da praia e também da casa vizinha e da outra, a moradia com eletricidade e paredes revestidas de gesso, no povoado, a quatro milhas de distância. Porque ele agora estava com quarenta e oito anos e tinha dezesseis e dezoito e vinte na época em que seu pai lhe dizia (e ele acreditava) que cigarros e pijamas eram coisas de almofadinhas e mulheres.

Passava da meia-noite, mas não muito. Ele sabia disso, mesmo que não fosse pelo vento, pelo sabor e cheiro e sensação do vento, mesmo aqui atrás das portas e venezianas fechadas e trancadas. Porque havia nascido aqui, nesta costa, embora não nesta casa, mas na outra, a residência na cidade, e vivido aqui toda a sua vida, incluindo os quatro anos na Escola de Medicina da Universidade Estadual e os dois anos como interno em New Orleans onde (um homem gordo mesmo quando jovem, de mãos femininas, gordas e macias, que nunca deveria ter sido médico, que mesmo depois de seis anos mais ou menos cosmopolitas encarava com espanto provinciano e insular seus colegas e companheiros: os jovens magros se pavoneando nos jalecos de trabalho, nos quais — segundo ele — usavam as miríades de rostos anônimos das enfermeiras estagiárias com uma fanfarronice indômita e confiante como condecorações, como adereços florais) sentira tanta saudade do seu lar. Assim se formou, mais próximo dos últimos da classe do que dos primeiros, embora não se encaixando em nenhuma dessas categorias, e voltou para a família e no mesmo ano se casou com a mulher que o pai escolhera para ele e dentro de quatro anos se tornou proprietário da casa que o pai havia construído e herdou a clientela que o pai havia criado, nada perdendo dela, mas nada acrescentando também, e dentro de dez anos se tornou proprietário não só da casa da praia, onde ele e a esposa passavam seus verões sem crianças, mas da propriedade vizinha também, que alugava a veranistas ou mesmo a grupos — de piqueniqueiros ou pescadores. Na noite do casamento, ele e a esposa foram para New Orleans e passaram dois dias em um quarto de hotel, embora nunca tenham tido uma lua de mel. E embora tivessem dormido na mesma cama nos últimos vinte e três anos, ainda não tinham filhos.

Mas mesmo sem o vento ele ainda era capaz de dizer a hora aproximada pelo cheiro acre da sopa de quiabo, agora fria, na enorme panela de barro sobre o fogão apagado atrás da parede fina da cozinha — a grande panela que a esposa preparara aquela manhã para mandar um pouco a alguns vizinhos e aos locatários da casa ao lado: o homem e a mulher que havia quatro dias tinham alugado a casa e que provavelmente nem sabiam que os doadores da sopa não eram apenas vizinhos, mas seus senhorios também — a mulher de cabelos escuros, implacáveis e estranhos olhos amarelos, uma face cuja pele se tornava mais fina sobre as maçãs do rosto proeminentes e sobre o queixo pesado (que o doutor a princípio chamou de taciturno, mas depois chamou de amedrontado), jovem, que passava o dia inteiro sentada numa espreguiçadeira nova e barata de frente para o mar, metida em uma suéter gasta e um par de jeans desbotados e sapatos de lona, sem ler, sem fazer nada, somente sentada ali naquela completa imobilidade a ponto do médico (ou o médico no Médico) não necessitar da confirmação sobre a qualidade macilenta da pele e da inversa e oca fixidez dos olhos, aparentemente opacos, para reconhecer imediatamente — aquela completa abstração imóvel da qual até a dor e o terror estão ausentes, na qual uma criatura viva parece ouvir e até observar num de seus próprios órgãos debilitados, o coração, por exemplo, o secreto e irreparável correr do sangue; e o homem também jovem, metido num par de indecentes calções cáqui e uma camiseta de jérsei sem mangas, sem chapéu numa região onde até os jovens acreditavam que o sol de verão fosse fatal, geralmente visto caminhando descalço pela praia à beira d'água, voltando com um feixe de paus que encontrara boiando, amarrados com um cinto, passando pela mulher imóvel na espreguiçadeira sem que ela reagisse, fizesse um movimento com a cabeça ou talvez mesmo com os olhos.

Mas não era o coração, disse o médico a si mesmo. Ele chegara a essa conclusão no primeiro dia, do lugar de onde, sem querer ouvir o que não era da sua conta, observara a mulher através da cortina de moitas de espirradeiras que separava os dois terrenos. Porém a própria enunciação do que não era parecia ao médico conter o segredo, a resposta. Como se já vislumbrasse a verdade, a indefinida forma sombria da verdade, como se estivesse separado da verdade apenas por um véu, assim como estava separado da mulher viva pela cortina de folhas de espirradeira. Ele não estava ouvindo o que não era da sua conta, nem espionando; talvez pensasse, *Terei muito tempo para saber que órgão exatamente ela está escutando; eles pagaram o aluguel por duas semanas* (talvez, naquele momento, também o médico no Médico sabendo que não seriam necessárias semanas, mas apenas dias), pensando que se ela precisasse de ajuda seria uma sorte que ele, o senhorio, também fosse médico, até lhe ocorrer que como eles provavelmente nem soubessem que ele era o senhorio, provavelmente também não saberiam que era médico.

O corretor de imóveis lhe falara ao telefone sobre o aluguel da casa.

— Ela está de calças — disse. — Quero dizer, não essas calças de mulher, mas calças de homem mesmo! Quero dizer, são justas demais para ela bem naqueles lugares em que qualquer homem gostaria de vê-las justas, mas que nenhuma mulher gostaria, a não ser que as estivesse usando também. Para mim, d. Martha não vai gostar muito.

— Tudo estará bem para ela se pagarem o aluguel em dia — disse o médico.

— Não precisa se preocupar — retrucou o corretor. — Já providenciei. Não é à toa que estou neste negócio há tanto tempo. Eu falei logo: "Vai ter que ser adiantado", e ele disse: "Está bem. Está bem. Quanto?", como se fosse um Vanderbilt ou um graudão enfiado naquelas calças imundas de pescador, só de camiseta debaixo do paletó, sacando um punhado de notas e uma delas era só de dez e pela outra eu dei uma de dez de troco para ele e não havia mais que duas pra começar e eu disse: "É claro que se alugam a casa tal como está, só com os móveis que já estão nela, podem sair sem custo extra", ao que ele respondeu: "Está bem, está bem. Quanto?", e eu acho que podia ter pedido mais porque, se quer minha opinião, ele não está interessado em móveis, e sim em quatro paredes onde se enfiar e uma porta para fechar em seguida. Ela nem saiu do táxi. Ficou sentada, esperando, metida nas calças que eram justas demais para ela bem nos lugares certos. — A voz se calou; a cabeça do médico foi tomada pelo zumbido do telefone, pela crescente inflexão de um silêncio risonho, de maneira que retrucou, quase incisivo:

— Bem? Eles querem ou não querem outros móveis? Não há nada na casa, a não ser uma cama, e o colchão sobre ela não está...

— Não, não, eles não querem mais nada. Eu disse a ele que a casa tinha uma cama e um fogão, e eles trouxeram no táxi uma cadeira — uma dessas espreguiçadeiras de lona dobráveis, junto com a mala. Portanto, estão com tudo. — O riso silencioso voltou a encher a cabeça do médico outra vez.

— Bem? — disse o médico. — O que é? O que há com você? — embora já parecesse saber, antes de o outro falar, o que a voz responderia:

— Creio que d. Martha vai ter que engolir uma coisa mais difícil do que as calças da mulher. Não creio que eles sejam casados. Ah, ele diz que são e acho que não está mentindo em relação a ela e talvez nem esteja mentindo em relação a si mesmo. O problema é, eles não são casados um com o outro, ela não é casada com ele. Porque eu sei farejar um marido. Me mostre uma mulher que eu nunca tenha visto antes, seja nas ruas de Mobile ou de New Orleans, e eu sei farejar se...

Na mesma tarde ocuparam a casa, o casebre, que continha a cama cujas molas e colchão não estavam em bom estado, e o fogão com uma frigideira empelotada por gerações de peixes cozidos e a cafeteira e a parca coleção de diferentes colheres, garfos e facas de ferro, xícaras e pires rachados e copos que tinham sido comprados como recipientes de geleia e gelatina e a espreguiçadeira nova na qual a mulher passava o dia inteiro, aparentemente observando as copas das palmeiras se debatendo num selvagem e seco som amargo contra o brilho faiscante da água, enquanto o homem carregava lenha para a cozinha. Duas manhãs atrás, o caminhão de leite que fazia a rota da praia parou ali, e a esposa do médico viu o homem voltando pela praia, vindo do pequeno armazém de um ex-pescador português, carregando um pão e um volumoso saco de compras. E ela contou ao médico que observara o homem limpando (ou tentando limpar) uma sujeirada de peixe nos degraus da escada, contou ao médico com convicção amarga e insultada — uma mulher sem forma, porém ainda não gorda, de maneira nenhuma tão rechonchuda quanto o médico, que começara a ficar toda cinza uns dez anos atrás, como se tanto o cabelo quanto a pele estivessem sutilmente sendo alterados, ao mesmo tempo que a cor dos olhos, pelo colorido dos vestidos caseiros que ela aparentemente escolhia para combinar.

— E a sujeira que ele estava fazendo! — ela gritou. — Uma sujeira do lado de fora da cozinha e provavelmente uma sujeira no fogão também!

— Talvez ela saiba cozinhar — disse o médico, apaziguador.

— Onde, como? Sentada lá fora, no quintal? Com ele pondo lenha no fogão e tudo o mais para ela? — Mas nem isso era o verdadeiro ultraje, embora ela não o dissesse. Ela não disse: —

Eles não são casados — embora isto estivesse na mente de ambos. Os dois sabiam que, se isso fosse dito em voz alta entre eles, o médico expulsaria os locatários. No entanto, ambos se recusavam a dizê-lo e por outra razão além do fato de que ao expulsá--los sua consciência o obrigaria a devolver o dinheiro do aluguel; outra razão pelo menos de sua parte, que pensava *Eles só tinham vinte dólares e isso três dias atrás. E alguma coisa não vai bem com ela*, o médico agora falando mais alto do que o protestante provinciano, o batista nato. E alguma coisa (talvez aqui também o médico) falava mais alto que a batista provinciana nela também, porque essa manhã acordara o médico chamando-o da janela onde estava, disforme dentro da camisola de algodão feito uma mortalha, com o cabelo grisalho enrolado em papelotes, para lhe mostrar o homem vindo da praia ao raiar do dia com seu feixe de lenha atado por um cinto. E quando ele (o médico) chegou em casa ao meio-dia, ela já tinha preparado o gumbo,* uma quantidade enorme, o suficiente para uma dúzia de pessoas, com a turva diligência samaritana das mulheres boas, como se tivesse um prazer turvo e vingativo e masoquista no fato de que a obra samaritana deveria ser executada apesar dos restos que ficariam invencíveis e inesgotáveis no fogão, enquanto os dias se acumulavam e passavam, para ser esquentada e requentada de novo até ser consumida por duas pessoas que nem gostavam de sopa, que nascidos e criados diante do mar tinham, em relação aos peixes, uma predileção pelo atum, o salmão, as sardinhas em lata, imoladas e embalsamadas a três mil milhas de distância no óleo das máquinas e do comércio.

Ele próprio levou a vasilha — um homem baixo, gorducho e desarrumado, as roupas íntimas não muito limpas, deslizando

---

* Sopa engrossada com quiabo, normalmente contendo vegetais e carne ou frutos do mar; receita típica da cozinha creole, de New Orleans. (N. T.)

desajeitado pela sebe de espirradeiras com a vasilha coberta por um ainda vincado (e ainda nem lavado, era novo) guardanapo de linho, dando um ar de acanhada bondade até no símbolo do inflexível ato cristão que desempenhava, não com sinceridade ou piedade, mas sim por dever — e a estendeu na direção dela (a mulher não tinha se levantado da cadeira, nem se mexido, a não ser pelos duros olhos de gato) como se a vasilha contivesse nitroglicerina, a máscara gorducha ainda por barbear sorrindo tolamente, mas atrás da máscara os olhos perspicazes do médico dentro do Médico, não deixando passar nada, examinando sem sorrir e sem timidez o rosto da mulher que não era magro, e sim macerado, pensando *Sim. Trinta e oito, trinta e nove. Talvez quarenta.* Mas *não o coração*, então acordando, agitando-se, para encontrar os opacos olhos ferais encarando-o, a quem ele sabia mal tinham visto antes, com profundo e ilimitado ódio. Era bem impessoal, como quando a pessoa na qual já existe alegria olha para um poste ou para uma árvore com prazer e felicidade. Ele (o médico) não era vaidoso; o ódio não lhe era dirigido. *É por toda a raça humana*, pensou. *Ou não, não. Espere.* *Espere* — o véu estava por se dilacerar, a engrenagem da dedução por funcionar — *Não a toda a raça humana, e sim a raça dos homens, a masculina. Mas por quê? Por quê?* Sua esposa teria notado a leve marca da ausência da aliança de casamento, mas ele, o médico, viu mais do que isto: *Ela teve filhos*, pensou. *Um, pelo menos. Nisto aposto meu diploma. E se Cofer* (era o corretor) *tem razão em dizer que ele não é o marido — e deve ter, deve ser capaz de saber, farejar, como diz, uma vez que aparentemente está no ramo de aluguel de casas de praia pela mesma razão ou seguindo a mesma compulsão, necessidade substituta, que leva algumas pessoas nas cidades a montar e fornecer quartos para nomes clandestinos e fictícios… Digamos que ela tenha acabado odiando a raça dos homens o suficiente para abandonar o marido e os filhos; muito bem. Porém, ter feito isso não só por outro homem, mas para viver em aparente penúria, e estando doente, muito doente. Ou ter abandonado marido e filhos por outro homem e pela pobreza e depois ter que — ter que — que...* Ele podia sentir, ouvir: as engrenagens, tilintando, aceleradas; sentiu a necessidade de uma pressa terrível para não perder o compasso, uma premonição de que a última peça estava por se encaixar e o sino da compreensão soaria e ele não estaria suficientemente perto para ver e ouvir: *Sim, sim. O que é que o homem como gênero pode ter-lhe feito que a faça olhar para mim, que nada mais sou do que um mero exemplar da raça, a quem nunca viu antes e a quem não olharia duas vezes se tivesse visto, com o mesmo ódio que ele tem que suportar cada vez que vem da praia com uma braçada de lenha para cozinhar a própria comida que ela come?*

Ela nem se ofereceu para apanhar a vasilha. — Não é bem sopa, é gumbo — disse ele. — Minha mulher que fez. Ela... nós... — Ela não se mexeu, olhando-o enquanto ele se inclinava obesamente com sua roupa amarrotada por cima da cuidadosa bandeja; nem sequer ouviu o homem até que ela falou com ele.

— Obrigada — ela disse. — Leve para dentro, Harry. — Agora já nem olhava para o médico. — Agradeça a sua esposa — disse.

Ele ia pensando nos dois inquilinos enquanto descia a escada seguindo a espasmódica linha de luz, mergulhando no azedo aroma de gumbo no vestíbulo, em direção à porta, às batidas. Não era por nenhum pressentimento ou premonição de que as batidas fossem desferidas pelo homem chamado Harry. Era porque ele não pensava em outra coisa havia quatro dias — este rabugento homem de meia-idade, metido numa arcaica roupa de dormir que atualmente se tornara um dos baluartes nacionais da comédia pastelão, arrancado do sono na cama azeda ao lado da mulher sem filhos e já pensando no (talvez tendo sonhado com) profundo e distraído fulgor do ódio generalizado nos olhos da forasteira; e ele novamente com aquela sensação de iminência, de estar pouco antes de um véu, de caminhar às escuras sem o véu a ponto de quase tocar, mas sem fazê-lo, de quase ver, mas não o suficiente, a forma da verdade, de maneira que sem se dar conta parou nas escadas, calçado nos antiquados chinelos de listras, pensando com rapidez: *Sim. Sim. Algo que toda a raça dos homens, os machos, lhe fizeram ou ela acredita que tenham feito.*

A batida soou novamente, como se quem batia houvesse percebido que ele parara por alguma alteração no facho de luz visto por baixo da porta, e agora recomeçasse a bater com aquela insistência hesitante dos estranhos que procuram socorro tarde da noite, e o médico caminhou novamente, não em resposta às batidas renovadas, as quais nem pressentira, mas como se o recomeço das batidas tivesse meramente coincidido com o periódico, acre e antigo impasse dos quatro dias de estupefação e tateamento, capitulando e recapitulando; como se o instinto talvez o impulsionasse outra vez, o corpo sendo capaz de se mover e não o intelecto, acreditando que o avanço físico poderia levá-lo para mais perto do véu, no momento em que este se abrisse e revelasse, num inviolável isolamento, aquela verdade que ele quase tocava. Portanto, foi sem premonição que ele abriu a porta e olhou para fora, iluminando com a luz da tocha o rosto do visitante. Era o homem chamado Harry. Estava parado no escuro, sob o forte e contínuo vento do mar acompanhado pelo seco estalar das invisíveis copas das palmeiras, como o médico sempre o vira, as calças manchadas e a camiseta sem mangas, murmurando as cortesias convencionais a respeito da hora e das necessidades, pedindo para usar o telefone enquanto o médico, seu camisolão ondeando em torno das flácidas canelas, examinava o visitante, pensando num feroz impulso de triunfo: *Agora vou descobrir o*

16

que é. — Sim — disse ele —, você não vai precisar de telefone. Eu sou médico.

— Ah — disse o outro. — Pode vir imediatamente?

— Sim. Deixe-me enfiar as calças. O que ela tem? Para eu saber o que preciso levar.

Por um instante o outro hesitou; o que também era familiar ao médico, pois já passara por isso antes e acreditava saber sua origem: aquele instinto inato e inextirpável da humanidade em tentar esconder uma parte da verdade até de um médico ou de um advogado por cuja experiência e conhecimento estão pagando. — Ela está sangrando — disse ele. — Quanto o senhor vai cobrar...

Mas o médico não deu atenção a isso. Falava consigo mesmo: *Ah! Sim. Por que eu não... Os pulmões, é claro. Por que não pensei nisso?* — Sim — disse. — Quer me esperar aí? Ou talvez aqui dentro? Só preciso de um minuto.

— Espero aqui — disse o outro. Mas o médico não ouviu isso também. Já estava correndo escada acima; entrou no quarto onde a esposa se levantou apoiando um cotovelo na cama e o observou lutando com as calças, a sombra dele, projetada pelo lampião na mesa de cabeceira ao lado da cama, grotesca na parede, a sombra dela também monstruosa, gorgônea por causa dos rolinhos de cabelos cinzentos em rijos papelotes sobre o rosto cinzento sobre a camisola de colo alto que também parecia cinzenta, como se cada roupa que ela possuía tivesse adquirido aquela triste cor férrea da sua implacável e invencível moralidade que, o médico viria a saber mais tarde, era quase onisciente.

— Sim — disse ele —, sangrando. Provavelmente uma hemorragia. Pulmões. E por que cargas-d'água eu não pensei...

— Mais provável que ele a tenha cortado ou atirado nela — disse a esposa com uma voz fria, baixa e amarga. — Se bem que pela expressão nos olhos da mulher, quando a vi de perto, eu teria dito que ela é que cortaria ou atiraria em alguém. — Bobagem — ele disse, corcovando-se nos suspensórios. — Bobagem. — Porque ele também não estava falando com ela agora. — Sim. O idiota. Trazê-la aqui, logo para este lugar. Para o nível do mar. Para a costa do Mississippi. — Quer que eu apague a luz? — Sim. Você talvez demore por lá, se vai esperar até que lhe paguem. — Ele soprou o lampião e desceu as escadas de novo, atrás da lanterna. A maleta preta estava pousada na mesa do vestíbulo ao lado do chapéu. O homem chamado Harry ainda estava parado junto à porta de entrada. — Talvez o senhor devesse pegar isto já — disse ele. — O quê? — perguntou o médico. Ele fez uma pausa, olhando para baixo, trazendo a lanterna para iluminar uma única nota que a mão do homem lhe estendia. *Mesmo que ele não tenha gastado nada, deve estar com apenas quinze dólares agora*, pensou o médico. — Não, depois — disse. — Talvez seja melhor nos apressarmos. — O médico se precipitou para fora, seguindo o facho de luz dançante, correndo a passos miúdos enquanto o outro andava, atravessando o próprio quintal meio protegido e a cerca divisória de espirradeira até receber em cheio o desimpedido vento marinho, que açoitava por entre as palmeiras não distinguíveis e sibilava na áspera grama salgada do terreno vazio do lado; agora ele podia divisar uma tênue luz na outra casa. — Sangrando, é? — disse. O tempo estava encoberto: o vento invisível soprava forte e constante entre as palmeiras invisíveis, vindo do mar invisível — um som áspero e contínuo, cheio do murmúrio da arrebentação sobre a barreira de ilhas distantes, as restingas e dunas defendidas por raquíticos pinheiros estremecidos. — Hemorragia? — O quê? — disse o outro. — Hemorragia?

— Não? — disse o médico. — Ela então só está tossindo um pouco de sangue? Só cuspindo um pouco de sangue quando tosse, é?

— Cuspindo? — disse o outro. Era o tom, não as palavras. Não era dirigido ao médico e estava além do riso, como se aquilo a que era dirigido fosse impenetrável ao riso; não foi o médico quem interrompeu o passo; o médico continuava correndo sobre as pernas curtas e sedentárias atrás do sacolejante facho da lanterna, em direção à fraca luz que os aguardava; foi o batista, o provinciano, que pareceu parar enquanto o homem, não o médico agora, pensava, não chocado mas numa espécie de desacorçoado espanto: *Será que vou viver a vida inteira atrás de uma barricada de perene inocência como uma galinha num galinheiro?* Falou alto com cuidado; o véu ia desaparecendo agora, dissolvendo-se agora, estava prestes a se abrir agora e agora ele não queria ver o que estava do outro lado; sabia que não ousava fazê-lo por causa de sua paz de espírito dali em diante e para sempre, sabia que agora era tarde demais e que não podia evitar; ouviu a própria voz fazer a pergunta que não queria fazer e obter a resposta que não queria ouvir:

— Você disse que ela está sangrando? Onde ela está sangrando?

— Onde as mulheres sangram? — disse, gritou, o outro, numa voz rude e exasperada, sem parar. — Não sou médico. Se fosse, acha que iria desperdiçar cinco dólares com o senhor?

O médico também não ouviu isso. — Ah — disse. — Sim. Entendo. Sim. — Agora ele parou. Sem consciência de que o movimento cessara, uma vez que o contínuo vento escuro ainda o açoitava. *Porque estou na idade errada para esse tipo de coisa,* pensou. *Se eu tivesse vinte e cinco anos poderia dizer, Graças a Deus não sou ele porque eu saberia que só teria escapado hoje por sorte e que talvez amanhã ou no próximo ano fosse eu, de forma*

19

que não preciso invejá-lo. E se eu tivesse sessenta e cinco anos poderia dizer, Graças a Deus não sou ele porque então eu saberia que estava velho demais para isto ser possível, de forma que em nada me adiantaria invejá-lo, porque ele tem prova no corpo do amor e da paixão e da vida, de que não está morto. Mas agora estou com quarenta e oito anos e não pensei que merecesse isso.

— Espere — ele disse —, espere. — O outro parou; os dois ficaram frente a frente, inclinando-se um pouco no vento escuro permeado pelo ruído selvagem e seco das palmeiras.

— Eu lhe ofereci pagamento — disse o outro. — Cinco não chegam? Se não chegam, o senhor poderia me dar o nome de alguém que viesse por este preço e me deixaria usar seu telefone?

— Espere — disse o médico. *Então Cofer tinha razão*, pensou. *Vocês não são casados. Mas por que precisava me contar?* Ele não disse isso, é claro, disse: — Você não está... você não é... o que você é?

O outro, mais alto, inclinado no vento forte, olhou de cima para o médico com aquela impaciência, aquele fervilhante autocontrole. No vento negro, a casa, a cabana, era invisível, a tênue luz moldada não por uma porta ou janela, mas sim por uma faixa desolada de fazenda desbotada, rigidamente imóvel ao vento. — Como, o que eu sou? — disse. — Estou tentando ser pintor. É isso que quer saber?

— Pintor? Mas já não há prédio algum, expansão ou progresso por aqui. Isso acabou nove anos atrás. Quer dizer que veio para cá sem nenhuma oferta de emprego, nenhum contrato?

— Eu pinto quadros — disse o outro. — Pelo menos acho que pinto. Posso ou não usar seu telefone?

— Você pinta quadros — disse o médico, naquele tom de surpresa tranquila que trinta minutos depois e amanhã e amanhã oscilaria entre o ultraje e a raiva e o desespero. — Bem, provavelmente ela ainda está sangrando. Vamos. — Os dois continuaram. Ele entrou na casa primeiro; mesmo naquele momento percebeu que havia precedido o outro, não como um hóspede, nem como um proprietário, mas porque acreditava agora que somente ele, entre os dois, tinha qualquer direito de entrar enquanto a mulher estivesse ali. O vento agora não os envolvia. Somente se apoiava, negro, imponderável e firme, contra a porta que o homem chamado Harry havia fechado atrás deles: e imediatamente o médico aspirou o cheiro do gumbo azedo e frio. Sabia até onde encontrá-lo; quase podia vê-lo intacto (*Eles nem provaram*, pensou. *Mas por que deveriam? Em nome de Deus, por que deveriam?*) sobre o fogão frio, já que conhecia bem a cozinha — o fogão quebrado, as vasilhas sobressalentes da cozinha, a parca coleção de facas, garfos e colheres quebrados, os recipientes de beber que um dia contiveram, ostensivamente etiquetadas e feitas a máquina, conservas e geleias. Ele conhecia toda a casa muito bem, ela lhe pertencia, ele a havia construído — as paredes finas (não eram sequer de madeira macho e fêmea como na casa em que vivia, mas de tábuas corridas, cujos engates sintéticos, envelhecidos e deformados pelo úmido ar salgado, vazavam toda a intimidade, como acontece com meias e calças rasgadas) murmurantes com os fantasmas de mil dias e noites de aluguel a que ele (embora não sua esposa) havia fechado os olhos, insistindo somente para que sempre houvesse um número ímpar em qualquer grupo misto que passasse a noite no lugar, a não ser que o casal fosse de estranhos que anunciassem formalmente ser marido e mulher, como agora, embora ele não se enganasse e soubesse que sua esposa não se enganava. Por isso o sentimento, essa raiva e ultraje que alternaria com o desespero amanhã e amanhã: *Por que você precisou me contar?*, pensou. *Os outros não me contaram, não me perturbaram, não trouxeram para cá o que você trouxe, embora eu não saiba o que podem ter levado.*

Imediatamente viu a fraca luz de um lampião além da porta aberta. Mas ele teria sabido a porta certa mesmo que não houvesse luz para orientá-lo, a porta além da qual estaria a cama, a cama na qual sua esposa dissera que não pediria a uma empregada negra que dormisse; ele podia ouvir o outro atrás de si e percebeu pela primeira vez que o homem chamado Harry ainda estava descalço e que estava prestes a ultrapassá-lo e entrar no quarto em primeiro lugar, pensando (o médico) em como ele, que realmente entre os dois era quem tinha uma pequena parcela de direito de entrar, devia ceder, sentindo uma enorme vontade de rir ao pensar: *Sabe, não conheço a etiqueta nestes casos, pois, quando era jovem e vivia nas cidades, onde aparentemente essas coisas acontecem, acho que eu tinha medo, medo demais, e* se deteve porque o outro parou: de forma que pareceu ao médico, num contínuo olhar silente, que ele nunca chegaria a saber que era autêntica clarividência, que ambos se detiveram como que para deixar o fantasma, a sombra, do ultrajado e ausente marido legítimo precedê-los. Foi um ruído de dentro do próprio quarto que os colocou em movimento — o som de uma garrafa de encontro a um copo.

— Um momento — disse o homem chamado Harry. Ele entrou no quarto rapidamente; o médico viu, atirados sobre a espreguiçadeira, os jeans desbotados que eram justos demais para ela exatamente nos lugares certos. Mas ele não se mexeu. Apenas ouviu o rápido caminhar dos pés descalços do homem sobre o assoalho e em seguida sua voz, tensa, baixa, sussurrada, muito suave: de modo que imediatamente o doutor pensou saber por que não havia dor nem pânico no rosto da mulher: o homem carregava também esse fardo, como carregava a lenha e (sem dúvida) cozinhava com ela a comida que ela comia. — Não, Charlotte — disse ele. — Você não deve. Não pode. Volte para a cama agora.

— Por que não posso? — disse a voz da mulher. — Por que diabos não posso? — E agora o médico podia ouvi-los brigando. — Me solte, seu chato moleirão — (foi "rato" a palavra que o médico pensou ouvir). — Você prometeu, rato. Foi tudo o que pedi e você prometeu. Porque ouça, rato... — o médico podia ouvir, a voz melíflua, secreta agora: — Não foi ele, sabe. Não aquele paspalhão do Wilbourne. Eu fui uma rata com ele, como fui com você. Foi o outro. De qualquer maneira, você não pode. Vou reivindicar meu rabo como costumavam reivindicar as barrigas e ninguém nunca sabe a verdade sobre uma puta para condenar alguém... — O médico podia ouvi-los, os dois pares de pés descalços, como se estivessem dançando furiosos e infinitesimais e sem sapatos. Então esse barulho parou e a voz não era melíflua, nem secreta. *Mas onde está o desespero?*, pensou o médico. *Onde está o terror?* — Meu Deus, lá fui eu outra vez. Harry! Harry! Você prometeu.

— Peguei você. Está tudo bem. Volte para a cama.

— Me dê uma bebida.

— Não. Já disse que chega. E já disse por que não. Está doendo muito agora?

— Meu Deus, sei lá. Não sei dizer. Me dê a bebida, Harry. Talvez faça começar outra vez.

— Não. Agora não pode. Tarde demais para isso também. Além do mais, o médico agora está aqui. Ele vai fazer recomeçar. Vou lhe pôr a camisola para que ele possa entrar.

— E correr o risco de ensanguentar a única camisola que eu jamais tive?

— É por isso. Por isso mesmo temos a camisola. Talvez só esteja faltando isso para recomeçar. Vamos.

— Então para que o médico? Para que os cinco dólares? Ah, seu desastrado de uma figa... Não, não, não, não. Depressa. Lá vou eu de novo. Faça eu parar, depressa. Está doendo. Não posso evitar. Ah, sangue maldito sangue... — ela começou a rir; um riso duro e não alto, parecido com ânsia de vômito ou tosse. — Pronto! É isso. Como nos dados. Dá sete. Dá onze. Talvez se eu puder continuar contando... — Ele (o médico) podia ouvi-los, os dois pares de pés descalços no assoalho, depois o queixume enferrujado das molas da cama, a mulher ainda rindo, não alto, apenas com aquele desespero abstrato e furioso que ele percebera ao meio-dia nos seus olhos diante da vasilha de gumbo. Ele ficou imóvel, segurando a útil maleta preta de couro gasto, olhando para os jeans desbotados entre a confusa montoeira de outras roupas sobre a espreguiçadeira; viu o homem chamado Harry reaparecer e selecionar entre elas uma camisola e desaparecer novamente. O médico olhou para a espreguiçadeira. *Sim*, pensou ele. *Exatamente como a lenha.* O homem chamado Harry estava parado na porta.

— Pode entrar agora — disse ele.

O velho*

Uma vez (no Mississippi, em maio, no ano da enchente de 1927) havia dois condenados. Um deles tinha perto de vinte e cinco anos, alto, magro, sem barriga, o rosto queimado de sol, cabelo preto de índio e pálidos olhos ultrajados cor de porcelana — um ultraje que não era dirigido aos homens que lhe haviam frustrado o crime, nem mesmo aos advogados e juízes que o haviam mandado para cá, mas aos escritores, os nomes incorpóreos ligados às histórias, aos folhetins — os Diamond Dicks e Jesse Jameses e companhia — que ele acreditava o tinham levado à sua atual condição, devido à ignorância e credulidade com relação ao meio em que trabalhavam e do qual recebiam dinheiro, aceitando a informação sobre a qual colocavam o selo da verossimilhança e autenticidade (fato em si muito mais criminoso, uma vez que não anexava garantia legal juramentada e assim mais rapidamente fazia a informação ser aceita por alguém que acredi-

---

* No Sul dos EUA, é costume referir-se ao rio Mississippi como "The Old Man", ou seja, "O Velho". (N. T.)

tasse, sem cobrar, pedir ou esperar qualquer certificado, na mútua boa-fé que estendia juntamente com os dez ou quinze centavos para pagar pela informação) e que vendiam a varejo e à primeira tentativa de colocá-la em prática mostrava-se inoperante e (para o condenado) criminosamente falsa; havia momentos em que ele freava a mula e o arado em pleno sulco (não existe penitenciária com muros no Mississippi; é uma plantação de algodão cuidada por condenados sob as espingardas e as carabinas dos guardas e administradores) e meditava com certa impotência raivosa, remexendo o lixo que lhe havia deixado sua única e exclusiva experiência com os tribunais e a lei, remexendo até que o jargão verboso e sem sentido finalmente tomasse forma (ele próprio procurando justiça na mesma fonte cega onde encontrara justiça e sendo rechaçado e derrubado): Usando os correios para fraudar: ele que sentia ter sido fraudado pelo sistema de correios de terceira classe, não por obra do grosseiro e estúpido dinheiro que de qualquer maneira não desejava tanto, mas sim pela liberdade e pela honra e pelo orgulho.

Fora condenado a quinze anos (chegara pouco depois do seu décimo nono aniversário) por tentativa de assalto a um trem. Havia traçado os planos com antecedência, seguindo a sua fonte escrita (e falsa) ao pé da letra; colecionara os folhetins durante dois anos, lendo-os e relendo-os, decorando-os, comparando e pesando história e método contra história e método, tirando o melhor de cada um e descartando o refugo à medida que o plano de trabalho surgia, mantendo a mente aberta para fazer sutis mudanças de última hora, sem pressa ou impaciência, à medida que surgiam os novos fascículos nos dias marcados, da mesma maneira que uma costureira conscienciosa faz sutis alterações num traje de apresentação palaciana de acordo com a publicação de novos figurinos. E, quando chegou o dia, ele não teve nem oportunidade de vascular os vagões e coletar os relógios e os anéis,

26

os broches e os cinturões com dinheiro escondidos, pois foi capturado assim que entrou no vagão do expresso onde estavam o cofre e o ouro. Não atirou em ninguém porque o revólver que lhe arrancaram da mão não era desse tipo, embora estivesse carregado; mais tarde ele confessou ao promotor público que adquirira o revólver, assim como a lanterna escura onde ardia uma vela e o lenço negro para cobrir o rosto, empurrando aos vizinhos montanheses assinaturas da *Gazeta do Detetive*. Agora, portanto, de tempos em tempos (pois era o que não lhe faltava) ele cismava com aquela irada impotência, porque havia algo mais que não pudera lhes dizer durante o julgamento, não soubera como lhes dizer. Não era o dinheiro que ele havia querido. Não eram as riquezas, o grosseiro saque; isto seria apenas um adorno para ser usado sobre o peito do seu orgulho como a medalha do corredor das Olimpíadas — um símbolo, uma insígnia para mostrar que também ele era o melhor no esporte escolhido no seu vivo e fluido mundo contemporâneo. De forma que, às vezes, enquanto caminhava sobre a terra negra que se abria atrás do arado, ou com um ancinho espaçava os brotos de algodão e milho, ou repousava as costas cansadas na cama de campanha após o jantar, maldizia, num áspero e duro jorro contínuo, não aos homens de carne e osso que o haviam colocado onde ele se encontrava, mas sim aos que nem supunha serem pseudônimos, nem supunha serem não homens de verdade, e sim meras designações de sombras que haviam escrito sobre sombras.

O outro condenado era baixo e gordo. Quase sem cabelo, bastante branco de pele. Parecia uma coisa exposta à luz quando se remexe em lenhas ou tábuas podres, e ele também trazia (embora não nos olhos como o primeiro condenado) uma sensação de ultraje aceso e impotente. Como isso não era visível ninguém suspeitava que existisse. Mas também ninguém sabia muita coisa a seu respeito, inclusive as pessoas que o tinham mandado para cá. Seu ultraje era dirigido não à palavra impressa, mas ao fato paradoxal de que fora forçado a vir para cá por sua livre e espontânea vontade. Fora obrigado a escolher entre a fazenda penal do estado do Mississippi e a Penitenciária Federal de Atlanta, e o fato de ele, que parecia uma lesma pálida e sem cabelo, ter escolhido o ar livre e o sol era apenas outra manifestação do bem guardado e solitário enigma de seu caráter, como algo reconhecível que se mostra momentaneamente debaixo da água estagnada e opaca para em seguida afundar outra vez. Nenhum dos companheiros de prisão sabia qual fora o seu crime, mas sabiam que estava condenado a cento e noventa e nove anos — este período incrível e impossível de punição ou restrição contendo em si uma qualidade malévola e fabulosa que demonstrava ser a razão pela qual ele estava aqui de tal monta que os próprios homens, os paladinos e os guardiões da justiça e da equidade que o enviaram para cá, se converteram ao julgá-lo em cegos apóstolos, não só da mera justiça, mas de toda a decência humana, instrumentos cegos não da equidade, mas de todo o ultraje e vingança humana, agindo em concerto pessoal e selvagem, juiz, advogado e júri que certamente ab-rogavam a justiça e possivelmente até a lei. Talvez só as procuradorias federal e estadual soubessem a verdadeira natureza do seu crime. Havia uma mulher na história e um carro roubado que atravessara a fronteira estadual, o assalto a um posto de gasolina e um atendente morto a tiros. Havia outro homem no carro aquele dia e bastava olhar uma só vez para o condenado (como fizeram os dois promotores) para saber que nem com a coragem sintética do álcool ele seria capaz de apertar o gatilho contra alguém. Mas ele e a mulher e o carro roubado tinham sido capturados, enquanto o outro homem, sem dúvida o verdadeiro assassino, havia fugido, de modo que, encurralado por fim no escritório do promotor estadual, acossado, desgrenhado e rosnando diante dos dois duramente implacáveis e impiedosamente satisfeitos promotores, e a agora furiosa mulher estando presa por dois policiais na antessala de trás, ele teve que fazer a escolha. Podia ser julgado no Tribunal Federal à luz do Mann Act* e pelo furto do automóvel, isto é, escolhendo passar pela antessala onde a mulher deblaterava ele podia se arriscar a ser julgado pelo crime menor no Tribunal Federal, ou, aceitando a sentença de homicídio no Tribunal Estadual, poderia sair da sala pelos fundos, sem ter que passar diante da mulher. Ele escolheu; enfrentou a corte local e ouviu o juiz (que o encarava com desprezo como se o promotor público tivesse virado com a ponta do pé uma tábua podre, expondo-o ao mundo) sentenciá-lo a cento e noventa e nove anos na Fazenda Presidiária Estadual. Assim (tinha tempo de sobra também; tentaram ensiná-lo a arar a terra e falharam; colocaram-no na oficina de ferreiro e o próprio chefe de área pediu para que fosse removido: de forma que agora, num comprido avental de mulher, ele cozinhava e varria e espanava os alojamentos dos guardas), ele também ficava a cismar às vezes com aquela sensação de impotência e ultraje, embora isso não fosse aparente nele como era no primeiro condenado, pois não se apoiava sobre a vassoura para fazê-lo, de modo que ninguém sabia de sua existência.

Foi esse segundo condenado que, no final de abril, começou a ler em voz alta para os outros os jornais diários quando, acorrentados pelos calcanhares e pastoreados pelos guardas, eles voltavam do campo e jantavam e se reuniam nas barracas. Era um jornal de Memphis que os guardas haviam lido no café da manhã; o condenado leu em voz alta para seus companheiros

---

* Lei promulgada em 1910 que proibia a chamada escravidão branca, ou seja, o trabalho forçado de mulheres brancas em casas de prostituição. Também bania o transporte interestadual de mulheres com propósitos imorais. Por extensão, veio a regular o conjunto do transporte e do comércio entre os estados. (N. T.)

que pouco interesse tinham pelas notícias do mundo exterior, alguns dos quais eram incapazes de ler e nem sabiam onde ficavam as bacias fluviais de Ohio e do Missouri, alguns nem tinham visto o rio Mississippi, embora em outros tempos, que variavam entre uns poucos dias e dez, vinte e trinta anos (e em épocas futuras que iam de alguns meses para toda a vida), eles tivessem arado e plantado e comido e dormido à sombra do próprio dique, sabendo apenas que existia água do outro lado, por ouvir isso dos outros, e porque de vez em quando ouviam os apitos dos navios ao longe e, durante a última semana, tinham visto as chaminés e as casas dos pilotos movendo-se contra o céu a sessenta pés de altura sobre suas cabeças.

Mas mesmo assim o escutavam, e logo mesmo aqueles que, como o condenado mais alto, provavelmente nunca tinham visto mais água junta do que num bebedouro de cavalos, sabiam o que trinta pés de calado em Cairo ou Memphis significavam e podiam falar (e falaram) correntemente sobre bancos de areia. Talvez o que realmente os interessasse fossem os relatos das turmas de prisioneiros, brancos e negros misturados, trabalhando em dois turnos contra a contínua maré crescente; histórias sobre homens, ainda que negros, sendo forçados como eles a fazer um trabalho pelo qual não recebiam outro pagamento senão a péssima comida e um lugar numa tenda de chão de barro para dormir — histórias, retratos, que emergiam da voz do condenado mais baixo: os brancos respingados de lama com suas inevitáveis carabinas, negros em fila como formigas carregando sacos de areia, escorregando e escalando a íngreme parede do dique para jogar a fútil carga nas faces da inundação, e voltar outra vez. Ou talvez fosse mais do que isso. Talvez observassem a aproximação do desastre com aquela mesma incrédula e espantosa esperança com que os escravos — os leões e ursos e elefantes, os cavalariços e os domésticos e os pasteleiros — observaram as crescentes chamas de Roma dos jardins de Ahenobarbus.* Mas eles ouviram, e logo o mês de maio chegou e o jornal dos administradores deu para falar em manchetes de duas polegadas de altura — aqueles rasgos de tinta negra que aparentemente até os analfabetos poderiam ler: A ONDA PASSA POR MEMPHIS À MEIA-NOITE. QUATRO MIL DESABRIGADOS NA BACIA DO RIO BRANCO. O GOVERNADOR REQUISITA A GUARDA NACIONAL. LEI MARCIAL DECRETADA NOS SEGUINTES CONDADOS. TREM DA CRUZ VERMELHA PARTE HOJE DE WASHINGTON COM SECRETÁRIO HOOVER; então, três noites mais tarde (chovera todo o dia — não aquelas breves e vívidas chuvaradas com trovões de abril e maio, mas sim a lenta e contínua chuva cinza de novembro e dezembro antes das frias rajadas de vento do norte. Os homens não tinham sequer ido para o campo durante o dia, e até o otimismo de segunda mão das notícias quase vinte e quatro horas atrasadas parecia conter sua própria refutação): A ONDA AGORA ESTÁ SOB MEMPHIS. VINTE E DOIS MIL REFUGIADOS A SALVO EM VICKSBURG. OS ENGENHEIROS DO EXÉRCITO AFIRMAM QUE OS DIQUES AGUENTARÃO.

— Isto quer dizer que vão arrebentar hoje à noite — comentou um dos condenados.

— Bem, talvez as chuvas durem até as águas chegarem aqui — disse outro. Todos concordaram com isso porque o que queriam dizer, o pensamento vivo não enunciado entre eles, era que se o tempo melhorasse, mesmo que os diques estourassem e a inundação atingisse a própria fazenda, eles teriam que voltar aos campos para trabalhar, o que eles teriam tido que fazer. Não havia nada de paradoxal nisso, embora não pudessem expressar o motivo que instintivamente percebiam: a terra que aravam e os produtos que dela emanavam não pertenciam nem a eles que nela trabalhavam nem àqueles que os forçavam a fazê-lo sob a mira

---

* General do Império Romano e imperador de 42 a 32 a.C. Passou para a história como traidor, tanto de Júlio César quanto de Marco Antônio. (N. T.)

do fuzil e, no que lhes dizia respeito — condenados e guardas —, daria no mesmo atirar pedras nos canteiros e debulhar tufos de algodão de papel machê e espigas de milho. Desta forma, entre a súbita e selvagem esperança e o dia de ócio e os cabeçalhos vespertinos, eles dormiam inquietos sob o som da chuva no teto de zinco quando, à meia-noite, o repentino foco das lâmpadas elétricas e as vozes dos guardas os acordaram e ouviram o arfar dos caminhões que os aguardavam.

— Saiam todos daí — gritou o capataz. Ele estava inteiramente vestido — botas de borracha, capa impermeável e fuzil.

— O dique cedeu em Mound's Landing há uma hora. Levantem já daí!

Palmeiras selvagens

Quando o homem chamado Harry conheceu Charlotte Rittenmeyer, ele era um estudante de medicina fazendo sua residência em regime interno num hospital de New Orleans. Era o caçula de três filhos, nascido da segunda mulher do pai quando este já era velho; havia uma diferença de dezesseis anos entre ele e a mais jovem das suas duas meias-irmãs. Ficou órfão com dois anos e foi criado pela meia-irmã mais velha. O pai também tinha sido médico. Ele (o pai) iniciara e terminara o curso de medicina numa época em que o diploma de médico açambarcava tudo, desde farmacologia, passando por diagnóstico, até cirurgia, e numa época em que o ensino podia ser pago em espécie ou com trabalho; o velho Wilbourne trabalhara como zelador de seu dormitório e também servira mesas, completando o curso de quatro anos com um desembolso total de duzentos dólares. Assim, quando abriram seu testamento, lia-se no último parágrafo:

Ao meu filho, Henry Wilbourne, percebendo que as condições, assim como o valor intrínseco do dinheiro, mudaram, e portanto não se pode esperar que ele obtenha o diploma em cirurgia e medicina pela mesma quantia que obtive o meu, eu, por meio desta, lego e disponho que a quantia de dois mil dólares seja empregada para completar o curso universitário e a aquisição do diploma e licença para a prática de cirurgia e medicina, acreditando que a soma supracitada seja amplamente suficiente para o fim a que se destina.

O testamento datava de dois dias após o nascimento de Henry, em 1910, e o pai morreu dois anos depois, intoxicado por chupar uma mordida de cobra da mão de uma criança numa cabana do interior, e então sua meia-irmã o adotou. Ela tinha seus próprios filhos e era casada com um homem que morreu ainda balconista de um armazém numa pequena cidade de Oklahoma, de forma que, na época em que Harry estava apto a entrar na faculdade de medicina, os dois mil dólares que deveriam ser esticados durante quatro anos, mesmo na modesta, embora bem conceituada escola que ele escolhera, não eram muito mais do que tinham sido os duzentos dólares do pai. Eram menos, pois agora existia calefação a vapor nos dormitórios e a faculdade possuía uma lanchonete que prescindia de garçons e a única forma de um jovem ganhar algum dinheiro na escola era carregando uma bola de futebol, ou interceptando o homem que a carregava. A irmã o ajudava — uma ordem de pagamento ocasional de um ou dois dólares ou até alguns cupons cuidadosamente dobrados dentro de uma carta, que o ajudavam a comprar cigarros e, quando parou de fumar, durante um ano, a economizar dinheiro suficiente para o pagamento de suas despesas no alojamento escolar. Não sobrava nada para sair com as moças (a faculdade era mista) e na verdade nem tinha tempo para isso; sob a aparente serenidade de sua vida monástica, ele encetava uma perene batalha tão desalmada quanto a de qualquer pessoa num arranha-céu de Wall Street, tentando equilibrar a minguante conta bancária com as páginas lidas nos livros de estudo. Mas conseguiu e chegou ao final com saldo suficiente dos dois mil dólares ou para voltar ao vilarejo em Oklahoma e apresentar o canudo à irmã ou para ir direto a New Orleans começar sua residência, mas não o bastante para as duas coisas. Optou por New Orleans. Ou melhor, não houve opção; escreveu à irmã e ao marido dela uma carta de gratidão e agradecimentos, anexada a um recibo assinado pela quantia total de cupons e ordens de pagamento, com juros (ele também enviou o diploma com seus latinismos e saudações em relevos aracnídeos e as intrincadas assinaturas dos professores, do qual a irmã e o cunhado só conseguiram decifrar seu nome), e despachou isso tudo e comprou um bilhete e viajou catorze horas no trem diurno. Chegou a New Orleans com uma sacola e um dólar e trinta e seis centavos.

Ele já estava no hospital havia uns dois anos. Morava no alojamento dos internos, com os outros que, feito ele, não tinham recursos; agora só fumava uma vez por semana, um maço de cigarros durante o fim de semana, sempre pagando à meia-irmã a dívida que havia contraído, as ordens de pagamento de um ou dois dólares que agora retornavam à origem; a única sacola ainda contendo tudo o que possuía, inclusive os uniformes brancos — os vinte e seis anos, os dois mil dólares, o bilhete de trem para New Orleans, o dólar e os trinta e seis centavos, a única sacola num canto do quarto-caserna mobiliado com o ferro das camas de campanha; na manhã de seu vigésimo sétimo aniversário ele despertou e, vendo os pés numa perspectiva de cima para baixo, pareceu-lhe ver os vinte e sete irrevogáveis anos diminuídos e em perspectiva atrás dos pés, como se sua vida devesse transcorrer passiva às suas costas, como se ele flutuasse sem esforço e sem vontade sobre um rio que não voltaria mais. Parecia vê-los: os anos vazios nos quais sua juventude evaporara — os anos para semear tempestades e cometer arroubos, para os trágicos e efêmeros amores apaixonados da adolescência, para a inocência menino e menina, para a selvagem e importuna carne traiçoeira, que não haviam sido feitos para ele; deitado, assim pensou, não exatamente com orgulho e certamente não com a resignação que supunha ter, mas sim com aquela paz com a qual um eunuco de meia-idade poderia rememorar o tempo morto que precedera sua alteração, as formas que se apagavam e (por fim) desapareciam para habitar apenas a memória e não a carne: *Repudiei o dinheiro e, consequentemente, o amor. Não o abjurei, repudiei. Não preciso dele; o ano que vem, ou daqui a dois ou cinco anos, saberei que é verdade o que agora acredito ser verdade: nem sequer precisarei desejá-lo.*

Naquela noite se atrasou um pouco em largar o plantão; quando passou pelo refeitório, já ouviu o tilintar dos talheres e das vozes, e os alojamentos dos internos estavam vazios a não ser por um homem chamado Flint, que de calças e camisa a rigor estava dando um laço na gravata preta diante do espelho e que se virou ao ver Wilbourne entrar e apontou para um telegrama sobre o travesseiro de Wilbourne. Tinha sido aberto. — Deixaram sobre minha cama — disse Flint. — Estava com pressa em me vestir e não me dei o trabalho de ler o nome direito. Peguei e abri. Desculpe.

— Tudo bem — disse Wilbourne. — Um telegrama passa por muita gente para que seja tão particular. — Ele abriu a dobra amarela do envelope. Estava enfeitado com símbolos — guirlandas e espirais; era da irmã: uma dessas estereotipadas mensagens de parabéns que a companhia telegráfica envia para qualquer distância dentro das fronteiras dos Estados Unidos por vinte e cinco centavos. Ele percebeu que Flint ainda o estava observando.

— Então é seu aniversário? — disse Flint. — Comemorando?

— Não — disse Wilbourne. — Acho que não.

— O quê? Ouça. Vou a uma festa no bairro francês. Por que não vem também?

— Não — disse Wilbourne. — Obrigado, mesmo assim. — Ele ainda não tinha começado a se perguntar, *Por que não?* — Não fui convidado.

— Isso não tem importância. Não é esse tipo de festa. É num estúdio. Um pintor qualquer. Só uma montoeira de gente sentada no chão, uns no colo dos outros, bebendo. Venha. Você não vai querer ficar aqui no seu aniversário. — Agora sim ele começou a pensar, *Por que não? Afinal, por que não?*, e agora quase podia ver o guardião da velha e disciplinada paz e resignação empunhando armas, o taciturno Moisés, sem alarme, impermeável ao alarme, apenas esquálido e fanaticamente proibitivo: *Não. Você não irá. Deixe as coisas como estão. Já conseguiu a paz; não deseja mais nada.*

— Além do mais, não tenho traje a rigor.

— Não vai precisar. O dono da casa provavelmente vai estar de roupão. Você tem um terno escuro, não tem?

— Mas, eu não...

— Está bem — disse Flint. — De Montigny tem um smoking. Ele tem quase seu corpo. Vou apanhá-lo. — Flint foi ao armário que eles dividiam.

— Mas, eu não...

— Tudo bem — disse Flint, colocando o segundo traje de noite sobre a cama e abaixando os suspensórios e começando a tirar as calças. — Eu vou usar a roupa do Montigny e você usa a minha. Nós três temos as mesmas medidas.

Uma hora depois, numa roupa emprestada e de um tipo que nunca havia usado antes, ele e Flint pararam numa daquelas ruelas de mão única, estreitas, escuras, cheias de varandas entre a Jackson Square e a Royal Street, no Vieux Carré — um muro de tijolos silentes sobre o qual explodia, em farrapos, a copa de

37

uma palmeira, e de trás do qual vinha um forte aroma de jasmim que parecia pairar visível sobre o rico ar estagnado, já prenhe do odor de açúcar e bananas e maconha do porto, como tufos inertes de neblina ou mesmo de tinta. Um portão de madeira ligeiramente aberto, ao lado de uma campainha de cordão que sob os dedos de Flint balbuciou um doce e remoto tilintar. Eles ouviram um piano, alguma coisa de Gershwin. — Está vendo — disse Flint. — Não precisa se preocupar com essa festa. Daqui já se pode ouvir o gim feito em casa. Gershwin talvez tenha até pintado os quadros dele, aliás. Mas eu aposto que Gershwin poderia pintar o que Crowe costuma chamar de seus quadros melhor do que Crowe poderia tocar o que Gershwin chama de sua música.

Flint puxou o cordão outra vez, novamente nada aconteceu. — Não está trancada, de qualquer forma — disse Wilbourne. Não estava, eles entraram: um pátio calçado com o mesmo tijolo macio, silenciosamente apodrecido. Havia um tanque estagnado com uma estatueta de terracota, um maço de açucenas, a palmeira solitária, as folhas grossas e fortes e as pesadas estrelas brancas da moita do jasmineiro, onde caía a luz vinda através das portas de vidro, o jardim de inverno — a moita suspensa em três pontos, as paredes do mesmo tijolo moldado erguendo uma barreira medieval interrompida e nunca nivelada contra o fulgor da cidade no céu baixo eternamente nublado e, acima de tudo, frágil, desafinada e efêmera, a sofisticação espúria do piano como símbolos rabiscados por adolescentes sobre um antigo sepulcro decadente carcomido pelos ratos.

Atravessaram o pátio e adentraram pelas portas de vidro e pelo barulho — o piano, as vozes — uma sala comprida, de soalho desigual, as paredes inteiramente cobertas por quadros sem moldura que naquele momento impressionaram Wilbourne com o efeito inextricável e sem detalhe de um enorme cartaz circense visto repentinamente de perto, visão esta diante da qual as próprias pupilas pareceram se contrair violentamente consternadas. Não havia móveis a não ser um piano ao qual se via um homem de boina e roupão. Talvez uma dúzia de outras pessoas estavam de pé ou sentadas pelo chão, com copos nas mãos; uma mulher vestida numa toga de linho sem mangas gritou: — Meu Deus, onde foi o enterro? — vindo beijar Flint, sempre com o copo na mão.

— Meninos e meninas, este é o dr. Wilbourne — disse Flint.

— Cuidado com ele. Traz um talão de cheques em branco no bolso e um bisturi na manga. — Seu anfitrião nem voltou a cabeça, mas uma mulher logo lhe trouxe algo para beber. Era sua anfitriã, embora ninguém o tivesse avisado disso; ela parou e falou com ele por um instante, ou para ele, pois Wilbourne não a ouvia, olhava os quadros da parede; em seguida ficou sozinho, ainda segurando o copo, diante da própria parede. Ele vira fotografias e reproduções de quadros como aqueles em revistas, aos quais olhara completamente sem curiosidade, por ser um olhar completamente sem crença, como um caipira examinaria o desenho de um dinossauro. Agora, porém, o caipira estava diante do próprio monstro, e Wilbourne ficou parado diante dos quadros em total absorção. Não era o que eles representavam, a técnica e o colorido; não significavam coisa alguma para ele. Ficou pasmo, sem calor nem inveja, com as circunstâncias que poderiam dar a um homem o óbvio tempo livre e os meios de passar os dias pintando coisas como estas, e as noites tocando piano e dando de beber a pessoas a quem ignorava e (pelo menos no seu caso) cujos nomes nem se preocupava em saber. Ele ainda estava parado lá quando alguém às suas costas disse: — Aí estão o Rato e Charley —; ele ainda estava parado lá quando Charlotte disse, sobre seu ombro:

— O que acha disto, meu senhor? — Ele se voltou e viu uma jovem bem mais baixa do que ele e por um momento achou-

-a gorda até perceber que não era em absoluto gordura, mas apenas aquela ampla, simples, profundamente delicada e feminina articulação das éguas árabes — uma mulher com menos de vinte e cinco anos, num vestido estampado de algodão, um rosto que não reivindicava sequer a formosura e sem maquiagem exceto na larga boca vermelha, com uma vaga e pequena cicatriz numa das faces, que ele reconheceu como uma velha queimadura, sem dúvida ocorrida na infância. — Você ainda não se decidiu, não é?

— Não — disse ele. — Não sei.

— Não sabe o que acha ou se está tentando decidir ou não?

— Sim. Provavelmente isso. O que você acha?

— Bolas de marshmallow com rábanos silvestres — disse ela, prontamente demais. — Eu também pinto — acrescentou.

— Por isso posso falar. E posso falar que faço melhor, também. Como é seu nome e para que botou essa roupa toda? Só para se fazer de pobretão? Para que todo mundo soubesse que você está se fazendo de pobretão?

Ele lhe explicou e agora ela o encarou e ele viu que os olhos dela não eram cor de avelã, mas amarelos, como os de um gato, examinando-o com a sobriedade especulativa de que um homem é capaz, intensa além da mera audácia, especulativa além de qualquer olhar fixo. — Este smoking é emprestado. É a primeira vez na vida que visto um desses. — Em seguida contou, não pretendia, nem sabia que iria contar, parecia estar se afogando, volição e desejo, no olhar amarelo: — É meu aniversário. Tenho vinte e sete anos.

— Ah! — disse ela. Virou-se, tomou-o pelo pulso, um aperto simples, implacável e firme, arrastando-o atrás de si. — Venha.

— Ele a seguiu, desajeitadamente, não pisando em seus calcanhares, então ela o soltou e continuou à sua frente, atravessando a sala até onde três homens e duas mulheres estavam parados em volta de uma mesa, sobre a qual as garrafas e os copos descansavam. Ela parou, agarrou-o pelo pulso outra vez e o levou até um homem mais ou menos da idade dele, vestido num jaquetão escuro, com cabelos louros ondulados começando a rarear, um rosto não exatamente bonito, razoavelmente insensível e mais astuto do que inteligente, embora no todo mais gentil do que rude, autoconfiante, cortês e bem-sucedido. — Este é o Rato — disse ela. — É o decano dos ex-calouros da Universidade do Alabama. Por isso ainda o chamamos de Rato. Você também pode chamá-lo de Rato. Às vezes é o que ele é!

Mais tarde — passava da meia-noite, e Flint e a mulher que o beijara já tinham ido embora —, eles ficaram parados na entrada ao lado do jasmineiro. — Tenho dois filhos, duas meninas — disse ela. — É engraçado, porque toda a minha família era de irmãos, a não ser eu. Eu gostava mais do meu irmão mais velho, mas não se pode dormir com o próprio irmão, e ele e o Rato dividiam o mesmo quarto na universidade, e então casei com o Rato e agora tenho duas filhas, e quando tinha sete anos caí na lareira, meu irmão e eu estávamos brigando, e daí a cicatriz. Tenho marcas no ombro, nas costas e na coxa e tenho mania de falar isso para as pessoas antes que tenham tempo de não perguntar e ainda faço isso mesmo quando já não tem importância.

— Você conta isto para todo mundo assim? De cara?

— Sobre meus irmãos ou sobre a cicatriz?

— As duas coisas. Talvez a cicatriz.

— Não. Engraçado também. Tinha esquecido. Não conto para ninguém há anos. Cinco anos.

— Mas contou para mim.

— Sim e isso é duas vezes engraçado. Não, agora três vezes! Ouça. Menti para você. Eu não pinto. Trabalho com barro, ou com bronze, e uma vez com um pedaço de pedra, cinzel e marreta. Sinta. — Ela pegou na mão dele e fez com que esfregasse as pontas dos dedos na palma de sua outra mão — a larga, direta, forte mão, de dedos finos com unhas cortadas tão rente como se ela as tivesse roído, a cutícula e as juntas dos dedos não exatamente calosas, mas suavemente endurecidas e resistentes como a pele de um calcanhar. — É o que faço: algo que se possa tocar, pegar, algo que pese na mão e se possa olhar pelo lado de trás, que desloque o ar e desloque a água e quando se deixa cair seja seu pé que se quebre e não o objeto. Nada de cutucar um pedaço de tela com uma faca ou um pincel, como se estivesse tentando reconstruir um quebra-cabeça com uma vara podre através das grades de uma jaula. Foi por isso que eu disse que sabia fazer melhor — disse ela, sem se mexer, sem sequer mostrar com um gesto da cabeça a sala que estava atrás deles. — Não uma coisa qualquer para fazer cócegas em suas papilas degustativas por um segundo e em seguida ser engolida e que talvez nem grude nas entranhas e seja totalmente evacuada e descarregada no maldito esgoto, algo que poderia-muito-bem-ter-existido. Você quer vir jantar amanhã à noite?

— Não posso. Estou de plantão amanhã.

— Na noite seguinte então? Ou quando?

— E você, não tem compromissos?

— Vou receber umas pessoas depois de amanhã à noite. Mas não irão perturbá-lo. — Ela olhou para ele. — Está bem, se você não quiser estar com muita gente eu as dispenso. Depois de amanhã à noite? Às sete? Quer que eu vá ao hospital apanhá-lo de carro?

— Não. Não faça isto!

— Não me custa, sabe.

— Eu sei — disse ele. — Eu sei. Ouça...

— Vamos entrar — disse ela. — Vou para casa. E não use isso. Use suas próprias roupas. Quero ver.

Duas noites depois ele foi jantar. Encontrou um apartamento modesto porém confortável numa vizinhança irrepreensível perto do Parque Audubon, uma criada negra, duas crianças não especialmente brilhantes de dois e quatro anos, com cabelos iguais aos dela, mas de resto parecidas com o pai (o qual em outro jaquetão escuro obviamente caro preparou um coquetel também não especialmente brilhante e insistiu para que Wilbourne o chamasse de Rato) e ela numa vestimenta que ele sabia ter sido comprada para ocasiões semiformais, usada com a mesma indiferença implacável com que o fora o vestido no qual ele a vira pela primeira vez, como se ambos fossem macacões. Após a refeição, que foi consideravelmente melhor que os coquetéis, ela se retirou com a criança mais velha que havia jantado com eles, mas logo voltou para se deitar no sofá e fumar enquanto Rittenmeyer continuava a interrogar Wilbourne sobre sua profissão, como o presidente de um grêmio estudantil poderia fazer num juramento da Escola de Medicina. Às dez horas, Wilbourne disse que tinha que ir. — Não — disse ela —, ainda não. — Por isso ele ficou; às dez e meia Rittenmeyer disse que precisava trabalhar no dia seguinte e ia para a cama e deixou-os sozinhos. Ela então amassou o cigarro, levantou-se e foi até onde ele encontrava, diante da lareira apagada, e parou, observando-o. — O que... Costumam chamar você de Harry? O que vamos fazer, Harry?

— Não sei. Nunca estive apaixonado antes.

— Eu já. Mas também não sei. Quer que eu chame um táxi para você?

— Não. — Ele se virou. Ela atravessou a sala ao seu lado.

— Vou a pé.

— Você é tão pobre assim? Deixe-me pagar o táxi. Você não pode ir a pé para o hospital. Fica três milhas daqui.

— Isso não é longe.

— Não será do dinheiro dele, se é o que você quer dizer.
Tenho algum que é meu. Venho guardando para alguma coisa,
não sei o quê. — Entregou-lhe o chapéu e ficou parada com a
mão na maçaneta da porta.

— Três milhas não é longe. Vou a pé...

— Está bem — disse ela. Abriu a porta, eles se olharam.
Então a porta se fechou entre eles. Estava pintada de branco.
Não se apertaram as mãos.

Durante as próximas seis semanas encontraram-se mais
cinco vezes. Isto aconteceria no centro da cidade, para almoçar,
porque ele não entraria novamente na casa do marido, e seu destino ou sorte (ou má sorte, pois de outro modo ele poderia ter descoberto que o amor não existe mais num só lugar e num só instante
e num corpo em toda a terra e em todo o tempo e em toda a abundante vida, do que a luz do sol) não lhe trouxe mais convites por
tabela para ir a festas. Seria em lugares do Vieux Carré, onde podiam almoçar com os dois dólares semanais que ele vinha reme-
tendo à irmã como saldo da dívida. Na terceira vez, ela abruptamente disse, do nada: — Contei ao Rato.

— Contou para ele?

— Sobre os almoços. Que venho encontrando você.

Depois disso ela nunca mais mencionou o marido. No
quinto encontro não almoçaram. Foram a um hotel, haviam pla-
nejado um dia antes. Ele descobriu que não sabia quase nada
sobre o procedimento adequado, a não ser por suposição e imaginação; por ignorância ele acreditava existir um segredo para o
desempenho bem-sucedido daquela operação, não uma fórmula
secreta a ser seguida, e sim uma espécie de magia branca: uma
palavra ou algum movimento infinitesimal e trivial com a mão,
como o que abre uma gaveta secreta ou liga um painel. Pensou
uma vez em perguntar a ela como dar conta do caso, pois tinha
certeza de que ela saberia a resposta, assim como estava convicto

de que ela nunca se atrapalharia ao fazer qualquer coisa que desejasse, não só pela absoluta coordenação que possuía, mas porque mesmo nesse curto tempo ele viera a perceber aquela infalível e intuitiva habilidade de todas as mulheres nos pragmáticos assuntos do amor. Mas não lhe perguntou, porque disse a si mesmo que quando ela lhe dissesse como agir, coisa que ela faria, e seria a maneira correta, ele poderia, algum tempo depois, acreditar que ela já houvesse feito isso antes e, mesmo que assim fosse, ele preferia não sabê-lo. Por isso consultou Flint.

— Nossa — disse Flint. Você cresceu e apareceu, não foi? Eu nem sabia que você havia conhecido uma garota. Wilbourne quase podia ver Flint pensando rapidamente, recapitulando. — Foi naquela bagunça da casa do Crowe naquela noite? Mas que diabo, isso é assunto seu, não é? É fácil. Basta pegar uma mala com um par de tijolos embrulhados numa toalha para não fazerem barulho e vá em frente. Eu não escolheria o Saint Charles ou o Roosevelt, é claro. Escolha um dos menores, não pequeno demais, é claro. Talvez aquele lá embaixo, no caminho da estação. Embrulhe os tijolos separadamente, entende, e depois embrulhe-os juntos. E não esqueça de levar um casaco. Uma capa de chuva.

— Certo. Devo dizer a ela para levar um casaco também?

Flint riu, uma sílaba curta, não muito alta. — Acho que não. Não creio que ela vá precisar de nenhuma orientação sua, nem minha. Ei — acrescentou rapidamente —, devagar com o andor! Eu não a conheço. Nem estou falando dela. Estou falando de mulheres. Ela pode aparecer com sua própria mala e um casaco e um véu e um bilhete de trem saindo de dentro da bolsa, e isso não significaria que ela já tenha feito isso antes. As mulheres são assim. Não há conselho que Don Juan ou até Salomão pudessem dar à mais ingênua menina de catorze anos recém-saída dos cueiros.

— Não tem importância — disse ele. — Ela talvez nem venha. — Percebeu que realmente acreditava nisso. Ainda acreditava mesmo quando o táxi encostou na guia onde ele aguardava de mala na mão. Ela trazia um casaco, mas estava sem mala nem véu. Saltou com rapidez do táxi quando ele abriu a porta, o rosto duro, sóbrio, os olhos extraordinariamente amarelos, a voz áspera:

— Bem? Onde?

Ele disse. — Não fica longe. Podemos... — Ela deu meia--volta, já entrando no táxi outra vez. — Podemos andar...

— Maldito pobretão — disse ela. — Entre. Rápido. — Ele entrou. O táxi partiu. O hotel não ficava longe. Um carregador negro pegou a mala. Então pareceu a Wilbourne que nunca em sua vida estivera, e nunca estaria outra vez, tão consciente dela quanto estava durante o tempo em que ela ficou no centro do saguão escuro, entremeado de noites de sábado de caixeiros--viajantes e pequenos parasitas das pistas de corrida, enquanto ele assinava os dois nomes fictícios no registro e entregava ao porteiro o sexto par de dólares que deveria ter ido para a irmã mas não foi, esperando por ele, não fazendo qualquer esforço para se tornar menos visível, silenciosa, reservada, e com um ar profundamente trágico que, ele sabia (estava aprendendo depressa), não lhe era peculiar, mas um atributo de todas as mulheres naquele momento de suas vidas, que as investia com uma dignidade, quase uma modéstia, a ser mantida e encobrir até a última inclinação ruim e a atitude, ligeiramente cômica, de rendição final. Ele a seguiu pelo corredor e pela porta que o carregador abriu; despachou o carregador e fechou a porta alugada atrás de si e a observou atravessando o quarto em direção à única e sombria janela e, ainda de chapéu e casaco, dando meia-volta sem pausa e reaproximando-se dele exatamente como uma criança brincando de pique, os olhos amarelos, todo o rosto que ele já passara a chamar de belo, duro e fixo. — Ah, Deus, Harry! — disse. Ela bateu os punhos cerrados no peito dele. — Não assim. Jesus, não assim!

— Está bem — ele disse. — Calma, agora. — Agarrou-a pelos pulsos e os segurou, ainda contra seu peito, enquanto ela os puxava e torcia para libertá-los e golpear seu peito novamente. *Sim*, pensou ele, *Não deste jeito e nunca*. — Calma, agora.

— Não assim, Harry. Sem becos escondidos. Eu sempre disse: não importa o que me acontecesse, o que eu fizesse, qualquer coisa, qualquer coisa menos becos escondidos. Se fosse só tesão, alguém com um físico que eu quisesse possuir de repente, para nunca olhar o que estava acima do pescoço. Mas nós não, Harry. Não você. Não você.

— Calma agora — ele disse. — Está tudo bem. — Levou-a para a beira da cama e se inclinou sobre ela, ainda lhe segurando os pulsos.

— Já disse como gosto de fazer as coisas, pegar um metal duro, limpo e bom, ou uma pedra, e cortá-la, não importa quão dura seja, quanto tempo leve, e cortá-la até que vire algo bonito, que se tenha orgulho em mostrar, que se possa tocar, segurar, ver pelo lado de trás e sentir o bom peso, firme e sólido, de forma que quando se deixasse cair não seria o objeto que se quebraria, seria o pé sobre o qual ele caiu, apenas é o coração que se parte e não o pé, se é que eu tenho coração. Mas, Harry, pelo amor de Deus, como me rebaixei por você. — Ela estendeu a mão, então ele percebeu o motivo e desviou os quadris antes que o tocasse.

— Estou bem — disse ele. — Não deve se preocupar comigo. Quer um cigarro?

— Por favor. — Ele lhe passou um cigarro e o fogo, observando a linha inclinada de seu nariz e da mandíbula, enquanto ela acendia e dava uma tragada. Ela atirou o fósforo para o lado.

— Bom — disse ela. — Então é isso. E nada de divórcio.

— Nada de divórcio?

— Rato é católico. Não vai me dar.

— Quer dizer que ele…

— Eu contei. Não que eu iria encontrar você no hotel. Só disse, na hipótese de eu ir encontrá-lo. Ainda assim ele me disse para esquecer.

— E você não pode pedir o divórcio?

— Com que justificativa? Ele contestaria. E teria que ser feito aqui… com um juiz católico. Tem só uma outra coisa. Mas acho que isto eu não posso.

— Sim — disse ele. — Suas filhas.

Por um instante ela o encarou, fumando. — Eu não estava pensando nelas. Quero dizer, eu já pensei sobre elas. De forma que agora não preciso mais pensar nelas, pois para isso já sei a resposta e sei que não posso mudar essa resposta e acho que não posso mudar a mim porque a segunda vez que o vi entendi o que tinha lido nos livros mas nunca tinha realmente acreditado: que amor e sofrimento são a mesma coisa e que o valor do amor é a quantia que você tem que pagar por ele, e sempre que for uma pechincha você terá enganado a si mesmo. Então eu não preciso pensar nas crianças. Isso eu já resolvi há muito tempo. Estava pensando em dinheiro. Meu irmão manda para mim vinte e cinco dólares todo Natal e venho economizando este dinheiro nos últimos cinco anos. Eu lhe disse aquela noite que não sabia por que o estava economizando. Talvez fosse para isto e talvez nisto resida a maior piada: que economizei durante cinco anos e são só cento e vinte e cinco dólares, mal dá para levar duas pessoas até Chicago. E você não tem nada.

— Ela se inclinou em direção à mesa na cabeceira da cama e amassou o cigarro com infinito e vagaroso cuidado, e se levantou. — Então é isso. E isso é tudo.

— Não — disse ele. — Não! Só por cima do meu cadáver.

— Você quer continuar deste jeito, à disposição e sem amadurecer, feito uma maçã no galho? — Ela pegou a capa de chuva dele na cadeira, jogou-a sobre o braço e ficou parada, esperando. — Não quer ir na frente? — ele perguntou. — Eu espero uns trinta minutos, e aí...

— E deixar você atravessar sozinho o saguão com essa mala para o porteiro e o negro ridicularizarem-no por terem me visto saindo antes que eu tivesse tempo sequer de tirar a roupa, quanto mais de me vestir outra vez? — Ela foi até a porta e pôs a mão na chave. Ele pegou a mala e a seguiu. Mas ela não destrancou a porta imediatamente. — Ouça. Diga de novo que não tem dinheiro algum. Diga. Para que eu tenha algo que meus ouvidos possam ouvir e que faça sentido, mesmo eu não entendendo qual seja. Alguma razão por que eu... que eu possa aceitar como uma razão decisiva, irrefutável, mesmo sem poder acreditar ou entender que seja só isso, só dinheiro, nada mais a não ser só dinheiro. Vamos. Diga.

— Eu não tenho dinheiro.

— Está bem. Isso faz sentido. Deve fazer sentido. Terá que fazer sentido. — Ela começou a se sacudir, não tremer, sacudir, como acometida de uma febre violenta; os próprios ossos parecendo chacoalhar rígidos e silenciosos dentro da carne. — Terá que fazer...

— Charlotte — disse ele. Então pôs a mala no chão e caminhou para ela. — Charlotte...

— Não ouse me tocar! — ela sussurrou numa fúria tensa. — Não ouse me tocar! — Mesmo assim, por um instante, ele pensou que ela estivesse se aproximando; ela pareceu oscilar para a frente e olhou em direção à cama com uma expressão confusa e desconsolada. Nesse momento a chave girou, a porta se abriu, e ela estava fora do quarto.

Separaram-se assim que conseguiu um táxi para ela. Estava prestes a segui-la carro adentro, para ir até o estacionamento no centro da cidade onde ela deixara o carro. Então, pela primeira das duas vezes na vida de ambos, ele a viu chorar. Ficou sentada, o rosto duro e contorcido e selvagem sob as lágrimas que brotavam como suor. — Ah, seu pobretão, seu maldito pobretão, seu completo idiota! Outra vez o dinheiro. Depois de pagar o hotel com os dois dólares que devia ter mandado para sua irmã, sem ter conseguido nada em troca, agora quer pagar esse táxi com o dinheiro que guardou para retirar sua outra camisa da lavanderia, e também não conseguir nada em troca, a não ser transportar minha bunda maldita que na última hora se recusou, que se recusará sempre... — Ela se inclinou em direção ao motorista. — Vamos! — disse com selvageria. — Dirija! Para o centro!

O táxi partiu com rapidez; desapareceu quase imediatamente, embora seus olhos não o estivessem acompanhando. Depois de algum tempo, ele disse, sereno, em voz alta, para ninguém: — Pelo menos não há necessidade de carregar os tijolos também. — Então caminhou até a beira da calçada onde havia uma lata de lixo e, enquanto os transeuntes o observavam com curiosidade, ou de passagem ou simplesmente o ignoravam, abriu a mala e tirou os tijolos enrolados na toalha e jogou-os na lata. Esta continha uma massa de jornais velhos e cascas de frutas, restos anônimos e casuais dos anônimos que passaram por ela durante as últimas doze horas, como dejetos de pássaros em pleno voo. Os tijolos atingiram os papéis sem fazer barulho; não houve qualquer zumbido premonitório, as beiradas dos jornais somente se dobraram e produziram, com a precipitação mágica com que o pequeno torpedo de metal contendo o troco de uma compra emerge de seu tubo nas lojas, uma carteira de couro. Ela continha os comprovantes de cinco placês do Washington Park, a cédula de identificação de um cliente de um grupo nacional de gasolina, outra de uma seguradora em Longview, Texas, e mil duzentos e setenta e oito dólares em notas.

Contudo, ele descobriu a quantia exata somente depois de chegar ao hospital; seu primeiro pensamento foi apenas, *Eu devia ficar com um dólar como recompensa* enquanto caminhava para a agência do correio, depois (o correio não ficava apenas a seis quadras de distância, e sim na direção oposta ao hospital) *Eu podia até ficar com o dinheiro para o táxi e ele não deveria se importar. Não que eu queira andar de táxi, mas tenho que fazer esse episódio render, fazer tudo render para que não haja qualquer brecha entre agora e as seis horas, quando posso me esconder atrás do meu jaleco branco novamente, puxando minha velha rotina sobre a cabeça e o rosto, como fazem os negros com o cobertor quando vão para a cama.* Então ele parou diante das portas fechadas no sábado à tarde do correio, e tinha esquecido isso também, pensando, enquanto colocava a carteira no bolso de trás e o abotoava, como ao acordar o nome deste dia fora escrito em letras de fogo, e não com palavras saídas de uma canção de ninar ou de um calendário, caminhando, carregando a mala leve, caminhando pelas doze quadras fora do seu caminho e agora inúteis, pensando, *Mas fiz coisa melhor; livrei-me de pelo menos quarenta e cinco minutos do tempo que de outra maneira teriam ficado ociosos.*

O dormitório estava vazio. Ele guardou a mala e caçou e encontrou uma caixa rasa de papelão decorada com ramos de azevinho na qual a irmã lhe enviara um lenço bordado no último Natal; encontrou uma tesoura e um vidro de cola e fez um embrulho cirurgicamente meticuloso, copiando o endereço caprichada e chamativamente de um dos cartões de identificação e colocando-o cuidadosamente sob as roupas em sua gaveta; agora isto também estava feito. *Talvez eu consiga ler,* pensou. Em seguida praguejou, pensando: *É isso. Tudo exatamente de trás para*

51

diante. Deveriam ser os livros, as pessoas nos livros inventando e lendo sobre nós — os fulanos e os sicranos, e os Wilbourne e os Smith — machos e fêmeas porém sem paus ou xotas. Entrou de plantão às seis. Às sete foi substituído pelo tempo suficiente para que jantasse. Enquanto comia, uma das enfermeiras estagiárias avistou-o na sala e informou que o estavam chamando ao telefone. *Deveria ser interurbano*, pensou. Deveria ser sua irmã, ele não lhe escrevia desde que enviara a última ordem de dois dólares, havia cinco semanas, e agora que ela lhe telefonava gastaria ela própria dois dólares, não para repreendê-lo (*Ela tem razão*, pensou, não se referindo à irmã. *É cômico. É mais que cômico. É de rolar de rir. Fracassei com a mulher que amo e sou um fracasso para a mulher que me ama*), e sim para saber se tudo estava bem. Portanto, quando a voz no aparelho disse: — Wilbourne? — ele achou que fosse o cunhado, até que Rittenmeyer falou outra vez:

— Charlotte quer falar com você.

— Harry? — disse ela. Sua voz soou rápida porém calma: — Eu contei ao Rato sobre hoje, e que foi um fracasso. Ele provou que está certo. Agora é a vez dele. Ele me deu uma chance, e eu não fiz ponto. Por isso, nada mais justo que eu lhe dê uma chance. Como também é uma questão de decência lhe dizer qual é o placar, só que decência é uma palavra péssima de ter que usar entre mim e você...

— Charlotte — disse ele. — Ouça, Charlotte...

— De forma que é adeus, Harry. E boa sorte. E um bom "Vá pra...".

— Ouça, Charlotte. Você pode me ouvir?

— Sim. O quê? O que é?

— Ouça. É engraçado. Esperei a tarde inteira por seu telefonema, só que eu não sabia disso até há um segundo. Agora até sei

que eu sabia que era sábado todo o tempo em que eu caminhava em direção ao correio... Você está me ouvindo? Charlotte?
— Sim? Sim?
— Tenho mil, duzentos e setenta e oito dólares, Charlotte.

Às quatro horas da manhã seguinte, no laboratório vazio, ele cortou a carteira e os cartões de identificação com uma gilete e queimou as tiras de papel e couro e livrou-se das cinzas na descarga do banheiro. No dia seguinte, ao meio-dia, com as duas passagens para Chicago e o resto dos mil, duzentos e setenta e oito dólares abotoados no bolso e a única mala sobre o assento à sua frente, ele olhou atentamente pela janela enquanto o trem diminuía a velocidade na estação de Carrollton Avenue. Os dois estavam lá, o marido e a mulher, ele no mesmo terno escuro, conservador e falsamente modesto, o rosto de veterano professor universitário nada demonstrando, emprestando um ar de correção impecável e formal ao ato paradoxal de confiar a esposa ao amante, quase como o troca-troca convencional de pai e noiva num casamento na igreja, ela ao seu lado num vestido escuro sob o casaco aberto, observando intensamente as lentas janelas do trem, embora sem dúvida ou nervosismo, de modo que Wilbourne novamente refletiu sobre a instintiva proficiência na, e harmonia para, mecânica da coabitação até mesmo das mulheres inocentes e inexperientes — aquela calma confiança em seus destinos amorosos, como a dos pássaros em suas asas, aquela tranquila fé implacável numa merecida e iminente felicidade pessoal, que as impele, num voo pleno e instantâneo, a largarem o ninho de respeitabilidade em direção ao espaço desconhecido e desencorajador onde não há terra à vista (*Pecado não*, ele pensou. *Não acredito em pecado. Está fora de compasso. A pessoa nasce submersa numa marcha anônima, com as pululantes miríades anônimas do seu tempo e geração; basta perder um passo, cometer um erro, e se é pisoteado até morrer.*), e isto sem terror ou alarme e logo não inferindo coragem nem força: apenas uma total e completa fé em asas vaporosas, frágeis e jamais testadas — asas, os símbolos vaporosos e frágeis do amor que já lhes falhara uma vez, pois por consenso e aceitação universal eles se haviam aberto para a mesma cerimônia que, ao alçarem voo, repudiam. Eles passaram deslizando e desapareceram, Wilbourne viu o marido se agachar e erguer a mala enquanto desapareciam; o ar siflou entre os freios e ele continuou sentado pensando, *Ele entrará com ela, terá que fazer isso e não vai querer fazê-lo, tanto quanto eu (ela?) também não quero que ele o faça, mas terá que fazê-lo, assim como tem que usar esses ternos escuros, os quais eu também não acredito que ele queira usar, assim como ele também tivera que ficar na festa aquela primeira noite e beber tanto quanto qualquer outro homem ali, embora não tenha sentado uma única vez no chão com a esposa (a própria ou a de qualquer outro) escarrapachada em seus joelhos.*

Então num instante ergueu os olhos e lá estavam os dois, de pé, ao lado do seu assento; ele também se levantou, e agora os três ficaram em pé, bloqueando o corredor enquanto outros passageiros amontoavam-se passando entre eles ou aguardavam que saíssem dali, Rittenmeyer carregando a mala — este homem que normalmente não carregaria uma mala para um trem na presença de um carregador mais do que apanharia um copo de água num restaurante; olhando para o rosto congelado e impecável sobre a impecável camisa e gravata, Wilbourne pensou com certo espanto, *Imagine, ele está sofrendo, ele está realmente sofrendo*, pensando que talvez não soframos com o coração, nem também com a sensibilidade, e sim com nossa capacidade de dor, ou vaidade ou autoengano ou talvez até por mero masoquismo. — Vamos — disse Rittenmeyer. — Saiam do corredor. — Sua voz soou áspera, a mão quase rude ao empurrá-la para o assento e depositar a mala ao lado do outro. — Lembre-se bem. Se eu não tiver notícias até o dia 10 de cada mês, vou acionar o detetive. E sem mentiras, ouviu? Sem mentiras. — Ele se virou, ele nem olhou para Wilbourne, ele somente balançou a cabeça em direção ao final do vagão. — Venha. — O trem começou a andar quando já haviam cruzado metade do vagão, Wilbourne imaginou que o outro fosse correr para a porta, pensou outra vez, *Ele está sofrendo; até as circunstâncias, um simples quadro com o horário de trens, estão transformando em comédia esta tragédia que ele precisa representar até o amargo fim ou deixar de respirar.* Mas o outro nem se apressou. Continuou sua marcha e abriu para o lado a cortina do vagão de fumantes e esperou que Wilbourne entrasse. Pareceu ler a temporária surpresa no rosto de Wilbourne. — Comprei um bilhete até Hammond — disse, asperamente. — Não se preocupe comigo. — A pergunta não formulada pareceu fazê-lo começar a falar; Wilbourne podia quase vê-lo lutando fisicamente para manter a voz baixa. — Preocupe-se com você, está bem? Com você. Ou por Deus... — Nesse momento ele checou a voz novamente, prendendo-a numa espécie de cabresto como se fosse um cavalo, mas forçando-a a continuar; ele tirou uma carteira do bolso. — Se você... — disse ele. — Se você se atrever...

Ele não consegue dizer, pensou Wilbourne. *Não suporta nem dizê-lo.* — Se eu não for bom com ela, gentil com ela. É nisto que está pensando?

— Eu saberei — disse Rittenmeyer. — Se eu não tiver notícias dela até o dia 10 de cada mês, darei ordens ao detetive para ir em frente. E saberei das mentiras também, ouviu? Ouviu? — Ele tremia, o rosto impecável congestionado e vermelho sob o penteado impecável que lembrava uma peruca. — Ela tem cento e vinte e cinco dólares que são dela, não quis levar mais. Mas dane-se isso, ela não usaria mais, de qualquer jeito. E não teria mais quando viesse a precisar a ponto de usar. Então, pegue. — Tirou um cheque da carteira e o entregou a Wilbourne. Era um cheque ao portador de trezentos dólares, pagável à Pullman Company of America e endossado num canto em tinta vermelha: *Para uma passagem de trem até New Orleans, Louisiana.*

— Eu ia fazer a mesma coisa com um pouco do meu dinheiro — disse Wilbourne.

— Dane-se isso também — disse o outro. — E é para a passagem. Se algum dia for descontado e chegar ao banco sem ter sido usado para comprar uma passagem, eu o mando prender por fraude. Ouviu? Eu saberei.

— Então, você quer que ela volte? Vai aceitá-la de volta? — Mas não precisou olhar para o rosto do outro; disse rapidamente, — Desculpe. Retiro o que disse. É mais do que qualquer homem seria capaz de responder.

— Meu Deus — disse o outro. — Meu Deus. Eu devia esmurrá-lo! — Ele acrescentou, num tom de incrédulo espanto: — E por que não o faço? Pode me dizer? Um médico, qualquer médico não deveria ser uma autoridade em glândulas humanas?

Então de repente Wilbourne ouviu a própria voz falando, emanando de uma espantosa e calma incredulidade; parecia-lhe que os dois estavam alinhados, prontos para a batalha e condenados e perdidos, diante do princípio feminino absoluto: — Não sei. Talvez fizesse você se sentir melhor. — Mas o momento passou. Rittenmeyer se voltou e tirou um cigarro do casaco e desajeitadamente tentou acender um fósforo da caixa presa à parede. Wilbourne observava-o — as costas bem desenhadas; e pegou-se a ponto de perguntar se o outro queria que ele ficasse e lhe fizesse companhia até o trem chegar a Hammond. Mas outra vez Rittenmeyer pareceu ler sua mente.

— Vá indo — ele disse. — Suma daqui e me deixe sozinho. — Wilbourne o deixou em pé diante da janela e voltou ao seu lugar. Charlotte não levantou os olhos, ela estava sentada, imóvel, olhando para além da janela, um cigarro apagado entre os dedos. Agora corriam ao lado do lago maior, em breve começariam a cruzar o viaduto entre Maurepas e Pontchartrain. Agora o apito da locomotiva refluía, o trem diminuía a velocidade, enquanto, sob os ruídos que fazia, vinha a oca reverberação do viaduto. A água se estendia agora à direita e à esquerda, retida em pântanos e sem horizonte, margeada por embarcadouros de madeira podre onde estavam amarradas pequenas canoas corroídas.

— Eu amo a água — ela disse. — É o lugar para se morrer. Não no ar quente, sobre o chão quente, esperando horas até que seu sangue esfrie o suficiente para que você possa dormir e até semanas para que o cabelo pare de crescer. A água, o frio, para nos esfriar depressa até podermos dormir, para lavar do nosso cérebro, dos nossos olhos e do nosso sangue tudo que vimos e pensamos e sentimos e desejamos e negamos. Ele está no vagão de fumantes, não está? Posso ir até lá falar com ele um minuto?

— Se você pode?...

— Hammond é a próxima estação.

Ora, é seu marido, ele estava prestes a dizer, mas se conteve.

— Está no compartimento dos homens — disse. — Talvez fosse melhor eu... — Mas ela já havia se levantado e passado por ele; ele pensou, *Se ela parar e voltar o olhar para mim isto significará que está pensando, "Mais tarde sempre saberei que pelo menos eu lhe disse adeus"*, e ela de fato parou e eles se entreolharam e ela seguiu em frente. Agora a água ia ficando para trás, o som do viaduto cessou, a locomotiva apitou outra vez e o trem readquiriu velocidade, e quase sem intervalo eles cortaram aceleradamente por entre arredores cheios de casebres que deviam ser Hammond, e ele deixou de olhar pela janela enquanto o trem parou e se deteve e voltou a andar novamente; nem houve tempo dele se levantar quando ela passou deslizando e ocupou seu lugar. — Então você voltou — ele disse.

— Você não achou que eu voltaria. Nem eu.

— Mas você voltou.

— Só que não está acabado. Se ele voltasse para o trem com uma passagem para Slidell... — Ela se voltou, olhando para ele mas sem o tocar. — Não está acabado. Terá que ser cortado.

— Cortado?

— "Se teus olhos te ofendem, arranca-os, mancebo, e sê inteiro." É isso. Inteiro. Inteiramente perdido... alguma coisa. Eu tenho que cortar. A cabina dos fundos estava vazia. Ache o fiscal e alugue-a até Jackson.

— Cabina? Mas isto vai custar...

— Seu idiota! — ela disse. *Ela não me ama agora*, pensou ele. *Ela não ama mais nada agora.* Ela falou num sussurro tenso, batendo-lhe no joelho com o punho. — Seu idiota! — Ela se levantou.

— Espere — ele disse, segurando-a pelo pulso. — Eu vou.

— Ele encontrou o chefe do trem num vestíbulo no fundo do vagão; ele não demorou. — Tudo bem — ele disse. Ela se levantou imediatamente, pegando a mala e o casaco. — O carregador virá buscar... — disse ele. Ela não parou. — Me dê aqui — disse ele, tirando-lhe a mala da mão e pegando a sua, e seguiu-a pelo corredor. Mais tarde ele iria se lembrar daquela interminável caminhada entre os assentos ocupados onde as pessoas estavam sentadas sem ter o que fazer a não ser observá-los enquanto passavam, e parecia-lhe que todos no vagão deviam ter sabido de tudo, que eles deviam ter disseminado uma aura de impureza e desastre, como um cheiro ruim. Entraram na cabina.

— Tranque a porta — ela disse. Ele colocou as malas no chão e trancou a porta. Nunca estivera numa cabina antes e lutou com a tranca um tempo considerável. Quando se voltou, ela havia tirado o vestido: que, ao cair fizera um espesso círculo aos seus pés, e ela parada ali nas diminutas roupas de baixo de 1937, as mãos sobre o rosto. Então abaixou as mãos e ele sabia que não era por vergonha nem modéstia, ele não esperava por isso, e ele viu que não eram lágrimas. Então ela pulou sobre o vestido e veio e começou a desatar sua gravata, afastando para o lado seus dedos.

O velho

Quando rompeu a tardia e chuvosa alvorada, os dois condenados, com mais outros vinte, estavam em um caminhão. Um preso de reconhecido bom comportamento dirigia, dois guardas armados sentados junto a ele na boleia. Dentro do alto corpo destelhado, como num estábulo, os condenados iam em pé, apinhados e eretos como fósforos numa caixa ou como os fios explosivos e prensados em forma de grafite no interior de uma granada, agrilhoados pelos tornozelos por uma única corrente que serpenteava entre os pés inertes e as pernas oscilantes e a montoeira de picaretas e pás que os cercavam, e atada pelas duas pontas ao corpo férreo do caminhão.

Então sem aviso eles enxergaram a inundação sobre a qual o condenado gordo vinha lendo e eles ouvindo havia duas ou mais semanas. A estrada ia para o sul. Fora construída sobre um dique elevado, conhecido na área como um terreno baldio, uns oito pés acima da planície que o circundava, limitado de ambos os lados pelos fossos de onde tinha sido escavada a terra para construí-lo. Esses fossos haviam retido, durante todo o inverno, a água das chuvas de outono, sem falar das chuvas de ontem, porém agora os condenados viram que a escavação de ambos os lados da estrada tinha desaparecido, dando lugar a um lençol horizontal e imóvel de água marrom, que se estendia aos campos além dos fossos, emaranhado em compridos farrapos inertes no fundo dos sulcos dos arados e brilhando tenuamente sob a luz cinzenta como as barras de uma inclinada e gigantesca grade. E então (o caminhão andava em boa velocidade), enquanto eles observavam em silêncio (não vinham conversando muito de qualquer forma, porém agora estavam todos calados e bastante sérios, se revezando e esticando o pescoço, como se formassem um só corpo, para examinar prudentemente o lado oeste da estrada), as bordas dos sulcos também desapareceram e eles agora olhavam para um único, perfeitamente liso e imóvel lençol acerado sobre o qual os postes telefônicos e as retas fileiras de cercas que demarcavam as divisões do terreno pareciam estar fixados e rígidos como se tivessem sido feitos de concreto.

Era perfeitamente imóvel, perfeitamente plano. Não parecia inocente, mas suave. Parecia quase recatado. Parecia que se podia caminhar sobre ele. Parecia tão quieto que eles não perceberam que possuía movimento até alcançarem a primeira ponte. Havia uma vala sob a ponte, um pequeno riacho, mas tanto a vala quanto o riacho estavam invisíveis agora, indicados apenas pelas fileiras de ciprestes e sarças que marcavam seu curso. Aqui os dois condenados viram e ouviram o movimento — lento, profundo, para leste e rio acima (— Está correndo para trás — observou um condenado.) da ainda rígida superfície, da qual emergia um profundo e vago estrondo subaquático, que (embora ninguém no caminhão pudesse ter feito a comparação) soou como um trem de metrô, passando ao longe sob a rua, e que sugeria uma velocidade espantosa e secreta. Era como se a própria água estivesse em três camadas, separadas e distintas, a superfície suave e descansada, carregando dejetos espumosos e uma desprezível escória de gravetos e refugos, encobrindo como que por maldoso calculismo a própria fúria e a correria da inundação, e debaixo dela por sua vez o riacho primitivo, fio de água, murmurando na direção oposta, seguindo imperturbável e inconsciente o rumo que lhe fora assinalado e cumprindo seu destino liliputiano, como uma fileira de formigas entre os trilhos por onde passa o trem expresso, elas (as formigas) tão ignorantes do poder e da fúria como de um ciclone atravessando Saturno.

Agora havia água dos dois lados da estrada e agora, como se depois de eles tomarem conhecimento do seu movimento esta tivesse desistido de iludi-los e de se esconder, eles pareceram capazes de observá-la elevando-se pelos flancos do terreno baldio; árvores que algumas milhas atrás erguiam-se com seus troncos altos sobre a água agora pareciam rebentar da superfície no nível dos galhos mais baixos, como arbustos decorativos em gramados recém-cortados. O caminhão passou por um casebre de negros. A água à altura dos batentes das janelas. Uma mulher segurando duas crianças, agachada sobre a viga do telhado, um homem e um rapaz semicrescido, de pé com água até a cintura, alçando um porco esgoelante até o teto inclinado de um celeiro, em cuja viga abancavam-se uma fileira de galinhas e um peru. Perto do celeiro havia um monte de feno no qual uma vaca estava amarrada por uma corda à estaca maior e mugindo incessantemente; um menino negro, gritando sobre uma mula desencilhada que ele açoitava a todo instante, suas pernas agarradas às ancas do animal e seu corpo inclinado e puxando com dificuldade uma corda atada ao pescoço de outra mula, aproximou-se do monte de feno, espalhando água e afundando. A mulher no telhado da casa começou a guinchar para o caminhão em movimento, a voz se estendendo fraca e melodiosa através da água marrom, tornando-se mais e mais fraca à medida que o caminhão passava e prosseguia, cessando por fim, se pela distância ou por ter parado de gritar os ocupantes do caminhão não sabiam.

Então a estrada desapareceu. Ainda não havia qualquer inclinação perceptível, mesmo assim a estrada resvalou abruptamente sob a superfície marrom e sem ondulações, sem marcas de aradura, como uma fina lâmina chata deslizada obliquamente na carne por uma mão delicada, fundida na água sem problemas, como se assim existisse havia anos, assim tivesse sido moldada. O caminhão parou. O preso que o conduzia saltou da boleia e foi para trás, de onde arrancou duas pás de entre os pés dos condenados, as lâminas se chocando contra a corrente serpenteante em volta de seus calcanhares. — O que é? — perguntou um deles. — O que está querendo fazer? — O chofer não respondeu. Voltou para a boleia, de onde um dos guardas havia descido, sem a espingarda. Ele e o preso de confiança, ambos com botas de borracha até os quadris e cada um empunhando uma pá, avançaram em direção à água, cuidadosamente, tateando e sondando com o cabo das ferramentas. O mesmo preso falou outra vez. Era um homem de meia-idade, com um tufo selvagem de cabelo cinza-férreo e uma expressão ligeiramente alucinada. — Que diabo estão fazendo? — perguntou. Novamente ninguém lhe respondeu. O caminhão andou, para dentro da água, atrás do guarda e do preso, começando a empurrar para a frente um vagaroso, grosso e viscoso sulco de água achocolatada. Então o preso grisalho começou a gritar: — Maldição, soltem a corrente! — Ele começou a lutar, debatendo-se violentamente, derrubando os homens mais próximos até que conseguiu chegar à boleia, cuja capota ele agora martelou com os punhos, gritando. — Desgraçados, soltem a gente! Soltem a gente! Filho da puta! — ele gritou, para ninguém. — Eles vão nos afogar! Soltem a corrente! — Mas pela resposta que obteve os homens ao alcance da sua voz poderiam estar mortos. O caminhão se arrastou, o

63

guarda e o preso tateando pela estrada afora com as pás de cabeça para baixo, o segundo guarda ao volante, os vinte e dois condenados espremidos como sardinhas na caçamba do caminhão e argolados pelos tornozelos ao próprio corpo do veículo. Cruzaram outra ponte — dois delicados e paradoxais trilhos de ferro emergindo oblíquos da água, viajando paralelos a ela por certa distância, para logo submergirem novamente, com um quê espantoso, quase significativo embora aparentemente sem razão, como alguma coisa num sonho não de todo pesadelo. O caminhão se arrastou adiante.

Por volta do meio-dia chegaram a uma pequena cidade, seu destino. As ruas eram calçadas; agora as rodas do caminhão emitiam um som como se rasgassem seda. Andando mais depressa, o guarda e o preso de confiança outra vez na boleia, o caminhão parecia ter um osso entre os dentes e espalhava uma onda em forma de laço, para além das calçadas submersas e através dos quintais adjacentes, que lambia as pequenas varandas e os pórticos das casas onde pessoas esperavam entre pilhas de móveis. Eles passaram pela zona comercial; um homem de botas até os quadris emergiu com a água nos joelhos vindo de uma loja, puxando um barco de fundo chato onde se via um cofre de aço.

Por fim chegaram à estrada de ferro. Ela cruzava a rua em ângulos retos, seccionando em duas a pequena cidade. Ficava num terreno aberto, um dique, também, oito ou dez pés acima da própria cidade; a rua levava cegamente para ela e virava em ângulos retos ao lado de um galpão onde funcionava uma compressora de algodão e uma plataforma de carga sobre estacas no nível da porta de um vagão de fretes. Nessa plataforma encontrava-se uma tenda cáqui do Exército e uma sentinela uniformizada da Guarda Nacional, com um rifle e uma cartucheira a tiracolo.

O caminhão fez a curva e se arrastou para fora da água e para cima da rampa usada pelos vagões de algodão e por onde caminhões e carros particulares cheios de produtos domésticos vinham e descarregavam sobre a plataforma. Os presos foram soltos da corrente do caminhão e, aguilhoados calcanhar a calcanhar, aos pares, subiram pela plataforma e entraram num emaranhado aparentemente inextricável de camas e baús, fogões a gás e elétricos, rádios e mesas e cadeiras e retratos emoldurados; uma fileira de negros acorrentados, sob os olhos de um branco barbudo, vestido num veludo enlameado e usando botas até a cintura, carregados cabeça por cabeça para dentro do galpão da compressora, à porta da qual outro guarda estava parado empunhando seu rifle, sem se deterem aqui mas pastoreados pelos dois guardas com suas espingardas, eles (os condenados) entraram pelo escuro e cavernoso edifício onde, entre pilhas de mobília heterogênea, brilhavam sobras de fardos de algodão e os espelhos das penteadeiras e aparadores, com idêntica mudez e uma concentração opaca de luz desmaiada.

Atravessaram, até chegarem à plataforma de carregamento onde se encontravam a tenda do exército e a primeira sentinela. Aqui esperaram. Ninguém lhes disse para que, nem por quê. Enquanto os dois guardas conversavam com a sentinela diante da tenda, os condenados sentaram-se em fila nas bordas da plataforma, como corvos numa cerca, os pés em grilhões balançando sobre a inerte inundação marrom acima da qual se erguia o aterro ferroviário, primitivo e intacto, numa espécie de negação paradoxal e repúdio à mudança e de presságio, sem trocarem uma palavra, apenas olhando tranquilamente para o outro lado dos trilhos, até onde a outra metade da cidade amputada parecia boiar, casa arbusto e árvore, ordenados e submissos e imóveis, acima da ilimitada planície líquida sob o céu espesso e cinzento.

Pouco tempo depois os outros quatro caminhões da Penitenciária Rural chegaram. Eles subiram, agrupados, radiador de um colado às lanternas traseiras de outro, com seus quatro sons distintos de seda rasgando, e desapareceram para além do galpão da compressora. Logo os que estavam na plataforma ouviram os passos, o tintilar surdo dos grilhões, emergindo do galpão o primeiro carregamento, o segundo, o terceiro; havia mais do que uma centena deles agora em seus macacões de tecido grosseiro e camisas de trabalho e quinze ou vinte guardas com rifles e espingardas. O primeiro lote se levantou e eles se misturaram, emparelhados, tornados gêmeos pelo retinir e entrechocar de seus cordões umbilicais; então começou a chover, uma lenta, contínua e cinza garoa, mais de novembro do que de maio. No entanto, nenhum deles fez qualquer movimento em direção à porta aberta do galpão. Nem olharam em direção a ela, com desejo ou esperança, ou sem. Se de todo pensassem, sem dúvida iam saber que o espaço disponível seria necessário para os móveis, mesmo que ainda não estivesse ocupado. Ou talvez soubessem que, mesmo ainda havendo espaço lá dentro, não seria para eles, não que os guardas quisessem vê-los molhados, apenas os guardas não se lembrariam de tirá-los da chuva. Por isso, apenas pararam de falar e, com as golas das camisas viradas para cima e presos em correntes como cachorros numa competição ao ar livre, ficaram imóveis, pacientes, quase ruminantes, as costas voltadas para a chuva como fazem os carneiros e o gado.

Após outro tempo perceberam que o número de soldados aumentara em uma dúzia ou mais, aquecidos e secos sob ponchos emborrachados, havia um oficial com uma pistola ao cinto, então, e sem fazer qualquer movimento em direção a ela, começaram a sentir o cheiro de comida e, voltando-se para olhar, viram uma cozinha campal armada logo em seguida à porta do galpão da compressora. Mas não se moveram, aguardaram até serem arrebanhados em fila, avançaram passo a passo, suas cabeças baixas e pacientes sob a chuva, e cada um recebeu uma tigela de ensopado, uma caneca de café, duas fatias de pão. Comeram isso sob a chuva. Não sentaram porque a plataforma estava molhada, agacharam-se sobre os calcanhares como fazem os homens que vivem da terra, debruçando-se para a frente, tentando proteger as tigelas e canecas nas quais não obstante a chuva respingava continuamente, como em açudes miniaturizados, e encharcava, invisível e silenciosa, o pão.

Depois de permanecerem três horas na plataforma, um trem veio apanhá-los. Os mais próximos da beira o viram, observaram-no — um vagão de passageiros aparentemente correndo por conta própria e deixando como rastro uma nuvem de fumaça sem que a chaminé de origem fosse visível, uma nuvem que não se elevava, mas sim se deslocava lenta e pesadamente para o lado e pousava sobre a superfície da terra aquosa ao mesmo tempo leve e inteiramente extenuada. Chegou e parou, um único e antigo vagão de madeira aberto atrás e acoplado pelo nariz a uma locomotiva rebocadora consideravelmente menor. Os condenados foram pastoreados para dentro, amontoando-se adiante até a outra extremidade do vagão, onde havia um pequeno fogão de ferro fundido. Não havia fogo ali, mas mesmo assim amontoaram-se à sua volta — o bloco de ferro frio e silencioso manchado de fumaça de tabaco e sombreado pelos fantasmas de milhares de excursões domingueiras, ida e volta, a Memphis ou Moorhead — os amendoins, as bananas, as roupas sujas das crianças —, encolhendo-se, empurrando-se para ficarem mais próximos dele. — Vamos, vamos — um dos guardas gritou. — Sentem-se, agora. — Por fim, três guardas, pondo de lado os rifles, entraram no vagão e dispersaram a montoeira, empurrando-os para trás e para os assentos.

Não havia assentos suficientes para todos. Os restantes ficaram em pé no corredor, escorados uns nos outros, ouviram o sibilo do ar emanando dos freios soltos, a locomotiva disparou quatro apitos, o vagão se pôs em marcha com um safanão estrepitoso; a plataforma e o galpão da compressora desapareceram violentamente enquanto o trem parecia passar da imobilidade para a velocidade total com o mesmo ar irreal com que havia surgido, correndo de marcha a ré agora, apesar da locomotiva estar na frente, quando antes avançava, mas com a locomotiva atrás. Quando os trilhos por sua vez desapareceram sob a superfície da água, os detentos nem tomaram conhecimento. Sentiram o trem parar, ouviram a locomotiva disparando um longo apito que morreu tristemente e sem eco no vazio, selvagem e desolado, e nem assim tiveram curiosidade; ficaram sentados ou de pé atrás das vidraças lavadas pela chuva enquanto o trem voltou a se arrastar, tateando o caminho como fizera o caminhão, enquanto a água marrom volteava entre os caminhões e os raios das rodas e lambia num vapor nebuloso a rastejante barriga de fogo da locomotiva; novamente o trem disparou quatro apitos pequenos e ásperos, plenos de selvagem triunfo e desafio, mas também de repúdio e até de adeus, como se o próprio aço articulado soubesse que não se atrevia a parar e não seria capaz de voltar. Duas horas mais tarde, ao crepúsculo, eles viram pelas vidraças gotejantes uma casa de fazenda em chamas. Justaposta a lugar nenhum e vizinha de nada, ela se erguia, uma límpida e contínua chama semelhante a uma pira fugindo rigidamente do próprio reflexo, queimando no escuro acima da desolação aquática com um caráter paradoxal, ultrajante e bizarro.

Algum tempo depois de escurecer o trem parou. Os presos não sabiam onde estavam. Não perguntaram. Eles não teriam pensado em perguntar onde estavam como também não teriam perguntado por que e para quê. Nem podiam ver, uma vez que o vagão estava às escuras e as janelas embaçadas do lado de fora pela chuva e por dentro pelo calor que emanava dos corpos amontoados. Tudo o que podiam ver era um piscar e um brilho leitoso e espontâneo de lanternas. Podiam ouvir gritos e ordens, em seguida os guardas dentro do vagão começaram a gritar; eles foram postos de pé e levados como um rebanho para a saída, os grilhões dos tornozelos entrechocando-se e tilintando. Desceram em meio a um forte chiado e a jatos ásperos de vapor que fustigavam o vagão. Disposto ao lado do trem e parecendo também um comboio via-se um pequeno e aquadradado rebocador a motor, em que se atrelava uma fileira de botes e barcos de fundo chato. Havia mais soldados; as lanternas brincavam sobre os tambores das espingardas e sobre os cintos das cartucheiras e piscavam e cintilavam sobre os grilhões dos tornozelos dos condenados, enquanto estes entravam cuidadosamente nos barcos, com água até os joelhos; agora tanto o vagão quanto a locomotiva desapareceram completamente em meio ao vapor, a tripulação começando a extinguir o fogo da caldeira.

Uma hora depois os detentos começaram a ver luzes à frente — uma tênue e ondulante fileira de alfinetes vermelhos que se estendia pelo horizonte e parecia pender baixa no céu. Mas levou quase outra hora para chegar até eles enquanto se agachavam nos botes, amontoando-se em roupas molhadas (já não sentiam a chuva como gotas destacadas) e observavam as luzes mais e mais perto até por fim a própria crista do dique se divisar; agora podiam distinguir uma fileira de tendas do exército estendendo-se ao longo do dique e pessoas agachadas em volta das fogueiras, os ondeantes reflexos dos quais, alongada sobre a água, destacava-se uma massa emaranhada de outros botes amarrados contra o flanco do dique que agora aparecia alto e escuro acima deles. Lanternas cintilavam e piscavam ao longo da base, entre os botes amarrados; o rebocador, agora silencioso, deslizou para dentro.

Quando chegaram ao alto do dique puderam ver a enorme fila de tendas cáqui, entremeadas de fogueiras nas quais as pessoas — homens, mulheres e crianças, negros e brancos — abai-

69

xadas ou em pé entre montões disformes de roupas, suas cabeças se voltando, os olhos faiscando sob a luz do fogo, observavam em silêncio as roupas listradas e as correntes; mais abaixo do dique, também amontoadas, embora soltas, havia uma récua de mulas e duas ou três vacas. Então o condenado mais alto tomou consciência de outro som. Ele não começou a ouvi-lo de uma hora para outra, ele de repente sentiu que o vinha ouvindo o tempo todo, um som tão além de toda a sua experiência e de seus poderes de assimilação que até esse momento não fora capaz de percebê-lo, assim como uma formiga ou uma pulga não perceberiam o som da avalancha na qual deslizassem; ele estivera viajando sobre a água desde o começo da tarde e fazia sete anos que corria o arado e o ancinho e a plantadeira debaixo da própria sombra do dique sobre o qual estava parado agora, mas esse profundo sussurro que vinha do lado mais distante ele não reconheceu na hora. Então parou. A fila de condenados atrás chocou-se contra ele como uma fileira de vagões de carga freando, com um estalar de ferros como de vagões. — Andem! — gritou um guarda.

— O que é isso? — perguntou um condenado. Um negro agachado diante da fogueira mais próxima respondeu:

— É ele. É o Veio.

— O velho? — disse o preso.

— Andem! Vamos para cima! — gritou o guarda. Eles andaram; passaram por outro bando de mulas, seus olhos volteando também, os compridos rostos melancólicos voltando-se para e desviando da luz do fogo; ultrapassaram-nas e chegaram a um setor de tendas vazias, as tendas leves de uma campanha militar, feitas para abrigar dois homens. Os guardas tocaram os condenados para dentro, três homens acorrentados para cada tenda.

Eles engatinharam de quatro, como cães em canis superlotados, e se acomodaram. Logo a tenda esquentou devido ao calor

de seus corpos. Então ficaram quietos e então todos podiam ouvi-
-lo, ficaram deitados escutando o grave sussurro profundo, forte e
poderoso. — O velho? — O preso por assalto a trem repetiu.
— É — disse o outro. — Ele num precisa contar vantage.
Ao nascer do sol os guardas os acordaram chutando as solas
dos pés que se projetavam fora. No outro lado do ancoradouro
lamacento e do amontoado de barcos uma cozinha de campanha fora erguida, já podiam sentir o cheiro de café. O condenado mais alto, porém, embora só tivesse comido uma vez no dia
anterior, e isso ao meio-dia sob a chuva, foi o único que não se
mexeu logo em direção à comida. Em vez disso e pela primeira
vez olhou para o rio em cuja sombra ele havia passado os últimos
sete anos de vida mas nunca tinha visto antes; ficou parado numa
conjectura silenciosa e espantada e olhou para a rígida superfície
cor de aço, não dividida em ondas, mas apenas ligeiramente ondulante. Estendia-se do dique, onde ele estava, para além do alcance da vista — uma lenta e pesada amplitude turva de chocolate espumoso, só interrompida por uma fina linha a uma milha
de distância, de aparência tão frágil como um fio de cabelo, que
após um instante ele reconheceu. *É outro dique*, pensou ele calmamente. *É assim que parecemos vistos de lá. É assim que onde
eu estou se parece de lá.* Ele foi empurrado por trás; a voz de um
guarda empurrou-o para a frente: — Vamos, vamos! Vai ter
muito tempo para olhar isto!

Eles receberam o mesmo cozido e café e pão do dia anterior; novamente se agacharam com suas tigelas e canecas como
ontem, embora ainda não estivesse chovendo. Durante a noite,
um celeiro de madeira intacto havia emergido das águas. Impeli-
do pela corrente, agora jazia contra a barragem, enquanto uma
porção de negros fervilhava sobre ele, arrancando as telhas e tábuas e carregando-as para a ribanceira; comendo, imperturbável
e com calma, o condenado mais alto observava o celeiro ser con-

sumido depressa até o nível da água exatamente como uma mosca morta desaparecida sob a industriosa labuta de um enxame de formigas.

Eles acabaram de comer. Então começou a chover outra vez, como se obedecendo a um sinal, enquanto permaneciam de pé ou agachados nas ásperas roupas que não haviam secado durante a noite e apenas tinham se tornado um pouco mais quentes do que o ar. Em seguida foram colocados de pé aos gritos e separados em dois grupos, um dos quais foi armado com picaretas e pás sujas de lama de uma pilha próxima e conduzido em marcha barragem acima. Pouco depois o rebocador motorizado com sua frota de barcos singrou sobre o que provavelmente foi, quinze pés abaixo da quilha, um campo de algodão, os botes repletos até as bordas de negros e alguns brancos segurando embrulhos no colo. Quando o motor se calou, o leve arpejo de um violão soou através da água. Os botes foram rebocados e descarregados; os presos observaram os homens e as mulheres e crianças lutando contra a escarpa lamacenta, carregando pesados sacos de lona e trouxas amarradas em cobertores. O som do violão não cessara e agora os condenados o viram — um jovem, negro, de quadris estreitos, o violão preso por uma tira de algodão em volta do pescoço. Ele galgou o dique, sempre tangendo o instrumento. Não trazia mais nada, nem comida, nem muda de roupa, nem mesmo um casaco.

O condenado mais alto estava tão entretido em observar tudo isso que não ouviu o guarda até que este se colocasse bem ao seu lado, gritando-lhe o nome: — Acorde! — gritou o guarda. — Vocês sabem remar?

— Remar onde? — perguntou o condenado mais alto.

— Na água — disse o guarda. — Onde diabos você queria que fosse?

— Não vou remar barco nenhum por aí — disse o condenado alto, jogando a cabeça em direção ao rio invisível, além do dique às suas costas.

— Não, é para este lado — disse o guarda. Agachou-se rápido e soltou o grilhão que unia o condenado alto ao preso gordo e sem cabelo. — É logo ali estrada abaixo. — O guarda se ergueu. Os dois condenados o seguiram na descida até os barcos. — Sigam os postes de telefone até chegarem a um posto de gasolina. Vocês vão saber, o teto ainda está acima da água. Fica num pântano, e vocês vão saber que é ali porque o topo das árvores está de fora. Sigam o braço de rio até chegarem num tronco encalhado de cipreste onde está uma mulher. Apanhem-na e virem de volta para o oeste até chegarem numa algodoaria onde um sujeito está sentado no alto do telhado... — Ele se virou, olhando para os dois condenados, que estavam absolutamente imóveis, observando primeiro o bote e em seguida a água com intensa sobriedade. — Bem? O que estão esperando?

— Não sei remar — disse o condenado gordo.

— Então está mais que na hora de aprender — disse o guarda. — Entre.

O condenado alto empurrou o outro para a frente. — Entra — ele disse. — A água não vai machucar você. Ninguém vai obrigar você a tomar banho.

Enquanto o gordo na proa e o outro na popa se afastavam do dique, eles viram outros pares serem soltos dos grilhões e encarregados de outros botes. — Gostaria de saber quantos desses caras estão vendo tanta água pela primeira vez na vida também — disse o condenado alto. O outro não respondeu. Ajoelhou-se no fundo do bote, de vez em quando bicando cautelosamente a água com o remo. A própria forma de seu dorso grosso e macio parecia expressar essa preocupação tensa e alerta.

Algum tempo depois da meia-noite um barco de salvamento apinhado de homens, mulheres e crianças desabrigados ancorou em Vicksburg. Era um vapor, de baixo calado; o dia todo havia fuçado de alto a baixo os pantanais de ciprestes e seringueiras e os campos de algodão (onde às vezes se arrastava em vez de navegar), recolhendo seu fardo tristonho do alto das casas e celeiros e até das árvores, e agora desembocava na improvisada cidade dos miseráveis e dos desesperados onde chamas de querosene fumegavam sob a chuva fina, e focos elétricos apressadamente instalados refulgiam sobre as baionetas dos policiais do exército e nas braçadeiras da Cruz Vermelha, dos médicos e enfermeiras e funcionários da cantina. O escarpado acima estava quase repleto de barracas, mas ainda assim havia mais pessoas do que abrigos para elas; ficavam sentadas ou deitadas, sós ou em família, sob qualquer proteção que pudessem encontrar ou às vezes até debaixo da própria chuva, na pequena morte da profunda exaustão enquanto os médicos e as enfermeiras e os soldados andavam sobre e em volta e entre elas.

Entre os primeiros a desembarcar estava um dos vice-diretores da penitenciária, seguido de perto pelo condenado gordo e outro homem branco — um homenzinho de rosto sem cor e ainda por barbear, trazendo uma expressão de incrédulo ultraje. O vice-diretor parecia saber exatamente aonde queria ir. Seguido de perto pelos dois acompanhantes, abriu caminho rápido entre a pilha de móveis e corpos adormecidos e parou em seguida num escritório temporário, ferozmente iluminado e erguido às pressas, na verdade quase um posto de comando militar, onde o diretor da penitenciária estava sentado com dois oficiais do exército que ostentavam divisas de major. O diretor falou sem preâmbulos: — Perdemos um homem — ele disse. E falou alto o nome do condenado.

— Perdemos? — disse o diretor.

— É. Afogado. — Sem virar a cabeça, dirigiu-se ao condenado gordo. — Conte para ele — disse.

— Foi ele que disse que sabia remar — falou o condenado gordo. — Eu nunca. Eu disse para ele... — e apontou para o vice-diretor, esticando o pescoço. — Não sabia. Daí quando chegamos no pântano...

— Que história é essa? — perguntou o diretor.

— O rebocador nos avisou — disse o guarda. — Mulher em tronco de cipreste encalhado no pântano, então esse sujeito... — e apontou para o terceiro homem; o diretor e os dois oficiais olharam para o terceiro homem — ... numa algodoaria. Não havia lugar no rebocador para apanhá-los. Continue.

— Daí nós chegamos onde ficava o pântano — prosseguiu o condenado gordo numa voz totalmente uniforme, sem qualquer inflexão. — Aí o barco se afastou dele. Não sei o que aconteceu. Eu só estava sentado lá porque ele tinha tanta certeza de que sabia remar. Não vi nenhuma correnteza. Só que de repente o barco rodopiou inteirinho e começou a correr para trás como se estivesse engatado num trem e rodopiou de novo e aí eu por acaso olhei para cima e havia um galho em cima da minha cabeça e me agarrei nele bem a tempo enquanto o barco era arrancado debaixo de mim como se arranca uma meia e vi o barco mais uma vez de cabeça para baixo e aquele cara que disse que sabia tudo de remar se agarrando nele e ainda segurando o remo com a outra mão... — Ele se calou. Não houve qualquer cadência final em sua voz, simplesmente se calou e o condenado ficou olhando em silêncio para um quarto de litro meio vazio de uísque sobre a mesa.

— Como sabe que se afogou? — perguntou o diretor ao vice. — Como sabe que ele não viu uma chance de fugir e simplesmente a aproveitou?

— Fugir para onde? — disse o outro. — Todo o delta está inundado. Há quinze pés de água num raio de cinquenta milhas, sem saída até as colinas. E o barco estava de cabeça para baixo.

— O cara se afogou — disse o condenado gordo. — Não precisa se preocupar com ele. Já conseguiu seu indulto, não vai dar câimbra na mão de ninguém assiná-lo.

— E ninguém mais o viu? — perguntou o diretor. — E a mulher que estava na árvore?

— Não sei — respondeu o vice. — Não encontrei ela ainda. Suponho que algum outro bote a apanhou. Mas este é o sujeito que estava na algodoaria.

Novamente o diretor e os dois oficiais olharam para o terceiro homem, para o rosto macilento, barbado e selvagem onde um antigo terror, uma antiga mescla de medo e impotência e raiva ainda subsistiam. — Ele não foi apanhá-lo? — perguntou o diretor. — Você não o viu?

— Nunca ninguém veio me buscar — disse o refugiado. Ele começou a tremer embora a princípio falasse com alguma calma.

— Eu estava naquela algodoaria de merda esperando qualquer momento para a canela esticar. Vi o rebocador e o monte de barcos, mas nunca que tinha lugar para mim. Cheios de negros filhos da puta e um até tocando violão, mas nunca que tinha lugar para mim. Violão! — ele gritou; agora começou a gritar, tremendo, babando, o rosto se torcendo e contorcendo. — Lugar pro violão do negro filho da puta, mas não para mim...

— Calma — disse o diretor. — Calma.

— Dê um trago para ele — disse um dos oficiais. O diretor encheu um copo. O vice entregou-o ao refugiado, que o pegou com as duas mãos trêmulas e tentou levá-lo à boca. Todos o observaram por uns vinte segundos, então o vice-diretor tirou-lhe o copo das mãos e o segurou de encontro aos seus lábios enquanto ele engolia, embora mesmo assim um veio fino da bebida lhe corresse pelos cantos da boca, caindo na barba rala de seu queixo.

— Daí nós o apanhamos e... — o vice disse o nome do condenado gordo — ... ambos, pouco antes do escuro e da hora de recolher. Mas o outro se foi.

— Sei — disse o diretor. — Bem. Eu não perdi um único preso aqui em dez anos, e agora, de repente... Vou mandar você de volta para a fazenda amanhã. Notifique a família do homem e preencha os papéis de indulto imediatamente.

— Está bem — disse o vice. — Ouça, chefe. Ele não era um mau sujeito e talvez não estivesse tentando nada com o barco. Apenas disse que sabia remar. Ouça. Eu podia escrever no indulto, Afogado enquanto tentava salvar vidas na grande enchente de 1927, e mandar os papéis para o governador assinar. Vai ser uma boa lembrança para a família, para pendurar na parede quando os vizinhos aparecerem ou coisa parecida. Talvez até mandem uma pequena indenização para os parentes mais próximos, porque afinal ele foi para a fazenda plantar algodão, e não ficar andando de barco numa enchente.

— Está bem — disse o diretor. — Vou pensar. O principal é dar baixa no nome dele como morto antes que algum político resolva pleitear sua pensão alimentar.

— Está bem — disse o vice. Ele se voltou e conduziu os acompanhantes para fora. Sob a escuridão úmida, novamente falou com o condenado gordo: — Bem, seu parceiro ganhou de você. Ele está livre. Não vai mais cumprir pena, mas você ainda tem muito chão pela frente.

— Tá — disse o condenado gordo. — Livre. Pode ficar.

Palmeiras selvagens

Na segunda manhã no hotel de Chicago, Wilbourne acordou e descobriu que Charlotte tinha se vestido e saído, chapéu capa e bolsa, deixando-lhe um bilhete numa letra grande, esparramada e desleixada, que à primeira vista se associaria à de um homem, até se perceber um instante depois que era profundamente feminina: *De volta ao meio-dia. C.*, e abaixo da inicial: *Ou talvez mais tarde.* Voltou antes do meio-dia, ele tinha adormecido outra vez; ela sentou na beira da cama, a mão nos cabelos dele, balançando-lhe a cabeça no travesseiro para que acordasse, ainda usando o casaco aberto e com o chapéu empurrado para o alto da testa, olhando-o de cima com aquela sóbria profundidade amarela, e então ele divagou profundamente sobre aquela eficiência das mulheres na mecânica, no domiciliarismo, da coabitação. Não no controle dos gastos, nem na boa administração em geral, mas em algo muito além disso que (toda a raça delas) empregavam com instinto infalível, uma percepção, que de todo não passava pelo cérebro, do tipo e natureza do parceiro masculino e da situação, fossem-lhes exigidas a fria avareza da arquetípica fazendeira de Vermont ou a extravagância fantástica da amante corista da Broadway, sem ligarem absolutamente para o valor intrínseco dos recursos que economizavam ou esbanjavam e com pouco mais atenção ou pena pela bijuteria que compravam ou que lhes faltava, usando tanto a presença quanto a ausência da joia ou do saldo bancário como peões de um jogo de xadrez cujo prêmio não era de forma alguma a segurança, mas a respeitabilidade no meio em que viviam, até o ninho florido de amor devendo seguir uma regra e um esquema; ele pensou, *Não é o romance do amor ilícito que as atrai, nem a ideia apaixonada de um casal amaldiçoado e condenado e isolado para sempre do mundo e de Deus e o irrevogável que atrai os homens; é porque a ideia do amor ilícito é um desafio para elas, porque possuem um desejo irresistível de (e uma inabalável confiança de que podem, como todas creem que são capazes de administrar com sucesso uma pensão) partir do amor ilícito e torná-lo respeitável, pegar o próprio Lothario* e aparar do incorrigível solteiro os mesmíssimos cachos pelas quais foram seduzidas, até o aparente decoro das manhãs de segunda-feira e de seus ovos mexidos e trens suburbanos.* — Eu descobri — disse ela.

— Descobriu o quê?

— Um apartamento. Um estúdio. Onde posso trabalhar também.

— Também? — Ela segurou outra vez a cabeça dele com aquela inconsciência frenética, chegando a machucá-lo um pouco; ele pensou novamente, *Existe uma coisa nela que não ama ninguém, nada;* e então, num profundo e silencioso relâmpago — um clarão branco — raciocínio, instinto, ele não saberia dizer: *Ora, ela está só. Não solitária, só. Ela teve um pai e depois*

---

* Uma espécie de Don Juan, Lothario é personagem da peça *The Fair Penitent*, de Nicholas Rowe, dramaturgo do Renascimento inglês. (N. T.)

quatro irmãos exatamente como ele e então se casou com um homem exatamente como os quatro irmãos e por isso ela provavelmente nunca teve um quarto só dela durante toda a vida e por isso viveu em total solidão e nem sabe disso, como uma criança que nunca provou bolo e não sabe o sabor que tem.

— Sim, também. Acha que mil e duzentos dólares vão durar para sempre? Vive-se *em* pecado; mas não do pecado.

— Eu sei. Pensei nisso aquela noite antes de lhe contar ao telefone que eu tinha mil e duzentos dólares. Mas isso aqui é lua de mel; mais tarde será...

— Sei disso também. — Ela agarrou seu cabelo outra vez, machucando-o novamente embora agora ele soubesse que ela sabia que o estava machucando. — Ouça: tem que ser sempre lua de mel. Para todo o sempre, até que um de nós dois morra. Não pode ser outra coisa. Ou céu, ou inferno: nada de um purgatório confortável e pacífico no meio onde eu e você possamos esperar até que o bom comportamento ou a contenção ou a vergonha ou o remorso nos dominem.

— Então não é em mim que você acredita, em quem você deposita confiança; é no amor. — Ela o olhou. — Não só em mim; qualquer homem.

— Sim. No amor. Dizem que o amor morre entre duas pessoas. É mentira. Não morre. Simplesmente abandona você, vai embora, se você não é bom o bastante, digno o bastante. Não morre; quem morre é você. É como o oceano: se você não presta, se começa a empesteá-lo, ele te cospe fora em alguma parte para morrer. Você morre de qualquer jeito, mas prefiro me afogar no oceano a ser vomitada numa faixa perdida de praia e acabar secada pelo sol até me tornar uma mancha suja sem nome, com apenas *Isto Foi* como epitáfio. Levante-se. Eu disse ao homem que mudaríamos hoje.

Eles deixaram o hotel levando as malas em menos de uma hora, de táxi; subiram três lances de escada. Ela até tinha a chave; abriu a porta para ele entrar; ele sabia que ela estava olhando não para o quarto, mas para ele. — Então? — disse ela. — Você gosta? Era um grande quarto oblongo com uma claraboia na parede norte, talvez o trabalho doméstico de um fotógrafo morto ou arruinado, ou talvez de um antigo inquilino escultor ou pintor, com dois cubículos como cozinha e banheiro. *Ela alugou aquela claraboia,* disse ele para si mesmo mentalmente, pensando em como via de regra as mulheres alugam primordialmente o banheiro. *É apenas por acaso que há um lugar para dormir e cozinhar. Ela escolheu um lugar não para nos abrigar, e sim para abrigar o amor; ela não passou simplesmente de um homem para outro; não quis somente trocar o pedaço de argila com que moldou um busto por outro...* — Ele agora se moveu, e então pensou, *Talvez eu não a esteja abraçando, mas me agarrando a ela porque há algo em mim que não admite que eu não saiba nadar* ou *não acredita que possa fazê-lo.* — É razoável — ele disse. — É bom. Nada nos segura agora.

Durante os próximos seis dias ele fez a ronda dos hospitais, entrevistando (ou sendo entrevistado por) residentes e diretores de equipe. Eram entrevistas curtas. Ele não escolheu muito o que faria e tinha algo a oferecer — o diploma de uma boa escola de medicina, os vinte meses como interno num hospital conhecido, porém, sempre após os primeiros três ou quatro minutos, alguma coisa começava a acontecer. Ele sabia o que era, embora se dissesse o contrário (sentado após a quinta entrevista num banco ensolarado de um parque entre os vagabundos e jardineiros do Programa Federal de Realocação da Mão de Obra* e

---

* Parte do New Deal implementado pelo presidente americano Franklin D. Roosevelt, concebido, em 1935, como instrumento de combate ao desemprego

babás e crianças): *É porque eu realmente não me esforço o bastante, não me convenço da necessidade de tentar porque aceitei completamente as ideias dela sobre o amor; eu encaro o amor com a mesma fé ilimitada de que ele irá me vestir e alimentar com que os camponeses do Mississippi ou da Louisiana, convertidos na semana passada num fervoroso culto ao ar livre, encaram a religião,* sabendo que essa não era a razão, que eram os vinte meses como interno e não vinte e quatro, pensando *Eu fui enganado pelos números,* pensando o quão aparentemente é mais apropriado morrer no agradável perfume da mediocridade do que ser salvo do convencionalismo por uma apóstata.

Afinal arrumou um emprego. Não era grande coisa; trabalho de laboratório num hospital de caridade no bairro favelado dos negros, para onde as vítimas do álcool ou dos ferimentos de revólver — ou faca — eram levadas, geralmente pela polícia, e cabia a ele fazer testes rotineiros de sífilis. — Não se precisa de microscópio ou de um teste Wassermann* — contou a ela, naquela noite. — Só se precisa é de luz suficiente para saber a que raça eles pertencem. — Ela havia apoiado, sob a claraboia, duas tábuas em cavaletes a que ela chamou de banca de trabalho e sobre a qual já havia algum tempo vinha mexendo num pacote de gesso comprado num bazar fuleiro, embora ele tivesse prestado pouca atenção ao que ela estava fazendo. Ela agora se debruçou sobre essa mesa com um pedaço de papel e um lápis, ele observando a flexível mão áspera riscar números rápidos, grandes e esparramados.

---

provocado pela Depressão na economia americana. Em inglês, *The Works Progress Administration* (wpa) e, a partir de 1939, *Works Project Administration*. (N. T.)

* Teste inventado pelo bacteriologista alemão August von Wassermann (1866-1925) para diagnosticar a sífilis. (N. T.)

— Você vai ganhar isto por mês — disse ela. — E custa tudo isto para nós vivermos um mês. E temos isto de onde sacar para completar a diferença. — Os números eram frios, irrefutáveis, até os traços do lápis tinham um ar inexpugnável e de desprezo; além disso, ela agora fazia questão que ele fizesse não só as remessas semanais para a irmã, mas que também lhe tivesse enviado a soma equivalente aos almoços e ao hotel abortado durante as seis semanas em New Orleans. Então ela escreveu uma data ao lado do último número; seria no princípio de setembro. — Neste dia não teremos mais dinheiro.

Então ele repetiu algo em que havia pensado enquanto estava no banco do parque aquela tarde: — Tudo vai ficar bem. Eu só preciso me acostumar com o amor. Nunca tentei antes; veja, estou pelo menos uns dez anos atrasado na minha vida. Ainda estou esquentando os motores. Mas logo vou engrenar.

— Sim — ela disse. Então amassou o papel e o jogou de lado, voltando-se. — Mas isso não tem importância. Serve apenas para saber se é bife ou hambúrguer. E a fome não está aqui... — Ela bateu na barriga dele com as costas da mão. — São só suas entranhas roncando. A fome está aqui. — Tocou no peito dele. — Nunca se esqueça disso.

— Não esquecerei. Agora não.

— Mas poderá esquecer. Você já sentiu fome nas entranhas, por isso está com medo. Porque a gente sempre tem medo daquilo que suportou. Se você já tivesse amado antes, não estaria naquele trem aquela tarde. Estaria?

— Sim — disse ele. — Sim. Sim.

— Então é mais do que apenas treinar o cérebro para se lembrar de que a fome não está na barriga. Sua barriga, suas entranhas têm que acreditar também. Será que vão acreditar?

— Sim — confirmou ele. *Mas ela não tem tanta certeza disso*, disse consigo, porque três dias depois quando voltou de hospital encontrou a bancada de trabalho coberta de pedacinhos torcidos de arame e garrafas de verniz e cola e aparas de madeira, alguns tubos de tinta e uma panela com um monte de lenços de papel empapados em água, que duas tardes depois tornaram-se uma coleção de figurinhas — cervos e cães e lobos e cavalos e homens e mulheres, finos epicenos sofisticados e bizarros, com um toque fantástico e perverso; na tarde seguinte, quando ele voltou, ela e as figuras tinham desaparecido. Ela chegou uma hora depois, os olhos amarelos como os de um gato no escuro, sem triunfo ou exultação, mas sim com uma feroz afirmação e com uma nota de dez dólares.

— Ele quis todas — disse, citou o nome de uma loja importante. — Daí me deixou decorar uma das vitrinas. Tenho um pedido para mais de cem dólares... figuras históricas de Chicago, desta parte do Oeste. Você sabe... a sra. O'Leary com o rosto de Nero e a vaca tocando um uquelele, Kit Carson com pernas de Nijinsky e sem rosto, só dois olhos e uma testa abaulada para lhes dar sombra, búfalas com cabeça e ancas de éguas árabes. E todas as outras lojas da Michigan Avenue. Aí está. Pegue.

Ele recusou. — São seus. Você os ganhou. — Ela olhou para ele — o fixo olhar amarelo no qual ele parecia vacilar e balançar feito mariposa, um coelho apanhado no clarão de uma tocha; um envoltório quase líquido, um precipitado químico no qual todo o refugo de pequenas mentiras e sentimentalismo se dissolvia. — Eu não...

— Você não gosta da ideia da sua mulher ajudando a sustentá-lo, é isso? Ouça. Você não gosta do que temos?

— Você sabe que sim.

— Então que importa o que nos custa, quanto pagamos? E como? Você roubou o dinheiro que temos agora; não o roubaria outra vez? Não valeu a pena mesmo que o torremos inteiro até amanhã e precisemos passar o resto de nossa vida pagando juros?

— Sim. Só que ele não vai acabar amanhã. Nem no mês que vem. Nem no ano que vem...

— Não. Não enquanto formos dignos de mantê-lo. Bons o bastante. Fortes o bastante. Dignos de nos ser permitido guardá--lo. De obter o que se desejar da forma mais decente possível e então guardá-lo. Guarde-o. — Aproximou-se e colocou os braços em volta dele, com força, batendo o corpo contra o dele com força, não numa carícia, mas exatamente como o agarraria pelos cabelos para acordá-lo. — É isso que vou fazer. Tentar fazer. Gosto de sacanagem e de fazer coisas com as mãos. Não acho demais que me permitam gostar disso, querer ter e guardar isso.

Ela ganhou aqueles cem dólares trabalhando de noite agora, depois dele ter ido para a cama e às vezes dormido; nas cinco semanas seguintes ela ganhou mais vinte e oito dólares, e em seguida recebeu uma encomenda que somava cinquenta. Então os pedidos cessaram; ela não conseguiu mais nenhum. Mesmo assim continuou a trabalhar, sempre à noite agora, uma vez que saía o dia inteiro com as amostras, as figurinhas acabadas, e trabalhava geralmente com uma plateia agora, pois agora o apartamento se tornara uma espécie de clube noturno. Começou com um jornalista chamado McCord, que havia trabalhado num jornal de New Orleans durante o breve período em que o irmão caçula de Charlotte (de uma maneira diletante e amadoramente servil, deduziu Wilbourne) engatinhara por lá. Ela o encontrou na rua; ele veio jantar uma noite e os levou para jantar uma noite; três noites depois apareceu no apartamento com três homens e duas mulheres e quatro garrafas de uísque, e depois disso Wilbourne nunca sabia ao certo quem encontraria quando chegasse em casa, exceto que não seria Charlotte sozinha e, não importando quem lá estivesse, desocupada, pois mesmo depois de a valiosa, porque rara, temporada de vendas ter-se estendido por semanas e depois por um mês, e o verão já estar quase chegando, ainda trabalhou metida num macacão barato já imundo como o de qualquer pintor de paredes e com um copo de uísque e água entre as torceduras do arame e os potes de cola e tinta e massa, que se transformavam contínua e infinitamente, sob as ágeis mãos incansáveis, em efígies elegantes, bizarras, fantásticas e perversas.

Ela fez uma última venda, pequena, e foi o fim, acabou. Parou tão abrupta e inexplicavelmente como havia começado. A temporada de verão agora havia chegado, diziam-lhe nas lojas, e os turistas e os moradores também estavam abandonando a cidade para escapar do calor. — Só que isso é mentira — ela disse. — É o ponto de saturação — disse a ele, disse a todos: era de noite, voltara tarde com a caixa de papelão contendo as figurinhas recusadas, por isso a coleção de penetras da noite já havia chegado. — Mas eu já esperava. Porque elas não passam de divertimento. — Ela tirara as efígies da caixa e as colocara sobre a bancada de trabalho novamente. — Como coisas criadas para viver apenas na maior e mais asfixiante escuridão, como num cofre de banco ou talvez num pântano venenoso, não no ar nutritivo, rico e normal expelido por entranhas cheias de legumes de Oak Park e de Evanston. E então é isso aí e ponto final. E agora não sou mais artista e estou cansada e com fome e vou me enrolar na cama com um bom livro e um dos nossos pães dormidos. Portanto vamos cada um até a bancada e escolher para si uma lembrança, um memento desta ocasião, antes de dar o fora.

— Ainda podemos comer um pão dormido — disse-lhe ele. *Além do mais, ela ainda não está vencida*, pensou. *Ela ainda não desistiu. Ela nunca desistirá*, pensando como havia pensado antes que havia algo nela que nem ele nem Rittenmeyer jamais tinham tocado, que nem sequer amava o amor. Em menos de um mês acreditou ter uma prova disso; voltou e a encontrou na bancada outra vez, numa excitação profunda que nunca vira antes — uma excitação sem entusiasmo, mas com certo impulso implacável e mortal enquanto contava para ele do que se tratava. Era um dos homens que McCord havia trazido, um fotógrafo. Ela deveria confeccionar bonecos, marionetes e ele fotografá-los para capas de revista e anúncios; talvez mais tarde usassem os verdadeiros bonecos em peças despretensiosas, pantomimas — um salão alugado, um estábulo alugado, alguma coisa, qualquer coisa. — É meu dinheiro — disse-lhe ela. — Os cento e vinte e cinco dólares que nunca consegui fazer você aceitar.

Ela trabalhou com fúria tensa e concentrada. Estava na bancada quando ele ia dormir, ele acordava às duas e às três horas e encontrava a indômita luz de trabalho ainda brilhando. Agora ele voltava (primeiro do hospital, depois do banco no parque onde passava os dias após ter perdido o emprego, saindo e voltando para casa nas horas de costume a fim de que ela não suspeitasse) e via as figuras palpáveis quase tão grandes quanto pequenas crianças — um Dom Quixote de rosto macilento, louco, sonhador e descoordenado, um Falstaff com o rosto cansado de um barbeiro sifilítico e redondo de banha (uma única figura, embora ao olhá-la tivesse a impressão de ver duas: o homem e a banha espessa como um enorme urso e seu frágil guardião tuberculoso; parecia-lhe poder realmente assistir ao homem lutando com a montanha de vísceras, como o guardião com o urso, não para dominá-lo, mas para ultrapassá-lo, fugir dele, como se faz com as bestas atávicas nos pesadelos), Roxane com pega-rapazes e mascando chicletes como uma pianista de demonstração em uma loja de partituras, Cyrano com o rosto de um judeu de vaudeville barato, a protuberância monstruosa cujas narinas terminavam um momento antes de virarem moluscos, um pedaço de queijo numa mão e um talão de cheques na outra — acumulando-se no apartamento, enchendo todos os espaços disponíveis do chão e das paredes, frágeis, perversas e perturbadoras, com incrível rapidez; começada, continuada e completada num único jato contínuo de atividade furiosa — um espaço de tempo quebrado não em sucessivos dias e noites, mas um único intervalo interrompido apenas para comer e dormir.

Ela terminou a última figura e agora passava o dia inteiro e metade da noite fora; ele voltava à tarde e encontrava um bilhete rabiscado num pedaço de papel ou na margem arrancada de um jornal ou mesmo da lista telefônica: *Não espere por mim. Saia e jante*, o que ele fazia e voltava e ia para a cama e às vezes dormia até que ela deslizasse nua (nunca usava camisola, dissera-lhe que nunca tivera uma) para a cama, a fim de acordá-lo, animá-lo a escutar com um áspero movimento de luta, segurando-o em seus braços duros enquanto falava numa voz sombria, baixa e rápida, não sobre dinheiro ou a sua falta, não sobre detalhes a respeito dos progressos diários das fotografias, mas sim da vida e situação atual de ambos, como se fosse um todo sem passado nem futuro o qual eles como indivíduos, a necessidade de dinheiro, as figuras que ela confeccionava, integrassem como personagens em uma encenação ou como peças de um quebra-cabeça, todas da mesma importância; deitado quieto e relaxado no escuro enquanto ela o segurava, sem mesmo se incomodar em saber se seus olhos estavam abertos ou não, ele parecia ver aquela vida em comum feito um globo frágil, uma bolha, que ela mantinha equilibrada e intacta sobre o desastre como uma foca amestrada mantém sua bola. *Ela está pior que eu*, pensava. *Nem sabe o que é ter esperança.*

Aí o negócio de bonecos acabou tão abrupta e completamente quanto as decorações de vitrines. Ele voltou uma noite e ela estava em casa, lendo. O macacão imundo que ela usara semanas (era agosto agora) tinha sumido, e então ele viu que a bancada de trabalho não só estava limpa dos restos de arames e tintas, mas tinha sido empurrada para o centro da sala e se transformado numa mesa coberta com uma faixa de chintz e pilhas de revistas e livros que antes descansavam sobre o chão e nas cadeiras desocupadas e em coisas assim e, o que era mais surpreendente, um jarro de flores. — Tenho umas coisas aqui — ela disse. — Vamos comer em casa para variar.

Trouxera costeletas e coisas assim, preparou a refeição vestida num avental curiosamente frívolo, novo também, feito o chintz sobre a mesa; ele pensou em como o fracasso, agindo sobre ela como num homem ao investi-la de uma espécie de humildade digna, tinha contudo provocado nela a manifestação de uma virtude que ele nunca vira antes, uma virtude não só de fêmea, mas profundamente feminina. Comeram, em seguida ela tirou a mesa. Ele se ofereceu para ajudar, mas ela recusou. De maneira que ele se sentou com um livro ao lado da lâmpada, ouviu-a na cozinha durante certo tempo, então ela saiu e foi para o quarto. Não a ouviu de todo quando ela voltou do quarto, uma vez que seus pés descalços não faziam ruído sobre o chão; apenas levantou os olhos e a viu parada a seu lado — retidão compactamente simples das linhas do corpo, a intensa sobriedade do olhar amarelo. Ela tirou o livro das mãos dele e o colocou sobre a mesa transformada. — Tire as roupas — disse. — Que vá tudo para o inferno. Eu ainda sei trepar.

Porém ele não lhe contou sobre o emprego por mais duas semanas. O motivo deixara de ser a preocupação de que a notícia poderia destruir a harmonia entre ela e o trabalho no qual vinha se concentrando, pois esse pretexto já não era mais válido agora, se é que o fora alguma vez, e não era mais a possibilidade de ele encontrar alguma outra coisa antes que ela precisasse tomar conhecimento, já que esse pretexto também não era mais válido agora, pois ele havia tentado e fracassado, nem era a fé micawbe-

89

riana* dos inertes em relação ao futuro; talvez fosse em parte por saber que quanto mais tarde melhor, mas principalmente (ele não tentava se enganar) era pela fé profunda que depositava nela. Não neles, nela. *Deus não vai deixá-la morrer de fome*, pensava. *Ela é valiosa demais. Ele caprichou demais nela. Mesmo quem criou todas as coisas deve gostar de algumas o bastante para querer guardá-las.* Portanto, a cada dia ele saía do apartamento na hora de costume e se sentava no banco do parque até a hora de voltar para casa. E uma vez por dia abria a carteira e tirava o pedaço de papel onde mantinha um registro do dinheiro que se acabava, como se cada vez esperasse descobrir que a quantia tinha mudado ou que ele contara errado no dia anterior, descobrindo cada vez que não mudara e que ele não contara errado — os números bem desenhados, os US$ 182 menos US$ 5 ou US$ 10, com a data de cada subtração; no dia de pagar o aluguel do próximo trimestre, em 1º de setembro, não haveria o suficiente. E então às vezes ele tirava o outro papel, o cheque rosa ao portador com as letras perfuradas *Apenas Trezentos Dólares.* Havia algo de quase cerimonial nesse gesto, como a formalidade com que um viciado prepara seu cachimbo de ópio, e então durante um tempo ele renunciava tão completamente à realidade quanto o fumante de ópio, inventando cem maneiras de gastar o dinheiro, trocando os vários componentes da soma e as compras equivalentes de um lado para outro como um quebra-cabeça, sabendo que isso era uma forma de masturbação (pensando *porque eu ainda estou, e provavelmente sempre estarei, na puberdade do dinheiro),* que, se fosse realmente possível descontar o cheque e usar o dinheiro, ele nem se atreveria a brincar com a ideia.

* Wilkins Micawber, personagem do romance *David Copperfield*, de Charles Dickens, é pobre mas vive numa crença eternamente otimista de que o amanhã lhe trará melhor sorte. (N. T.)

Então voltou para casa uma tarde e a encontrou novamente na bancada de trabalho. Ainda era a mesa, ainda no centro da sala; ela apenas tinha virado o chintz, empurrado os livros e revistas para um canto, e usava o avental, não o macacão, trabalhando agora numa espécie de ócio divertido, como alguém que passa o tempo com um maço de cartas. A figura não media três polegadas de altura — um velhinho sem forma com um rosto abobalhado e desorganizado, o rosto de um inofensivo palhaço idiota. — É um Mau Cheiro — disse ela. Então ele compreendeu. — É tudo que é, apenas um mau cheiro. Não um lobo na porta. Os lobos são Coisas. Afiados e implacáveis. Fortes, mesmo quando são covardes. Mas isto aqui é apenas um mau cheiro, porque a fome não está aqui... — novamente bateu na barriga dele com as costas da mão. — A fome está aqui. Não tem esta cara. Parece com um foguete ou um fogo de artifício ou pelo menos uma dessas chuvas de prata das crianças que rebrilham até se tornarem uma brasa viva que não tem medo de morrer. Mas isto. — Olhou para ele. Então ele soube o que estava para vir. — Quanto dinheiro temos?

— Cento e quarenta e oito dólares. Mas está tudo bem. Eu...

— Ah, então você já pagou o aluguel do próximo trimestre.

— Então veio, agora era tarde demais. *Meu problema é, toda vez que digo a verdade ou uma mentira parece que antes tenho que me convencer da ideia.* — Olhe para mim. Quer dizer que não vai ao hospital há dois meses?

— Foi o detetive. Você estava ocupada na época, foi o mês que você esqueceu de escrever para New Orleans. Ele não queria me preju... me despedir. Ele simplesmente não tinha notícias suas e estava preocupado. Estava tentando descobrir se você estava bem. Não foi ele, foi o detetive que estragou tudo. Por isso me despediram. Foi cômico. Fui despedido de um trabalho que existe por causa da torpeza moral, por motivos de torpeza moral.

Só que não foi por causa disso, é claro. O emprego mixou, eu já sabia que iria acontecer...

— Bem — disse ela. — E nós não temos nada o que beber em casa. Vá até a venda e traga uma garrafa enquanto eu... Não, espere. Vamos nós dois sair e comer e beber. Além do mais, temos que achar um cachorro.

— Um cachorro? — Do lugar onde estava podia vê-la, na cozinha, tirar da geladeira as duas costeletas para o jantar e embrulhá-las outra vez.

— Mas é claro, amigo — disse ela. — Pegue seu chapéu.

Era noite, o mês de agosto estava quente, a luz néon piscava e refulgia alternadamente, tornando os rostos na rua cadavéricos ou infernais, e os deles também enquanto andavam, ela ainda carregando as duas costeletas envoltas no grosso, liso e pegajoso papel de embrulho do açougue. Naquele quarteirão encontraram McCord. — Perdemos nosso emprego — disse-lhe ela. — Por isso estamos procurando um cachorro.

Logo começou a parecer a Wilbourne que o cachorro andava invisível entre eles. Estavam num bar agora, um que frequentavam, encontrando talvez duas vezes por semana, por acaso ou deliberadamente, o grupo que McCord havia trazido para suas vidas. Havia quatro deles (— Perdemos nosso emprego — informou-lhes McCord. — E agora estamos esperando um cachorro.) presentes agora, os sete sentados em volta de uma mesa de oito, uma cadeira vazia, um espaço vazio, as duas costeletas desembrulhadas agora e postas num prato ao lado de um copo de uísque puro entre os uísques com água. Eles ainda não haviam comido; por duas vezes Wilbourne debruçou-se sobre ela: — Não seria melhor comermos alguma coisa? Não tem problema; Eu posso...

— Sim, não tem problema. Está bem. — Ela não estava falando com ele. — Temos quarenta e oito dólares de sobra, pense

nisso. Nem os Armours têm quarenta e oito dólares de sobra.*
Bebam, ó filhos Armourosos. Acompanhem o cachorro.

— É — disse McCord. — Partam, filhos Armourosos, pelo
mar de Hemingwaves.**

O néon cintilou e brilhou, as luzes do tráfego piscaram de
verde para vermelho e para verde outra vez, pairando sobre os táxis
abespinhados e as limusines semelhantes a rabecões. Eles ainda
não haviam comido; embora tivessem perdido dois membros do
grupo, eram seis no táxi, uns sentados sobre os joelhos dos outros
enquanto Charlotte levava as costeletas (tinham perdido o papel
agora) e McCord segurava o cachorro invisível; que agora se chamava Moreover, parafraseando a Bíblia, a mesa de jantar do pobre.

— Mas ouçam — disse McCord. — Ouçam só um minuto. Doc e
Gillespie e eu somos os donos. Gillespie está lá agora, mas vai ter
que voltar para a cidade até o dia 1º e vai ficar vazia. Vocês podiam
pegar os cem dólares...

— Você não é prático — disse Charlotte. — Está falando de
segurança. Não tem alma? Quanto dinheiro ainda temos, Harry?

Ele olhou para o taxímetro. — Cento e vinte e dois dólares.

— Mas ouçam... — disse McCord.

— Está bem — disse ela. — Mas não é hora de falar. Você fez
sua fama; deite na cama. E puxe as cobertas sobre a cabeça. — Estavam em Evanston agora; haviam parado numa loja de conve-
niência e tinham uma lanterna agora, o táxi se arrastando junto a
um meio-fio suburbano e opulento enquanto Charlotte, debruçada sobre McCord, brincava com a luz da lanterna sobre os gramados corrediços da meia-noite. — Lá está um — disse ela.

— Não estou vendo — disse McCord.

---

* Armour, um dos maiores frigoríficos americanos, com sede em Chicago, e a
família sua proprietária, de imensa fortuna. (N. T.)
** Trocadilho entre o sobrenome Hemingway e a palavra *wave* [onda]. (N. T.)

— Olhe para aquela grade. Já ouviu falar num portão de ferro com uma guirlanda de amores-perfeitos em cada mourão que não tivesse um cachorro de ferro do outro lado? A casa tem uma água-furtada também.

— Não vejo casa nenhuma — disse McCord.

— Nem eu. Mas olhe para aquele portão.

O táxi parou, eles desceram. O facho de luz brincou sobre a grade de ferro com os mourões arredondados, presos no concreto e terminando em pontas de lança; havia até um poste em forma de negrinho ao lado do pequeno portão afetado. — Tem razão — disse McCord. — Deve haver um por aqui. — Eles agora não usavam a luz, porém mesmo sob a luz tênue das estrelas podiam ver perfeitamente — o são-bernardo de ferro com uma cara que misturava a do imperador Frank Joseph e a de um banqueiro do Maine em 1859. Charlotte colocou as costeletas na base de ferro, entre seus pés de ferro; voltaram para o táxi. — Ouçam — disse McCord. — Está totalmente equipada: três quartos e cozinha, roupa de cama, utensílios de cozinha, lenha em abundância para cortar, podem até nadar se quiserem. E todas as outras cabanas estarão vazias depois de 1º de setembro, ninguém para chatear vocês, e, com direito ao lago, ainda podem pescar durante uns tempos, e com os cem dólares de comida e o frio que não chegará até outubro, nem talvez até novembro, vocês podiam ficar lá até o Natal ou mesmo continuar lá depois se não se incomodarem com o frio…

McCord os levou de carro para o lago no sábado à noite antes do Dia do Trabalho, os cem dólares em comida — as latas, o feijão e arroz e café e sal e açúcar e farinha — na caçamba da caminhonete. Wilbourne contemplava o equivalente ao seu último dólar com certa apreensão. — A gente não se dá conta do quão flexível é o dinheiro até trocá-lo por alguma coisa — disse.

— Talvez seja isso que os economistas entendem por rendimentos normais decrescentes.

— Você não quer dizer flexível — disse McCord. — Quer dizer volátil. É isso que o Congresso quer dizer com uma circulação fluida. Se chover sobre nós antes de colocarmos estas compras sob um teto, você vai ver. Estes feijões e arroz e mercadorias vão ferver e nos jogar para fora do carro como três fósforos num balde de fermentação caseira. — Eles tinham uma garrafa de uísque, e McCord e Wilbourne se revezavam ao volante enquanto Charlotte dormia. Chegaram à cabana um pouco depois do alvorecer — uns cem acres de água rodeados por uma segunda geração de abetos, quatro clareiras com uma cabana em cada (a chaminé de uma delas fumegava. — É Bradley — disse McCord. — Achei que a esta altura já tivesse saído.) e um pequeno cais à beira d'água. Havia um estreito dedo de praia onde estava parado um gamo, rosado no amanhecer de domingo, a cabeça erguida, observando-os por um momento antes de rodopiar, a cauda branca arqueando em longos saltos enquanto Charlotte, aflorando do carro, o rosto inchado de sono, corria para a beira d'água, soltando gritinhos. — Era o que eu estava tentando fazer! — gritou. — Não os animais, os cachorros e cervos e cavalos: o movimento, a velocidade.

— Sei — disse McCord. — Vamos comer. Eles esvaziaram o carro e carregaram as coisas para dentro e acenderam a lenha no fogão, e enquanto Charlotte preparava o lanche, Wilbourne e McCord levaram a garrafa para a beira d'água, onde se agacharam. Beberam no gargalo, brindando um ao outro, deixando uma dose apenas. — Para Charlotte — disse McCord. — Ela pode beber à Lei Seca, à grande secura.

— Estou feliz agora — disse Wilbourne. — Sei exatamente qual o meu caminho. É inteiramente reto, entre duas fileiras de latas e sacolas que valem cinquenta dólares de cada lado. Não há rua, e sim casas e pessoas. Isto é uma solidão. Em seguida a água, a solidão ondulando devagar enquanto se fica deitado, olhando-a.

— Agachando-se e ainda segurando a garrafa quase vazia ele pôs a outra mão na água, o líquido calmo, que respirava a madrugada, com a temperatura da água artificialmente gelada dos quartos de hotel, as pequenas ondulações circulares se abrindo em torno de seu pulso. McCord olhou para ele. — E aí vai chegar o outono, o primeiro frio, as primeiras folhas vermelhas e amarelas caindo erráticas, as folhas duplas, o reflexo se erguendo para encontrar a folha que cai até se tocarem e balançarem um pouco, quase sem se fundir. E aí você poderia abrir os olhos um instante se quisesse, se lembrasse de, e observaria o embalo da sombra das folhas no peito ao seu lado.

— Em nome de Jesus Schoppenhauer — disse McCord. — Que espécie de literatura de nona categoria é essa? Você ainda nem começou a passar fome. Ainda nem concluiu seu curso completo de indigência. Se não tomar cuidado, acabará repetindo essa baboseira para um cara que vai acreditar em você e pôr um revólver na sua mão e se certificar de que você o use. Pare de pensar em si mesmo e pense em Charlotte um pouco.

— É dela que estou falando. Mas de qualquer maneira, eu não usaria um revólver. Porque comecei tarde demais. Eu ainda acredito no amor. — Então contou a McCord sobre o cheque ao portador. — Se eu não acreditasse, daria o cheque a você e a mandaria de volta contigo hoje à noite.

— E se você acreditasse no amor tanto quanto diz acreditar, já teria rasgado esse cheque há muito tempo.

— Se eu o rasgasse, ninguém jamais ficaria com o dinheiro. Nem ele conseguiria recebê-lo de volta do banco.

— Ao diabo com ele. Você não lhe deve nada. Já não o poupou, tirando a mulher das mãos dele? É, você é um sujeito e tanto! Não tem nem a coragem para suas fornicações, não é? — McCord se levantou. — Vamos. Estou sentindo cheiro de café.

Wilbourne não se mexeu, a mão ainda na água. — Eu não a magoei. — Então disse: — Sim, magoei. Se eu não a tivesse marcado a esta altura, eu...

— O quê?

— Eu me recusaria a acreditar.

Por um minuto inteiro McCord ficou parado olhando de cima para o homem agachado, a garrafa numa mão e a outra imersa na água até o pulso. — Merda! — ele disse. Então Charlotte os chamou da porta. Wilbourne se levantou.

— Eu não usaria o revólver — disse. — Ainda escolheria isto.

Charlotte não quis beber. Pegou a garrafa e colocou-a sobre a lareira. — Para nos lembrar da nossa civilização perdida quando os cabelos começarem a crescer — disse. Comeram. Havia duas camas de ferro de campanha em cada um dos dois quartos, outras duas no alpendre telado. Enquanto Wilbourne lavava os pratos, Charlotte e McCord arrumaram as camas no alpendre com os lençóis do armário; quando Wilbourne apareceu, McCord já estava deitado numa delas, sem sapatos, fumando. — Vamos — disse ele. — Deite-se. — Charlotte disse que não quer mais dormir. — Ela apareceu nesse momento, carregando um bloco de papel, uma caneca de lata, uma nova caixa de tintas envernizada.

— Tínhamos um dólar e meio sobrando, mesmo depois de termos comprado o uísque — disse. — Talvez aquele gamo apareça outra vez.

— Leve um pouco de sal para tacar no rabo dele — disse McCord. — Talvez fique parado e pose para você.

— Não quero que ele pose. É exatamente o que não quero. Não quero copiar um gamo. Isso qualquer um pode fazer. — Ela saiu, a porta de tela do alpendre batendo atrás de si. Wilbourne não a seguiu com o olhar. Ficou fumando também, as mãos sob a nuca.

— Ouça — disse McCord. — Você tem um bocado de comida, aqui há muita lenha e cobertas para quando esfriar, e quando as coisas recomeçarem a funcionar na cidade talvez eu possa vender essas besteiras que ela fez, conseguir uns pedidos...

— Não estou preocupado. Eu disse que estou feliz. Nada poderá tirar de mim o que já vivi.

— Olha só, que coisinha mais bonita! Ouça. Por que não me dá esse maldito cheque e a manda de volta comigo e você fica aqui comendo os seus cem dólares e depois se muda pro mato e come formigas e brinca de santo Antônio numa árvore, e no Natal pega uma concha de mexilhão e se presenteia com suas próprias ostras? Eu vou dormir. — Virou-se de lado e pareceu adormecer imediatamente, e logo Wilbourne dormiu também. Acordou uma vez e viu pelo sol que já passava do meio-dia e que ela não estava em casa. Mas não ficou preocupado; deitado e desperto por um momento, não era para os vinte e sete anos de esterilidade que olhava, e ela não estaria longe, o caminho reto e vazio e silencioso entre as duas fileiras de cinquenta dólares de latas e sacolas, ela esperaria por ele. *Se tiver que ser, ela vai esperar*, pensou. *Se tivermos que ficar deitados assim, será juntos na ondulante solidão apesar de Mac e sua literatura de nona categoria, pois ele parece se lembrar de um monte de coisas que as pessoas leem, debaixo da corrente vermelha e a amarela do ano que vai empalidecendo, debaixo dos inúmeros beijos das folhas repetidas.*

O sol estava bem acima das árvores quando ela voltou. A primeira página do bloco ainda estava em branco, embora as tintas tivessem sido usadas. — Eram tão ruins assim? — perguntou McCord. Ele estava ocupado no fogão com feijão e arroz e abricós secos — uma dessas secretas especialidades de cozinhar ou de comer que todos os solteirões parecem possuir e que alguns deles até conseguem produzir, embora se dissesse que, à primeira vista, não McCord.

— Talvez um passarinho tenha contado a ela o que você estava fazendo com cinquenta centavos da nossa boia, aí ela precisou correr — disse Wilbourne. A mistura ficou pronta afinal. Não estava muito ruim, admitiu Wilbourne. — Só que não sei se de fato não está ruim ou se é uma defesa qualquer — segundo a qual o que estou comendo não é nada disso, mas os quarenta ou cinquenta centavos que representa, se eu não tenho uma glândula de covardia no palato ou no estômago. — Ele e Charlotte lavaram os pratos, McCord saiu e voltou com uma braçada de lenha e fez um fogo. — Não vamos precisar disso esta noite — disse Wilbourne.

— Não vai lhe custar nada além da lenha — disse McCord. — E você tem daqui até a fronteira canadense para apanhar mais. Pode fazer todo o norte de Wisconsin passar por esta chaminé, se tiver vontade. — Então sentaram-se em frente ao fogo, fumando e não conversando muito, até a hora de McCord partir. Ele não queria ficar, feriado amanhã ou não. Wilbourne o acompanhou até a caminhonete e ele entrou, olhando para a silhueta de Charlotte contra o fogo, na porta. — É — disse ele. — Você não precisa se preocupar, não mais do que uma velha levada pela rua por um policial ou um escoteiro. Porque quando o maldito e selvagem carro bêbado chegar não será a velha, será o tira e o escoteiro que ele vai mandar para os ares. Cuide-se.

— Cuidar de mim?

— É. Não se pode nem ter medo todo tempo sem se fazer alguma força.

Wilbourne voltou para a casa. Era tarde, mesmo assim ela ainda não havia começado a se despir; novamente ele caiu em devaneios, não sobre a adaptabilidade das mulheres às circunstâncias, mas na habilidade delas em adaptar o ilícito, até o criminoso, a um nível burguês de respeitabilidade, enquanto a observava, descalça, andando pelo quarto, fazendo aquelas sutis alterações nas peças daquele domicílio temporário, como elas fazem até nos quartos de hotel alugados por apenas uma noite, tirando de uma das caixas — que ele acreditava só contivesse utensílios de cozinha do apartamento deles em Chicago, que ele não só não sabia que ela ainda guardava, mas também havia esquecido que jamais tivera — os livros que compraram, uma vasilha de cobre, até a cobertura de chintz da antiga mesa de trabalho e, de um pacote de cigarros que ela convertera num pequeno recipiente semelhante a um caixão, a minúscula figura do velho, o Mau Cheiro; observou-a colocando-o sobre a lareira e parada olhando-o durante certo tempo, devaneando também, então apanhando a garrafa com o trago que eles lhe haviam reservado e, com a sobriedade ritualística de uma criança ao brincar, despejando o conteúdo na lareira. — Aos lares e penates* — disse.

— Não sei latim, mas Eles entenderão o que quero dizer.

Dormiram nas duas camas de campanha do alpendre. Ao chegar o frio pouco antes do alvorecer, os pés descalços de mulher andando rápidos sobre as tábuas, o duro afundamento do cotovelo e das ancas o despertaram quando ela se enfiou debaixo dos cobertores cheirando a toucinho e bálsamo. Havia uma luz cinza no lago e quando ele ouviu o mergulhão soube exatamente do que se tratava, até soube qual o aspecto do bicho, ouvindo sua voz roufenha e idiota, pensando como só os homens dentre todas as criaturas deliberadamente atrofiam os sentidos naturais, e isto somente em detrimento de outros; como o animal quadrú-

---

* Fórmula característica da Antiguidade romana em homenagem aos deuses protetores dos domicílios. (N. T.)

pede obtém todas as informações através do faro e da visão e da audição e desconfia de tudo o mais, enquanto o bípede só acredita naquilo que lê.

O fogo os fez sentir-se bem na manhã seguinte. Enquanto Charlotte lavou os pratos do café, atrás da cabana ele cortou mais lenha para alimentá-lo, tirando o suéter agora, o sol decididamente impactante então, embora ele não se deixasse enganar, pensando como naquelas latitudes o Dia do Trabalho e não o equinócio marcava o suspirar do verão, o longo suspiro rumo ao outono e ao frio, quando ela o chamou da casa. Ele entrou; no meio da sala havia um estranho carregando, equilibrada ao ombro, uma grande caixa de cartolina, um homem não mais velho do que ele, descalço, metido em calças cáqui desbotadas e numa camiseta sem mangas, bronzeado de sol, olhos azuis e claros cílios queimados de sol e cachos simétricos de cabelo cor de palha — a perfeita *coiffure* reflexiva — que olhava tranquilamente para a efígie sobre a lareira. Através da porta aberta atrás dele, Wilbourne viu uma canoa atracada. — Este é... — disse Charlotte. — Como é mesmo o seu nome?

— Bradley — disse o estranho. Ele olhou para Wilbourne, seus olhos quase brancos contra a pele, como um negativo da Kodak, equilibrando a caixa sobre o ombro, enquanto estendia a outra mão.

— Wilbourne — disse Charlotte. — Bradley é o vizinho. Vai partir hoje. Trouxe para nós a boia que sobrou.

— Não vale a pena transportá-la de novo — disse Bradley. — Sua mulher me disse que vocês vão ficar ainda um tempo, de maneira que achei... — ele cumprimentou Wilbourne com um aperto de mão curto, duro, violento, inadequado e de partir os ossos — o homem de confiança do corretor, há dois anos formado numa universidade do Leste.

— Muito amável de sua parte. Aceitamos com prazer. Deixe que eu… — Mas o outro já havia, com um meneio, posto a caixa no chão; estava repleta. Charlotte e Wilbourne cuidadosamente evitaram olhá-la. — Muito obrigado. Quanto mais tivermos em casa, mais difícil vai ser para o lobo entrar.

— Ou para nos empurrar para fora quando o fizer — disse Charlotte. Bradley olhou para ela. Riu, isto é, com os dentes. Seus olhos não riram, os olhos confiantes e predatórios do ainda bem-sucedido líder universitário.

— Nada mau — disse. — Vocês…

— Obrigada — disse Charlotte. — Você aceita café?

— Obrigado, já comi hoje cedo. Acordamos de madrugada. Preciso estar na cidade à noite. — Ele agora olhou novamente para a efígie sobre a lareira. — Posso? — perguntou, aproximando-se. — Eu o conheço? Me parece…

— Espero que não — disse Charlotte. Bradley voltou-se para ela.

— Esperamos que ainda não, ela quer dizer — emendou Wilbourne. Porém Bradley continuou olhando para Charlotte, as sobrancelhas claras gentilmente interrogatórias sobre os olhos predadores que não sorriam quando a boca o fazia.

— É o Mau Cheiro — disse Charlotte.

— Ah, entendo. — Ele olhou para a efígie. — Foi você quem fez. Eu a vi desenhando ontem. Do outro lado do lago.

— Eu sei que viu.

— *Touché!* — disse ele. — Posso me desculpar? Não estava espionando.

— Eu não estava me escondendo. — Bradley olhou para ela, e agora Wilbourne pela primeira vez viu as sobrancelhas e a boca em consonância, zombeteiras, sardônicas, implacáveis, o homem como um todo emanando uma espécie grosseira e insolente de segurança.

— Tem certeza? — ele perguntou.

— O bastante — disse Charlotte. Ela foi até a lareira e pegou a efígie. — Pena que tenham que partir antes de podermos retribuir a visita à sua esposa. Mas talvez aceite isto como um memento de sua perspicácia.

— Não; mesmo, eu...

— Aceite — disse Charlotte amável. — Deve precisar dele muito mais do que nós.

— Bem, obrigado. — Ele pegou a efígie. — Obrigado. Temos que estar de volta à noite, mas talvez possamos dar uma passadinha antes de partir. A sra. Bradley iria...

— Venham — disse Charlotte.

— Obrigado — disse ele. Voltou-se da porta. — Obrigado outra vez.

— Obrigada outra vez, também — disse Charlotte. Ele saiu; Wilbourne o observou empurrar a canoa e entrar nela. Então Wilbourne foi até a caixa e se agachou junto a ela.

— O que vai fazer? — disse Charlotte.

— Vou levá-la de volta e jogá-la na porta dele.

— Ah, não seja idiota! — disse ela. E se aproximou dele. — Fique em pé. Nós vamos comer isto. Fique em pé como um homem. — Ele se levantou, ela colocou os duros braços em sua volta, trazendo-o à força para junto de si com uma contida impaciência selvagem. — Por que você não cresce, seu maldito escoteiro destruidor de lares? Não entende ainda que não parecemos casados, graças a Deus, nem mesmo para os trogloditas? — Segurou-o firme contra ela, reclinando-se, quadris contra quadris e movendo-se ligeiramente enquanto o encarava, o olhar amarelo impenetrável e escarnecedor e com aquela qualidade que ele aprendera a reconhecer — aquela implacável e quase insuportável honestidade. — Como um homem, eu disse — segurando-o firme e com escárnio contra seus móveis quadris, embora isso não fosse necessário. *Ela não precisa me tocar*, ele pensou. *Nem o som da sua voz sequer, nem o cheiro; basta um chinelo, uma destas frágeis instigações venéreas atiradas ao chão.* — Vamos. Isso mesmo. Assim está melhor. Está bem agora. — Ela soltou uma das mãos e começou a lhe desabotoar a camisa. — Só que dizem que isto dá azar antes do meio-dia. Ou não?

— Sim — disse ele. — Sim. — Ela começou a lhe desafrouxar o cinto.

— Ou é apenas sua maneira de mitigar os insultos que me dirigem? Ou você vai para a cama comigo apenas porque alguém por acaso se lembrou que eu tenho uma fenda no corpo?

— Sim — disse ele. — Sim.

Mais tarde naquela manhã ouviram o carro de Bradley partir. De bruços e quase a metade sobre ele (ela tinha adormecido, largando seu peso e relaxada, a cabeça debaixo do seu queixo, a respiração vagarosa e funda), ela se aprumou, um cotovelo sobre seu estômago e o cobertor escorregando-lhe dos ombros, enquanto o som do carro morria à distância. — Bem, Adão — disse ela. Mas eles sempre estiveram a sós, disse-lhe ele.

— Desde aquela primeira noite. Aquele quadro. Não podíamos estar mais sozinhos, não importa quem fosse embora.

— Eu sei. Quero dizer, posso ir nadar agora. — Ela escorregou para fora do cobertor. Ele a observou, o corpo sóbrio e simples um pouco mais largo, um pouco mais sólido do que os anúncios hollywoodianos de óleo de fígado de bacalhau, os pés descalços sobre as tábuas ásperas, em direção da porta com tela.

— Há maiôs no armário — ele disse. Ela não respondeu. A porta com tela bateu. Então ele não podia mais vê-la, ou teria que erguer a cabeça para fazê-lo.

Ela nadava todas as manhãs, os três maiôs intactos dentro do armário. Ele se levantava da mesa do café e voltava para o alpendre e se deitava na cama e logo ouvia os pés descalços cruzarem a sala e em seguida o alpendre: talvez ele olhasse o corpo firme, macio e bronzeado cruzando o alpendre. Então dormia outra vez (isso por volta de uma hora após ter saído da letargia, um hábito que adquirira nos primeiros seis dias) para acordar mais tarde e olhar para fora e vê-la deitada no cais de bruços ou de frente, os braços sobre ou sob o rosto; às vezes ele ainda estava lá, sem dormir então e nem mesmo pensando, apenas existindo num estado sonolento e fetal, passivo e quase insensível no útero da solidão e da paz, quando ela voltava, movendo-se agora só o bastante para encostar os lábios dele em seus quadris marcados de sol, enquanto ela estancava ao lado da cama, e pô-los saboreando as marcas do sol. Então certo dia aconteceu uma coisa com ele.

Setembro se fora, as noites e manhãs se tornaram definitivamente frias; ela passara a nadar não após o café, mas após o almoço, e eles estavam conversando sobre quando teriam que mudar as camas do alpendre para a sala da lareira. Porém os dias em si continuavam iguais — a mesma recapitulação estacionária do intervalo dourado entre a alvorada e o crepúsculo, os longos dias tranquilos e idênticos, a imaculada hierarquia monótona dos meios-dias cheios do quente mel solar, através dos quais o ano moribundo vagava na degradação vermelha-e-amarela das folhas de árvores decíduas, sem origem e indo para lugar algum. Todos os dias, após nadar e tomar sol, ela saía com o bloco e a caixa de tintas, deixando-o vagar pela casa vazia mas trovejante ao mesmo tempo pelo forte impacto da presença da mulher — as poucas roupas que ela possuía, o sussurro dos pés descalços sobre as tábuas — enquanto ele acreditava estar se preocupando, não acerca do dia inevitável no qual a comida acabaria, mas com o fato de não parecer estar preocupado com isso: um curioso estado que ele havia experimentado uma vez antes, quando num verão o marido da irmã lhe deu uma prensa por ele ter se recusado a exercer o seu direito ao voto. Lembrou-se da exasperação quase se tornando raiva com que tentou apresentar seus motivos para o cunhado, percebendo por fim que estava falando mais e mais depressa não para convencê-lo, mas para justificar a própria raiva como num leve pesadelo em que estivesse tentando agarrar as calças caídas; que não era sequer com o cunhado que estava falando, mas consigo mesmo.

Tornou-se uma obsessão para ele; percebeu com bastante calma que se tornara secreta, tranquila e decentemente um pouco louco; pensava agora sempre na decrescente fileira de latas e sacolas contra as quais ia emparelhando em proporção inversa o número crescente de dias, embora não fosse até o armário olhá-las, contá-las. Rememorava consigo mesmo como fazia quando fugia para o banco do parque e tirava a carteira e dela extraía a tira de papel e subtraía números uns dos outros, enquanto agora tudo o que tinha a fazer era olhar de relance as fileiras de latas na prateleira; podia contar as latas e saber exatamente quantos dias mais lhes restavam, podia pegar um lápis e marcar na própria prateleira os dias e nem teria que contar as latas, podia olhar a prateleira e ler de imediato a situação, como num termômetro. Mas ele nem sequer examinava a despensa.

Sabia que nessas horas estava louco e às vezes lutava contra isso, acreditando ter dominado a loucura, pois no minuto seguinte as latas, exceto pela trágica certeza de que elas nem tinham importância, desapareciam por completo do seu pensamento como se nunca tivessem existido, e ele corria os olhos pelo ambiente familiar com uma sensação de profundo desalento, nem mesmo sabendo que agora estava se preocupando, se preocupando tão terrivelmente que nem tinha consciência disso; lançava um olhar vago, numa espécie de surpresa consternada, para a solidão plena de sol da qual Charlotte havia saído temporariamente, embora ainda nela permanecesse, e para a qual logo voltaria, reentrando na aura que ficara para trás, exatamente como poderia reentrar numa roupa e encontrá-lo estirado sobre a cama, não dormindo agora e nem mesmo lendo, ele que perdera esse hábito junto com o hábito de dormir, e dizia tranquilamente para si mesmo: *Estou entediado. Morto de tédio. Não há nada aqui que precise de mim. Nem ela precisa de mim. Já cortei lenha suficiente para durar até o Natal e não há mais nada para eu fazer.* Um dia pediu a ela que dividisse com ele as tintas e o bloco. Ela o fez e descobriu que ele era daltônico e nem sabia. Então todos os dias ele se deitava numa pequena clareira ensolarada que havia descoberto, cercado pelo feroz aroma adstringente de bálsamo, fumando um cachimbo vagabundo (a única provisão feita antes de deixar Chicago, para enfrentar o dia em que tivessem consumido tanto a comida quanto o dinheiro), com a metade do bloco de desenhos e uma lata de sardinhas transformada em caixa de tintas intacta e primitiva ao seu lado. Então um dia resolveu fazer um calendário, uma ideia inocentemente concebida não pela mente, pelo desejo de ter um calendário, mas pelo tédio muscular absoluto, e realizada com o puro e tranquilo prazer sensorial de um homem talhando uma caixa num caroço de pêssego ou o pai-nosso numa cabeça de alfinete; desenhou o calendário com capricho no bloco, numerando os dias, planejando usar diversas cores apropriadas para os domingos e feriados. Imediatamente descobriu que havia perdido a conta dos dias, mas isto só aumentou a expectativa, prolongando o trabalho, tornando o prazer mais complexo, a caixa de pêssegos deveria ser dupla, a reza deveria estar em código. Por isso voltou para aquela primeira manhã em que McCord e ele se agacharam junto da água, cujo nome e data sabia, então contou para diante, reconstruindo de cabeça as sonolentas demarcações entre uma madrugada e outra, desembaraçando uma a uma da trama áspera como vinho e silenciosa como mel da solidão sem marés, as terças e sextas e os domingos perdidos; quando de repente lhe ocorreu que podia comprovar os números, estabelecer a verdade matemática do ensolarado e intemporal vazio no qual as unidades diárias haviam se desvanecido, pelas datas dos e intervalos entre os períodos menstruais de Charlotte; sentiu-se como um velho contemplativo apoiado por um cajado nas antigas colinas sírias movimentadas por ovelhas deve ter se sentido após tropeçar acidentalmente em alguma fórmula alexandrina que provava as verdades estelares que ele havia observado a cada noite toda a vida e sabia ser verdadeiras, embora não soubesse como nem por quê.

Foi quando a coisa lhe aconteceu. Sentado, olhando o que tinha feito num alegre e espantado prazer com a própria astúcia em racionalizar para Deus, para a Natureza, a não matemática, a superfecunda, a perdulária primitiva desordenada e ilógica e sem método, e assim fazer com que resolvessem seu problema matemático, quando percebeu que havia atribuído seis semanas ao mês de outubro e que o dia no qual agora estava era 12 de novembro. Pareceu-lhe poder ver o próprio numeral, incontroverso e solitário, na idêntica e anônima hierarquia dos dias perdidos; pareceu ver as fileiras de latas na prateleira a meia milha de distância, as dinâmicas formas sólidas como torpedos que até então haviam tombado uma a uma, silenciosamente e sem peso, naquele tempo estagnado que não progredia e que de algum modo encontraria alimento para suas duas vítimas, assim como lhes dava o dom da vida, agora em tempo inverso, o tempo agora propulsor, avançando vagaroso e irresistível, maculando as latas uma a uma, numa progressão contínua como faz a sombra de uma nuvem passageira. *Sim,* ele pensou. *É o veranico de outono o culpado. Fui seduzido ao paraíso de um imbecil por uma puta velha; fui sufocado e exaurido de força e volição pela velha e cansada Lilith bíblica anual.* Ele queimou o calendário e voltou para a cabana. Ela ainda não tinha voltado. Foi até a despensa e contou as latas. Ainda faltavam duas horas para o crepúsculo; quando olhou em direção ao lago viu que não havia sol e que uma nuvem maciça e com o aspecto de algodão sujo havia cruzado do leste para o norte e oeste e que a sensação e o sabor do ar também tinham mudado. *Sim*, pensou. *A puta velha. Ela me traiu e agora não precisa mais fingir.* Por fim viu Charlotte se aproximando, contornando o lago, num par de calças dele e num velho suéter que haviam descoberto no armário junto com os cobertores. Foi ao seu encontro. — Deus do céu — disse ela. — Nunca tinha visto você com um ar tão feliz. Pintou um quadro ou descobriu por fim que a raça humana, na verdade, nem sequer precisa tentar produzir arte... — Ele se movia mais depressa do que imaginava; quando colocou os braços em volta dela, a deteve subitamente pelo contato físico; refugando, ela o encarou agora com espanto verdadeiro e não mais simulado.

— Sim — disse ele. — Que tal um amasso rápido?

— Ora, como não, amigo — disse ela imediatamente. Em seguida refugou outra vez para examiná-lo. — O que é isso? O que está acontecendo aqui?

— Você vai ter medo de ficar aqui sozinha esta noite? — Agora ela começou a se desvencilhar.

— Me solte. Não consigo ver você direito. — Ele a soltou, embora tenha de fato conseguido enfrentar o fixo olhar amarelo para o qual jamais pudera mentir. — Esta noite?

— Hoje é 12 de novembro.

— Muito bem. E daí? — Ela olhou para ele. — Vamos. Vamos entrar e ir direto ao ponto. — Voltaram para a casa; novamente ela parou e olhou-o de frente. — Agora solta o verbo.

— Acabei de contar as latas. Medi as... — Ela o encarou com aquela dura, quase sombria impessoalidade. — Temos comida para mais uns seis dias.

— Muito bem. E daí?

— Foi a temperatura amena. Como se o tempo tivesse parado e nós com ele, como dois ciscos boiando no lago. Por isso não pensei em me preocupar, em vigiar. Por isso vou a pé até a cidade. São só doze milhas. Posso estar de volta amanhã ao meio-dia. — Ela olhou para ele. — Uma carta. De Mac. Pode estar esperando.

— Você sonhou que essa carta estaria lá, ou descobriu isso na borra de café quando estava calculando o rango?

— Vai estar lá.

— Está bem. Mas espere até amanhã para ir. Você não pode andar doze milhas antes do anoitecer. — Eles comeram e foram para a cama. Dessa vez ela foi direta e entrou na cama com ele, tão desatenta ao duro e doloroso cotovelo que o machucava quanto ficaria de sua parte se as posições fossem invertidas, quanto estava em relação à mão dolorosa que agarrava o cabelo dele, sacudindo-lhe a cabeça com selvagem impaciência. — Meu Deus, nunca na vida vi alguém tentar tanto ser um marido como você. Escuta aqui. Se tudo que eu quisesse fosse um marido bem-sucedido e comida e uma cama, por que diabos você acha que estaria aqui em vez de estar lá, onde tinha tudo isso?

— Você tem que dormir e comer.

— Claro que temos. Então para que se preocupar com isso? É como se preocupar com a necessidade de tomar banho só porque a água do banheiro vai ser cortada. — Nesse momento ela se levantou, saiu da cama com a mesma violência abrupta; ele a observou cruzar em direção à porta e abri-la e olhar para fora. Pôde sentir o cheiro de neve antes de ela falar. — Está nevando.

— Eu sei. Soube esta tarde que ela percebeu que o jogo havia terminado.

— Ela? — Charlotte fechou a porta. Dessa vez foi para a outra cama, onde se deitou. — Tente dormir. Vai ser uma longa caminhada amanhã, se nevar muito.

— Vai estar lá.

— Sim — disse ela, que bocejou de costas para ele. — Provavelmente está lá há uma ou duas semanas.

Ele saiu da cabana logo após o amanhecer. A neve cessara e fazia bastante frio. Chegou ao vilarejo em quatro horas e encontrou a carta de McCord. Continha um cheque de vinte e cinco dólares; ele vendera um dos bonecos e obtivera a promessa de um emprego para Charlotte numa loja de departamentos durante as férias de final de ano. Já anoitecera havia bastante tempo quando ele chegou de volta em casa. — Pode confiar na borra de café — ele disse. — Temos vinte e cinco dólares. E Mac arranjou um emprego para você. Ele está vindo para cá sábado à noite.

— Sábado à noite?

— Eu telegrafei para ele. Esperei pela resposta. Por isso me atrasei. — Eles comeram e dessa vez ela foi mansamente para a estreita cama com ele e dessa vez até se achegou a ele, que nunca a vira fazer isso antes em momento algum, a coisa alguma.

— Vou sentir pena de ir embora.

— Vai mesmo? — disse ele calma, pacificamente, deitado de costas, os braços cruzados sobre o peito como uma efígie de pedra num sepulcro do século x. — Você na certa vai ficar contente em voltar, mas só quando já estiver lá. Gente para reencontrar, McCord e os outros de quem você gosta, o Natal e tudo o mais. Poderá lavar a cabeça de novo e fazer as unhas… — Dessa vez ela não se mexeu, ela que tinha o hábito de atacá-lo com aquela selvageria fria e desrespeitosa, sacudindo-o e empurrando-o não só quando conversava, mas até para dar uma simples ênfase ao que dizia. Dessa vez ficou perfeitamente imóvel, sem ao menos respirar, a voz plena não com um suspiro, mas com absoluta incredulidade:

— *Você* na certa... *Você* gosta... *Você* pode... Harry, o que quer dizer com isso?

— Que telegrafei para Mac vir buscar você. Você vai ter um emprego que a manterá bastante bem até depois do Natal. Eu pensei em ficar com a metade dos vinte e cinco dólares e continuar aqui. Talvez Mac me consiga alguma coisa também; se nada mais, um bico qualquer no Programa Federal de Realocação de Mão de Obra. Aí eu voltaria para a cidade e poderíamos...

— Não! — ela gritou. — Não! Não! Meu Deus, não! Me abrace! Me abrace forte, Harry! É para isso, tudo foi para isso, é para isso que estávamos pagando: para que pudéssemos ficar juntos, dormir juntos todas as noites: não só para comer e evacuar e nos esquentar durante o sono de forma a podermos nos levantar e evacuar e assim nos esquentar durante o sono outra vez! Me abrace! Me abrace forte! Forte! — Ele a abraçou, os braços rígidos, o rosto ainda voltado para o alto, os lábios separados dos dentes cerrados.

Deus, ele pensou. *Deus a proteja. Deus a proteja.*

Deixaram a neve no lago, embora antes de chegarem a Chicago tenham alcançado brevemente o final do veranico de outono que se dirigia para o sul. Mas não durou e logo era inverno em Chicago também; o vento canadense formava gelo no lago e soprava nos cânions rochosos onde crescia o azevinho do Natal que se aproximava, crispando e enregelando os rostos dos policiais e contadores e pedintes e do pessoal fantasiado de Papai Noel da Cruz Vermelha e do Exército da Salvação, os dias moribundos falecendo em gás néon sobre os rostos de pétala emoldurados em capuzes de pele das esposas e filhas dos milionários do gado e das madeireiras e das amantes dos políticos de volta da

Europa e dos sítios pernósticos para passar os feriados nas casas quiméricas e opulentas sobre o lago férreo e a rica cidade esparramada antes de partir para a Flórida, e dos filhos dos corretores londrinos e dos aristocratas pés-sujos do Meio-Oeste e dos senadores sul-africanos vindos em visita a Chicago por terem lido Whitman e Masters e Sandburg em Oxford ou Cambridge — membros daquela raça que, sem vocação para as explorações e armada de blocos de anotações e máquinas fotográficas e sacolas de compra sem fundo, escolhe passar os feriados cristãos nas escuras e rascantes matas de selvagens.

O emprego de Charlotte era numa loja que tinha sido uma das primeiras compradoras das primeiras figuras que ela confeccionara. Ele incluía a decoração de vitrinas e mostruários, de forma que seu dia começava quando a loja fechava de tarde e o dos outros empregados terminava. Por isso Wilbourne e às vezes McCord esperavam por ela num bar da esquina, onde jantavam mais cedo. Logo McCord ia embora para começar seu dia de cabeça para baixo no jornal, e Charlotte e Wilbourne voltavam para a loja, que então adquiria uma espécie de bizarra e infernal vida inversa — a caverna de vidro cromado e mármore sintético, que durante oito horas estivera cheia do voraz murmúrio implacável das compradoras cobertas de peles e dos regimentados esgares fixos das vendedoras robotizadas em cetim, agora sem o tumulto, reluzente e tranquila e ecoando em cavernoso silêncio, ananicada, repleta então de uma sombria fúria tensa como uma clínica vazia à meia-noite, onde um punhado de cirurgiões e enfermeiras anões brigam num tom baixo e decoroso por uma vida obscura e anônima, na qual Charlotte também se desvanecia (não desaparecia: ele a podia ver de vez em quando, conversando com uma cliente em pantomima sobre algum objeto que uma delas segurava, ou entrando ou saindo de uma vitrina) assim que elas entravam. Ele trazia um jornal vespertino e então nas duas ou três horas seguintes ficava sentado em cadeiras frágeis cercado por figuras desmembradas com suaves corpos sem órgãos e rostos serenos quase inacreditáveis, por brocados drapeados e metalizados ou pelo brilho das pedrarias falsas, enquanto faxineiras surgiam de joelhos, empurrando baldes diante delas como se fossem de uma espécie semelhante às toupeiras e recém-saídas de algum túnel ou buraco, nascidas das entranhas da própria terra e servindo a alguma obscura norma sanitária, não ao brilho silencioso para o qual nem olhavam, mas à região subterrânea para onde se arrastariam de volta antes da luz do dia. Então às onze ou à meia-noite e, à medida que o Natal se aproximava, até mais tarde, eles iam para casa, para o apartamento que agora não tinha banca de trabalho nem claraboia, mas que era novo e limpo e situado num bairro novo e limpo perto de um parque (de onde, por volta das dez da manhã, enquanto ficava na cama entre a primeira e a segunda dormida do dia, ele podia ouvir as vozes das crianças caçadas pelas babás), no qual Charlotte iria para a cama e ele se sentaria outra vez junto à máquina de escrever onde já havia passado a maior parte do dia, a máquina emprestada primeiro de McCord e então alugada de uma agência e então definitivamente comprada entre armas de fogo sem pente e violões e dentes obturados com ouro numa loja de penhores, na qual escrevia e vendia para revistas femininas histórias que começavam: "Eu tinha o corpo e os desejos de uma mulher, porém em conhecimento e experiência do mundo ainda era apenas uma criança" ou "Se eu ao menos tivesse tido o amor de uma mãe para me proteger naquele dia fatal" — histórias que ele escrevia inteiras da primeira maiúscula até a última frase num só fôlego contínuo, frenético e agonizante, como o jogador do time de futebol da universidade abrindo seu caminho nos estudos, que agarra a bola (seu Albatroz, seu Velho do Mar, a qual, afora o time adversário, afora as irrefutáveis marcas de giz profundamente aterrorizantes e sem significado como no pesadelo de um imbecil, é sua consagrada e mortal inimiga) e corre até completar a jogada — derrubado ou tendo cruzado a linha do gol, não importa —, indo então ele para a cama com a madrugada já do outro lado da janela do frio cubículo de dormir, para se enfiar na cama junto a Charlotte, que sem despertar às vezes se voltava para ele, murmurando algo úmido e ininteligível vindo do sono, e deitar novamente ao lado dela abraçando-a como naquela última noite no lago, ele próprio muito desperto, cuidadosamente rígido e silencioso, sem nenhuma vontade de dormir, esperando que o cheiro e o eco da sua última fornada de literatice para as imbecis exalassem dentro dele.

De modo que ele ficava acordado a maior parte do tempo enquanto ela dormia e vice-versa. Ela se levantava e fechava a janela e se vestia e fazia café (o desjejum que quando eram pobres, quando não sabiam ao certo de onde viria a próxima medida de pó de café para pôr no bule, preparavam e comiam juntos, cuja louça lavariam e secariam juntos lado a lado na pia) e saía e ele não tomava conhecimento. Então ele por sua vez acordava e ouvia as crianças passando enquanto requentava o café, e o bebia e se sentava à máquina de escrever, entrando sem esforço e sem qualquer arrependimento na anestesia de sua monótona criação. No começo ele fazia uma espécie de ritual do almoço solitário, escolhendo as latas e fatias de carne e afins na noite anterior, como um garotinho numa roupa nova de Daniel Boone camuflando uma provisão de biscoitos na floresta improvisada de um armário de vassouras. Mas ultimamente, desde que havia de fato comprado a máquina de escrever (havia voluntariamente abandonado a categoria de amador, disse a si mesmo então; já não tinha sequer que fingir para si mesmo que era uma brincadeira), passou a abrir mão do almoço, do aborrecimento de ter que comer, escrevendo continuamente em vez disso, só parando sem se levantar enquanto os dedos descansavam, um cigarro imprimindo lentamente uma cicatriz na borda da mesa alugada, olhando para, e no entanto sem ver, as últimas duas ou três linhas visíveis da sua mais nova fábula primitiva e imbeciloide, sua goma de mascar sexual, em seguida lembrando-se do cigarro e erguendo-o para inutilmente esfregar a nova queimadura antes de voltar a escrever. Logo chegava a hora e com a tinta às vezes ainda fresca sobre o envelope selado e com o destinatário impresso, contendo a última história que começava assim: "Aos dezesseis anos fui mãe solteira", ele saía do apartamento e andava pelas ruas cheias, pelas tardes cada vez mais curtas do ano moribundo, até o bar onde ele e Charlotte e McCord se encontravam.

Havia Natal no bar também, azevinhos e ramagens entre a reluzente pirâmide de copos, repetida pelo espelho, o espelho macaqueando os uniformes bizarros dos garçons, as fumegantes poncheiras tipicamente natalinas de rum quente e uísque para os fregueses verem e recomendarem uns aos outros, enquanto seguravam os mesmos coquetéis e *highballs* gelados que tinham bebido durante todo o verão. Então McCord, à mesa em que costumavam sentar, com o que ele chamava de café da manhã — uma caneca grande de cerveja e um monte de torradas ou amendoins salgados ou o que mais a casa oferecesse —, e Wilbourne, bebendo o único trago que se permitia antes de Charlotte chegar (— Agora posso me dar ao luxo da abstemia, da sobriedade — dizia a McCord. — Posso pagar dose por dose sem que nenhuma delas me faça passar do limite, e todas pelo privilégio de recusar), esperavam a hora que as lojas esvaziavam, as portas de vidro faiscando ao serem abertas para expelir rumo ao suscetível olhar gelado do gás néon os rostos, com enfeites de azevinho e emoldurados pelos capuzes de pele, os cânions esculpidos pelo vento alegres e vivazes com as vozes brilhantes desejando os bons votos e a boa vontade no vapor intransigente, a rampa dos funcionários em seguida descarregando também os arregimentados cetins negros, os pés inchados de tanto ficar de pé, os rostos doendo após sustentarem os longos e rígidos entressorrisos. Então Charlotte aparecia; eles paravam de falar e a observavam aproximar-se, desviando-se e esgueirando-se entre o amontoado de gente do bar e por entre os garçons e as mesas repletas, o casaco aberto sobre o uniforme simples e de bom gosto, o chapéu de lado, segundo a moda, posto ainda mais para trás como se ela o tivesse empurrado para lá com o antebraço num gesto feminino imemorial, advindo do cansaço feminino imemorial, aproximando-se da mesa, o rosto pálido e cansado também, embora ela se movimentasse vigorosa e afirmativamente como sempre, os olhos tão sérios e incorrigivelmente honestos como sempre acima do forte nariz grosseiro, a grossa e pálida boca sem sutileza. — Rum, rapazes — ela dizia então, afundando-se numa das cadeiras que um deles havia-lhe puxado: — Bem, papai. — Então eles comiam, na hora errada, em que o resto do mundo começava a se preparar para a comida (— Sinto como se fôssemos três ursos enjaulados numa tarde de domingo — dizia ela), comendo uma comida que nenhum deles queria e em seguida se dispersando, McCord para o jornal, Charlotte e Wilbourne de volta para a loja.

Dois dias antes do Natal, quando entrou no bar, ela carregava um embrulho. Este continha presentes para suas crianças, as duas filhas. Eles agora não tinham mais bancada de trabalho e nem claraboia. Ela os desembrulhou e embrulhou de novo sobre a cama, a imemorial — a bancada de trabalho para a concepção indesejada da criança torna-se o altar para a adoração da Criança —, ela sentada na beira cercada de papel com estampas natalinas e o frágil e tolo cordão vermelho e verde e as etiquetas gomadas, os dois presentes que ela havia escolhido razoavelmente caros mas banais, ela os examinando com uma espécie de devaneio sombrio, em suas mãos que de outra forma e em quase todos os atos humanos eram diretas e rápidas. — Não me ensinaram nem como fazer embrulhos — disse. — Crianças — disse. — Na verdade, não é uma festa para crianças. É para adultos: uma semana de indulto para se voltar à infância, para dar algo que não se quer para si próprio a alguém que também não o quer, e exigir um agradecimento por isso. E as crianças fazem uma troca com a gente. Renunciam à puerilidade e aceitam o papel que você abandonou, não porque tenham sentido qualquer vontade específica de serem adultos, mas só por causa da pirataria selvagem das crianças, que farão qualquer coisa — fingimento ou sigilo ou representação — para obter qualquer coisa. Qualquer coisa, qualquer bugiganga serve. Os presentes não significam nada para elas até que se tornem grandes o bastante para calcularem o preço que provavelmente custaram. Por isso as meninas são mais interessadas em presentes do que os meninos. Por isso aceitam o que você lhes dá não porque aceitariam até isso em vez de nada, mas porque é tudo que esperavam dos estúpidos quadrúpedes entre os quais por alguma razão são obrigadas a conviver. — Eles me propuseram continuar na loja.

— O quê? — disse ele. Não vinha prestando atenção a ela. Estivera escutando, mas não ouvindo, olhando para as mãos rudes entre os restos de papel laminado a ouro, pensando, *Agora é a hora de eu dizer: Vá para casa. Esteja com elas amanhã de noite.* — O quê?

— Eles querem continuar comigo na loja até o verão.

Dessa vez ele prestou atenção; viveu a mesma experiência de quando havia reconhecido o número no calendário que confeccionara, agora sabia qual tinha sido o problema todo o tempo, por que ficava deitado rígida e cuidadosamente ao lado dela na madrugada, acreditando que a razão pela qual não dormia era a espera de que o cheiro de sua alcoviteirice imbeciloide desapare-

cesse, por que ficava sentado diante de uma página inacabada na máquina de escrever, acreditando estar pensando em nada, acreditando estar pensando somente no dinheiro, em como a cada vez tinham sempre a reserva errada de caixa e que agiam em relação ao dinheiro como alguns infelizes agem em relação ao álcool: ou nenhum ou demais. *Era na cidade que eu estava pensando, pensou ele. Na cidade e no inverno juntos, uma combinação ainda forte demais para nós, por um tempo ainda... o inverno que arrebanha as pessoas dentro das paredes seja lá onde estiverem, mas o inverno e a cidade juntos, um calabouço; a rotina até no pecado, uma absolvição até para o adultério.* — Não — ele disse.
— Porque vamos embora de Chicago.

— Embora de Chicago?

— Sim. Para sempre. Você não vai mais trabalhar só por dinheiro. Espere — disse, rapidamente. — Sei que acabamos vivendo como se fôssemos casados há cinco anos, mas eu não vou dar uma de marido machão. Sei que me pego pensando: "Quero que minha mulher tenha o melhor", mas ainda não estou dizendo: "Não aprovo que mulher minha trabalhe". Não é por isso. É pela finalidade com que acabamos trabalhando, habituados a trabalhar com ela antes de nos darmos conta disso, quase esperamos demais antes de identificá-la. Lembra-se como você disse lá no lago quando sugeri que desse o fora enquanto era tempo e você respondeu: "É o que compramos, é para isso que estamos pagando: para ficar juntos e comer juntos e dormir juntos"? E olhe para nós agora! Quando estamos juntos é num bar ou num bonde ou andando numa rua cheia de gente, e quando comemos juntos é num restaurante cheio de gente na hora de folga que eles lhe dão na loja, para que você possa comer e se manter forte para que eles façam valer o dinheiro que lhe pagam todo o sábado, e nós não dormimos mais juntos, nos revezamos vigiando o sono um do outro; quando eu toco em você sei que está cansada demais para acordar e você provavelmente está cansada demais até para me tocar.

Três semanas depois, com um endereço rabiscado na margem rasgada de um jornal dobrada no bolso do paletó, ele entrou num prédio comercial do centro e subiu vinte andares até uma porta de vidro opaca em que estava escrito: *Minas Callaghan*, e entrou e passou com certa dificuldade por uma recepcionista platinada e encarou por fim, através do tampo de uma mesa inteiramente nua a não ser por um telefone e um baralho de cartas distribuídas, Canfield, um homem de uns cinquenta anos de rosto vermelho e olhos frios, com a cabeça de um salteador e o corpo de cento e dez quilos de um beque universitário de futebol americano que engordara além da conta, vestido num terno caro de tweed que de qualquer maneira lhe assentava como se ele o tivesse tirado de uma liquidação de artigos salvos de um incêndio e na mira de uma pistola, a quem Wilbourne tentou fazer um resumo das suas qualificações e experiências médicas.

— Isso não tem importância — interrompeu o outro. — Você sabe cuidar dos ferimentos mais comuns em homens que trabalham num poço de mina?

— Eu estava justamente tentando lhe dizer...

— Eu ouvi. Perguntei-lhe outra coisa. Eu disse: Tomar conta deles. — Wilbourne olhou para o homem.

— Não creio que eu... — começou.

— Tomar conta da mina. Daqueles que a possuem. Que colocaram dinheiro nela. Que estarão lhe pagando um salário enquanto fizer jus a ele. Não estou nem ligando para o muito ou o pouco de cirurgia e farmacologia que você conhece ou não conhece ou quantos títulos possa ter e onde os arranjou. Ninguém por lá estará; não vai haver fiscais estaduais por lá para lhe pedir que mostre seu diploma. Quero saber se podemos contar com você para proteger a mina, a companhia. Contra imprevistos. Contra processos movidos pelos carcamanos das pás e enxadas e polacos encarregados dos explosivos e chinas que dirigem os vagonetes de minério, a quem poderia ocorrer a ideia de trocar uma mão ou um pé com a companhia por uma pensão ou uma viagem de volta para Cantão ou Hong Kong.

— Ah — disse Wilbourne. — Entendo. Sim. Posso fazer isso.

— Muito bem. Você receberá transporte para a mina imediatamente. Seu pagamento será... — ele mencionou uma quantia.

— Não é muito — disse Wilbourne. O outro olhou para ele, os olhos frios acolchoados nas gorduras em volta das pálpebras. Wilbourne encarou-o de volta. — Tenho um diploma de uma boa universidade, uma reconhecida escola de medicina. Só me faltaram poucas semanas para terminar minha residência no hospital que possui uma...

— Então não quer este emprego. O trabalho não está nem de longe de acordo com suas qualificações e, se me permite dizer, seus méritos. Bom dia. — Os olhos frios o encararam; ele não se mexeu. — Eu disse, Bom dia.

— Eu terei que ter transporte para minha mulher — disse Wilbourne.

O trem que os levava partiu às três horas duas manhãs depois. Eles esperaram McCord no apartamento onde tinham vivido dois meses e deixado nenhuma outra marca a não ser as cicatrizes de cigarro sobre a mesa. — Nem de amor — ele disse. — Nem a afinação doce e selvagem, pés descalços se apressando em direção à cama na penumbra, colchas que não expulsam com a pressa necessária. Apenas o gemido seminal das molas, o desafogo prostrado pré-prandial dos casados havia mais de dez anos. Estávamos muito ocupados; tínhamos que alugar e sustentar um quarto para dois robôs morarem. — McCord chegou, e eles carregaram a bagagem para baixo, as duas malas com que tinham saído de New Orleans e a máquina de escrever. O gerente apertou as mãos dos três e manifestou pesar pela dissolução dos mutuamente prazerosos liames domésticos. — Só nós dois — disse Wilbourne. — Nenhum de nós é andrógino. — O gerente piscou, mas só uma vez.

— Ah — disse ele. — Boa viagem. Têm um táxi? — Eles estavam com o carro de McCord; saíram para apanhá-lo sob um fraco reluzir de prata barata, o derradeiro néon e o estrondo e retinir dos semáforos; o carregador entregou as duas malas e a máquina de escrever ao cabineiro no vestíbulo do vagão do trem.

— Temos tempo para um trago — disse McCord.

— Você e Harry podem ir beber — disse Charlotte. — Eu vou para a cama. — Ela se acercou e pôs os braços em volta de McCord, o rosto erguido. — Boa noite, Mac. — Então McCord se mexeu e a beijou. Ela deu um passo para trás, virando-se rumo ao vagão; eles a viram entrar no vestíbulo e desaparecer. Então Wilbourne também soube que McCord sabia que nunca mais iria vê-la.

— Que tal aquele trago? — disse McCord. Os dois foram para o bar da estação e encontraram uma mesa e logo estavam sentados outra vez como haviam feito em tantas das tardes enquanto esperavam por Charlotte — os mesmos rostos de bebedores, os mesmos paletós brancos de garçons e barmen, os mesmos copos empilhados luzidios, apenas as poncheiras fumegantes e o azevinho (— O Natal — McCord tinha dito, a apoteose da burguesia, a estação em que segundo uma fábula brilhante o Céu e a Natureza, por uma vez de acordo, anunciam e comandam a todos nós na pele de maridos e pais, quando diante de um altar em forma de um bebedouro de vacas folheado a ouro o homem pode se prostrar impunemente numa orgia de desenfreada obediência sentimental ao conto de fadas que conquistou o mundo ocidental, quando durante sete dias os ricos ficam mais ricos e os pobres mais pobres em meio à anistia: a tábula rasa de uma semana estipulada deixando novamente a página branca e prístina para o registro dos novos — e até o momento, equinos (— Aí está o cavalo — disse McCord), esbaforidos — vingança e ódio.) agora ausentes, o garçom como de costume viera — a mesma manga branca, o rosto anônimo e sem feições de garçom que nunca se vê realmente. — Cerveja — disse McCord. — E o seu?

— Uma água tônica.

— O quê?

— Estou andando na linha.

— Desde quando?

— Desde ontem à noite. Não posso mais me dar ao luxo de beber. — McCord olhou para ele.

— Caramba — disse McCord. — Então me traga um uísque de centeio duplo. — O garçom partiu. McCord ainda olhava fixamente para Wilbourne. — Parece combinar com você — ele disse agressivamente. — Ouça — ele disse. — Sei que não tenho nada com isso. Mas gostaria de saber o que está acontecendo. Você aqui ganhava um dinheiro razoável, e Charlotte com um bom emprego, vocês tinham um bom lugar para morar. E de repente você larga tudo, faz Charlotte jogar o emprego fora para começar em fevereiro a viver num poço de mina em Utah, sem uma estrada de ferro ou um telefone ou mesmo uma privada decente, por um salário de…

— É exatamente por isso. Esta é a razão. Eu havia me tornado… — Ele se calou. O garçom pôs as bebidas na mesa e foi embora. Wilbourne ergueu sua água tônica. — À liberdade.

— Eu iria devagar — grunhiu McCord. — Provavelmente você poderá beber para muita liberdade até ver um pouco dela outra vez. E na base da água mesmo, nem sequer do refrigerante. E talvez num lugar mais apertado do que este aqui. Porque aquele sujeito é venenoso. Eu sei coisas sobre ele. É um picareta. Se escrevessem a verdade sobre ele numa tumba não seria um epitáfio, seria uma folha policial.

— Está bem — disse Wilbourne. — Ao amor, então. — Havia um relógio acima da porta de entrada — a ubíqua e sincronizada face, oracular, admonitória e insensível; ele ainda tinha vinte minutos. *Enquanto só vai levar dois minutos para dizer ao Mac o que me levou dois meses para descobrir,* pensou ele. — Eu tinha virado um marido — disse. — Foi só isso. Eu nem sabia até que ela me contou que a loja lhe tinha proposto continuar trabalhando. No começo eu costumava precisar me vigiar, ensaiar sozinho comigo mesmo todas as vezes para me certificar de que diria "minha mulher" ou "sra. Wilbourne", quando então descobri que vinha me policiando havia meses para não dizê-lo; até me surpreendi duas vezes, desde que voltamos do lago, pensando "Quero que minha mulher tenha o que há de melhor" exatamente como qualquer marido num sábado com seu envelope do pagamento semanal e a casinha no subúrbio repleta de engenhocas elétricas poupa-esposas e o gramado que é um tapete para regar no domingo de manhã, do qual se tornará proprietário contanto que não seja despedido ou atropelado nos próximos dez anos — o verme condenado, cego a todas as paixões e morto para todas as esperanças e que nem sabe disso, indiferente e desprevenido diante da escuridão total, do desconhecimento total, do latente Escárnio-Total que aguarda o momento de fulminá-lo. Eu havia até deixado de ter vergonha da maneira pela qual ganhava dinheiro, me desculpando inclusive para mim mesmo pelas histórias que escrevia, não me envergonhava mais delas do que um funcionário público sanitário comprando sua casinha à prestação para que a esposa possa usufruir do que há de melhor se envergonha do seu distintivo de identificação e do desentupidor de borracha para latrinas descontroladas que tem que carregar sempre consigo. Na verdade, acabei até realmente gostando de escrevê-las, mesmo sem levar o dinheiro em conta, como o menino que nunca viu gelo antes e se torna um aficionado dos patins assim que aprende a usá-los. Além do mais, depois que comecei a escrevê-las descobri que não tinha ideia das profundezas da depravação da qual a mente humana é capaz, o que é sempre interessante...

— Você quer dizer que gosta — disse McCord.

— É. Está bem... Respeitabilidade. Foi isso que nos decidiu. Descobri há uns tempos que é o ócio que cria todas as nossas virtudes, nossas qualidades mais suportáveis — a contemplação, a equanimidade, a preguiça, deixar os outros em paz; boa digestão mental e física: a sabedoria que é se concentrar nos prazeres da carne — comer e evacuar e fornicar e se sentar ao sol —, dos quais nada é melhor, nada se compara, nada mais em todo este mundo do que simplesmente viver durante o curto espaço em que nos emprestam alento, do que estar vivo e consciente... oh, sim, ela me ensinou isso; ela também me marcou para sempre — nada, nada. Mas foi só recentemente que vi com clareza, cheguei à conclusão lógica, que é uma das que chamamos virtudes primordiais — economia, diligência, independência — que gera todos os vícios — fanatismo, complacência, interferência, medo e, pior do que tudo, respeitabilidade. Nós, por exemplo. Devido ao fato de que pela primeira vez estávamos com dinheiro, sabíamos com certeza de onde viria a comida do dia seguinte (o maldito dinheiro, em demasia; à noite ficávamos acordados e planejávamos como gastá-lo; por volta da primavera já estaríamos com prospectos de vapores em nossos bolsos), eu havia me tornado tão inteiramente subserviente e escravo da respeitabilidade quanto qualquer...

— Mas ela não — disse McCord.

— Não. Mas ela é um homem melhor do que eu. Você mesmo já disse isso — como qualquer homem que bebeu ou fumou ópio. Eu me transformara no Perfeito-Dono-de-Casa. Só me faltava a sanção oficial sob a forma de um número registrado na Previdência Social como chefe de família. Vivíamos num apartamento que não era boêmio, nem sequer um ninho de amor fotonovelesco, não ficava nem mesmo naquela zona da cidade, mas numa vizinhança dedicada tanto pelas posturas municipais quanto pela arquitetura ao segundo ano dos casaizinhos na faixa dos cinco mil dólares anuais. Eu era acordado de manhã pelo barulho das crianças passando na rua; quando chegasse a primavera e as janelas tivessem que permanecer abertas, eu ficaria ouvindo o dia todo os gritos impacientes de babás suecas vindos do parque, quando o vento virasse, aspirar o cheiro de urina infantil e biscoitos feitos em casa. Eu me referia àquilo como casa, havia um canto que nós dois chamávamos de meu escritório; eu até tinha comprado afinal a maldita máquina de escrever — algo de que eu havia prescindido durante vinte e oito anos e tão bem que nem me dera conta, que é pesada e desajeitada demais para se carregar, a qual no entanto eu não teria tido coragem de perder mais do que...

— Você ainda está com ela, percebi — disse McCord.

— ... do que... Sim. Uma boa parcela de qualquer coragem é uma descrença sincera na sorte. De outra forma não é coragem... do que arriscaria perder meus cílios. Me atei de pés e mãos numa pequena fita de máquina de escrever, diariamente observei-me ficando mais e mais enredado nela, como uma barata numa teia de aranha; a cada manhã, para que minha mulher pudesse sair em tempo para o trabalho, eu lavava o bule de café e a louça e duas vezes por semana (pela mesma razão) eu comprava do mesmo açougueiro os ingredientes necessários e as costeletas que fritávamos aos domingos; com um pouco mais de tempo teríamos ficado nos vestindo e despindo sem tirar o roupão na presença um do outro e apagando a luz antes de fazer amor. É isso. Não é o emprego do dia a dia que elege nossas vocações, é a respeitabilidade que nos torna quiropráticos e contadores e pregadores de cartaz e motoristas e escritores de subliteratura. — Havia um alto-falante no bar também, sincronizado também; nesse momento uma voz cavernosa e de origem desconhecida rugiu deliberadamente, uma frase na qual, aqui e ali, uma palavra era inteligível — "trem", depois outras que a mente dois ou três segundos mais tarde reconhecia serem os nomes de cidades espalhadas pelo continente, cidades vistas mais que nomes ouvidos, como se o ouvinte (tão formidável era a voz) estivesse suspenso no espaço observando em relances fragmentários o planeta arredondado girar lentamente, para fora dos aconchegantes farrapos de nuvens, as estranhas divisões evocativas da esfera, girando-as para dentro da neblina e das nuvens outra vez antes que a visão e o entendimento as pudessem de fato apreender. Ele olhou novamente para o relógio; ainda tinha catorze minutos. *Catorze minutos para tentar dizer o que eu já disse em cinco palavras*, pensou.

— E veja bem, eu gostava. Nunca neguei isso. Eu gostava. Gostava do dinheiro que ganhava. Eu até gostava do jeito como o ganhava, daquilo que fazia, como já disse. Não foi por causa disso que um dia me resgatei de estar pensando "Minha mulher precisa ter o melhor". Foi porque descobri um dia que eu estava com medo. E descobri ao mesmo tempo que ainda estaria com medo, não importando o que eu faça, que ainda terei medo enquanto ela viver ou eu viver.

— Você ainda está com medo agora?

— Sim. E não é por causa do dinheiro. Maldito seja o dinheiro. Posso ganhar todo o dinheiro de que iremos precisar; certamente parece não haver limites ao que eu posso inventar usando como tema os problemas sexuais femininos. Não é isso que quero dizer, e não é Utah também. Quero dizer nós. O amor, se você preferir. Porque ele não pode durar. Não há lugar para ele no mundo de hoje, nem mesmo em Utah. Nós o eliminamos. Custou-nos um bom tempo, mas o homem é engenhoso e também ilimitado na invenção, de forma que conseguimos finalmente nos ver livres do amor, assim como conseguimos nos ver livres de Cristo. Temos um rádio no lugar da voz de Deus, e em vez de ter que economizar moeda emocional durante meses e anos para merecer uma oportunidade de gastar tudo com o amor, nós agora podemos dispersá-lo em centavos rasos e nos excitar em qualquer banca de jornal, dois por prateleira como os bilhetes e chocolates das máquinas automáticas. Se Jesus retornasse hoje, teríamos que crucificá-lo depressa em nossa própria defesa, para justificar e preservar a civilização que suamos e sofremos e morremos guinchando e amaldiçoando com raiva e impotência e terror durante dois mil anos para criar e aperfeiçoar segundo a própria imagem do homem; se Vênus retornasse, ela seria um homem degradado num lavatório de metrô com uma mão cheia de cartões-postais pornográficos...

— McCord virou-se na cadeira e ergueu o braço, um único gesto de violência contida. O garçom apareceu, McCord apontou para o copo. Logo a mão do garçom pôs o copo novamente cheio sobre a mesa e se retirou.

— Muito bem — disse McCord. — E daí?

— Eu estava em eclipse. Começou na noite em New Orleans quando contei a ela que tinha mil e duzentos dólares e durou até a noite em que ela me disse que a loja pretendia mantê-la. Eu estava fora do tempo. Ainda estava ligado a ele, apoiado por ele no espaço como se está desde quando havia um não você para se tornar você e se estará até que haja um fim para o não você, graças exclusivamente ao qual você pôde existir um dia — essa é a imortalidade —, apoiado por ele, mas é tudo, apenas nele, não condutivo, como o pardal isolado, pelos próprios pés duros e não condutivos e mortos, do fio de alta--tensão, a corrente do tempo que corre pelo ato de lembrar, que existe apenas em relação ao pouco de realidade (aprendi isso também) que conhecemos, ou então não existe essa coisa que chamamos tempo. Você sabe: *Eu não era*. Então *eu sou*, e o tempo começa, retroativo, é era e será. Então *eu era* e portanto não sou, e assim o tempo nunca existiu. Foi como aquele momento de virgindade, era o momento de virgindade: aquela condição, fato, que na verdade não existe, exceto no instante em que você sabe que a está perdendo; durou tanto assim porque eu era velho demais, esperei demais; vinte e sete anos é tempo demais para esperar até sair do seu organismo aquilo que você já deveria ter eliminado sozinho aos catorze ou quinze anos ou talvez até mais cedo — o selvagem e desconexo tatear apressado de dois amadores arfantes à sombra dos degraus na entrada da casa ou num celeiro à tarde. Você se lembra: o precipício, o precipício escuro; toda a espécie humana antes de você saltou nele e viveu e todos depois de você o farão, mas isso não significa nada para você porque eles não podem lhe dizer, avisar, o que se deve fazer a fim de sobreviver. É a solidão, você sabe. Você precisa saltar em completa solidão e pode suportar apenas este tanto de solidão e ainda viver, como a eletricidade. E por esses um ou dois segundos você estará absolutamente só: não antes de você ser e não depois de não ser, porque nessas horas você nunca está sozinho; em qualquer dos casos você está seguro e acompanhado num anonimato infindo e inextricável: num, do pó para o pó; no outro, dos vermes fervilhantes para os vermes fervilhantes. Mas agora você vai ficar só, você deve ficar, sabe disso, assim tem que ser, então que seja; você conduz a besta que cavalgou por toda a vida, o velho, conhecido e alquebrado pangaré, até a beira do precipício...

— Aí vem você com o maldito cavalo — disse McCord. — Estava esperando por ele. Após dez minutos soamos como *Rédea e Espora*. Não conversamos, mas pregamos a moral um para o outro feito dois pastores itinerantes andando pela mesma estradinha de terra.

— Talvez você sempre tenha achado que no momento certo podia puxar a rédea, salvar alguma coisa, talvez não, o momento chega e você sabe que não pode, sabe que sempre soube que não podia, e não pode; você é uma única afirmação abnegada, um único Sim fluente emanado do terror no qual você entrega a volição, a esperança, tudo — a escuridão, a queda, o trovoar da solidão, o choque, a morte, o momento quando, fisicamente detido pelo barro ponderável, você no entanto sente toda sua vida se esvair de você na imemorial, saturada, cega matriz receptiva, o fundamento fluido, cego e quente — túmulo-útero ou útero-túmulo, é uma coisa só. Mas você volta; talvez soubesse disso o tempo todo, mas volta, talvez até viva para completar seus setenta anos ou o que for, mas para sempre depois disso você saberá que para sempre e além você perdeu alguma coisa, que durante aquele segundo ou dois você esteve presente no espaço mas não no tempo, que você não tem os setenta anos que lhe creditaram e que terá que descarregá-los um dia para equilibrar o balanço e sim sessenta e nove anos e trezentos e sessenta e quatro dias e vinte e três horas e cinquenta e oito...

— Santo Cristo — disse McCord. — Louvado seja o Senhor. Se eu algum dia tiver o azar de ter um filho, vou pessoalmente levá-lo a um belo e bom puteiro quando ele completar dez anos.

— Então foi isso que aconteceu comigo — disse Wilbourne. — Esperei demais. O que teriam sido dois segundos aos catorze ou quinze anos foram oito meses aos vinte e sete. Eu estava em eclipse, e quase atingimos o fundo naquele lago nevado em Wisconsin com nove dólares e vinte centavos de comida entre nós e a fome. Eu venci isso, pensei que tinha vencido. Acreditei ter acordado em tempo e vencido isso; voltamos para cá e pensei que estávamos mandando bala, até aquela noite antes do Natal quando ela me falou sobre a loja e eu percebi onde tínhamos nos metido, que a fome não era nada, que ela não poderia ter feito outra coisa senão nos matar, enquanto isso era pior do que a morte ou até mesmo que a separação: era o mausoléu do amor, era o catafalco fedorento do cadáver morto levado entre as formas ambulantes e sem olfato das carnes antigas, imortais, insensíveis e exigentes. — O alto-falante falou outra vez; eles ameaçaram se levantar ao mesmo tempo; no mesmo instante o garçom surgiu do nada, e McCord pagou a conta. — Portanto, tenho medo — disse Wilbourne. — Não tinha medo então porque estava em eclipse, mas agora estou acordado e posso ter medo, graças a Deus. Porque este anno Domini de 1938 não tem lugar para o amor. Usaram o dinheiro contra mim enquanto eu dormia porque eu era vulnerável ao dinheiro. Então despertei e retifiquei o dinheiro e pensei tê-los vencido até aquela noite quando descobri que Eles usaram a respeitabilidade contra mim e ela era mais difícil de vencer do que o dinheiro. Portanto agora não sou mais vulnerável ao dinheiro e nem à respeitabilidade, e dessa forma Eles vão ter que descobrir algo mais para nos forçar a aceitar o padrão de vida humana que agora evoluiu para prescindir do amor — a aceitar, ou morrer. — Os dois entraram na estação de trem — na obscuridade cavernosa onde a perene eletricidade que não distingue o dia da noite ardia tenuemente em direção à férrea aurora invernal entre os jatos esgarçados de vapor, no qual a comprida fila imóvel de vagões escuros parecia estar afundada à altura dos joelhos, encravada e para sempre fixada no concreto. Passaram pelas paredes encardidas de fuligem, pelos apertados cubículos repletos de roncos, até o vestíbulo aberto. — Portanto, tenho medo. Porque Eles são espertos, astutos, Eles terão que ser; se Eles fossem deixar que Os vencêssemos, seria como um assassinato e um roubo não executados. Claro que não podemos vencê-Los; estamos condenados, é claro; é por isso que tenho medo. E não por mim: lembra-se daquela noite no lago em que você disse que eu era uma velha sendo levada pela rua por um policial ou um escoteiro, e que quando o carro bêbado chegasse não seria a velha, seria...

— Mas para que ir a Utah em fevereiro para vencer? E se não pode vencer, por que diabo ir para Utah?

— Porque eu... — Vapor, ar, sibilaram atrás deles num longo suspiro; o cabineiro apareceu do nada, subitamente, como havia feito o garçom.

— Muito bem, senhores — ele disse. — Estamos indo.

Wilbourne e McCord apertaram-se as mãos. — Talvez eu lhe escreva — disse Wilbourne. — Charlotte provavelmente o fará, de qualquer maneira. Ela também é mais cavalheiro do que eu. — Ele entrou no vestíbulo e se voltou, o cabineiro às suas costas, sua mão na maçaneta, esperando; ele e McCord se olharam, os dois discursos não proferidos entre eles, e cada um sabendo que não seriam proferidos: *Nunca mais os verei* e *Não. Você nunca mais nos verá.* — Porque os corvos e os pardais terminam alvejados nas árvores ou afogados nas inundações ou mortos pelos furacões e incêndios, mas não os falcões. E talvez eu possa ser o consorte de um falcão, embora eu seja um pardal. — O trem se alinhou, o início, o começo do movimento, da partida veio de volta, vagão por vagão, e passou sob seus pés.

— E uma coisa que eu me disse lá no lago — ele falou. — Que existe algo em mim de que ela não é a amante, e sim a mãe.

Bem, dei um passo adiante. — O trem andou, ele se debruçou para fora, McCord andando também para acompanhá-lo. — Que existe algo em mim que você e ela geraram, de que você é o pai. Me dê sua bênção.

— Fique com a minha maldição — disse McCord.

O velho

Como o condenado baixo havia declarado, o condenado alto, ao voltar à superfície, ainda segurava o que o condenado baixo chamava de remo. Agarrava-se a ele, não instintivamente para usá-lo no momento em que estivesse outra vez dentro do barco e precisasse, porque por um tempo não acreditou que pudesse voltar ao barco ou a qualquer coisa que o sustivesse, e sim porque não tivera tempo de pensar em largá-lo. As coisas aconteceram depressa demais para ele. Não fora avisado, sentira o primeiro puxão arrebatador da correnteza, vira o barco começar a rodar e seu companheiro desaparecer violentamente para cima como numa tradução do Isaías, e então ele próprio estava na água, resistindo ao peso do remo que não sabia ainda estar segurando cada vez que lutava de volta à superfície e se aferrava ao barco rodopiante, que num momento estava a dez pés de distância e no próximo pairava sobre sua cabeça como se fosse esmigalhá-la, até que por fim agarrou-se à popa, o peso do seu corpo tornando-se um timão para o barco, os dois, homem e barco, e com o remo perpendicular sobre eles, como um mastro de vela, desaparecendo da visão do condenado baixo (que havia desaparecido da vista do condenado alto com a mesma rapidez, embora em sentido ascendente) como um pano de fundo arrancado do palco intacto com uma incrível e violenta velocidade.

Ele estava agora no canal de um brejo, um pântano, no qual até aquele dia nenhuma correnteza passara, provavelmente desde o antigo ultraje subterrâneo que criara o país. Porém havia muitas correntezas ali agora; de seu canto atrás da popa ele parecia ver as árvores e o céu passarem correndo numa velocidade vertiginosa, olhando-o de cima entre as frias gotas amarelas num lúgubre e pesaroso espanto. Mas eles estavam presos e seguros em alguma coisa; ele pensou nisso, ele se lembrou num momento de raiva desacorçoada da terra firme, fixa e fundeada com força e compactada, firme e estável para sempre por gerações de laborioso suor, em algum lugar abaixo dele, além do alcance dos seus pés, quando, e novamente sem aviso, a popa do barco lhe aplicou um atordoante golpe no nariz. O instinto que o fizera se ater ao remo agora o fez atirá-lo no barco para poder agarrar a borda com as duas mãos exatamente no momento em que o barco girou e rodopiou para longe outra vez. Com as duas mãos livres ele agora se arrastou pela popa e caiu deitado, vertendo sangue e água e arfando, não de exaustão, mas com aquela raiva furiosa que é a consequência do terror.

Mas teve que se levantar de imediato porque acreditava ter vindo muito mais depressa (e portanto mais longe) do que viera. Portanto se ergueu, da aquosa poça vermelha em que estivera deitado, sangrando, o brim empapado pesando como ferro sobre seus membros, o cabelo preto emplastrado no crânio, a água sangrenta manchando a camiseta, e arrastou o antebraço cautelosa e apressadamente sobre a parte inferior do rosto e examinou-o, em seguida agarrou o remo e começou a tentar virar o barco correnteza acima. Nem lhe ocorreu que não sabia onde estava o companheiro, em que árvore entre todas por que havia passado ou poderia passar. Nem especulou sobre isso porque sabia tão incontestavelmente que, em relação a ele, o outro estava rio acima, e após a sua recente experiência a mera conotação do termo rio acima trazia um sentido de tal violência e força e velocidade que imaginá-lo de outro modo que não fosse uma linha reta era algo que a inteligência, a razão, simplesmente se recusava a acatar, como a ideia de uma bala de espingarda que tivesse a largura de um campo de algodão.

A proa começou a virar outra vez rio acima. Voltou-se com precisão e ultrapassou o momento terrível e ultrajante no qual ele percebeu que girava com demasiada facilidade; virara sobre o arco e estava de lado para a correnteza e novamente recomeçava o vicioso rodopio enquanto ele permanecia sentado, os dentes expostos no jorrante rosto sanguinolento enquanto os braços gastos golpeavam o remo impotente na água, aquele meio aparentemente inocente que já o abraçara em convulsões férreas e mutáveis como uma sucuri e que agora no entanto parecia não oferecer mais resistência à força de sua urgência e necessidade do que o ar abundante, como o ar; o barco que o havia ameaçado e por fim o havia realmente golpeado no rosto com a violência chocante de um casco de mula agora parecia pairar sem peso sobre a água como flor de cardo, girando como um cata-vento enquanto ele golpeava a água e pensava no e imaginava o companheiro a salvo, parado e descansando numa árvore sem nada para fazer a não ser esperar, cismando com impotente e aterradora fúria sobre a arbitrariedade dos caminhos do homem que destinou a um a árvore segura e ao outro o barco histérico e desgovernado exclusivamente por saber que entre os dois somente ele faria qualquer tentativa de voltar e resgatar seu companheiro.

O bote havia caído em si e agora disparava na correnteza outra vez. Parecia outra vez ter pulado da imobilidade para uma velocidade incrível, e ele achou que devia estar a milhas de distância de onde o companheiro o havia abandonado, embora na realidade houvesse apenas descrito um grande círculo desde que entrara de novo no bote, e o objeto (uma touça de pinheiros estrangulada por toras flutuantes e detritos) no qual o bote estava agora prestes a bater era o mesmo sobre o qual emborcara antes quando a popa o havia atingido. Ele não sabia disso porque ainda não tinha jamais erguido o olhar acima da proa do bote. Não ergueu o olhar agora, apenas viu que ia bater; parecia sentir correr através da inanimada estrutura do bote uma corrente de ávido, lépido, mau, incorrigível voluntarismo; e ele que nunca cessara de golpear a água dúctil e traiçoeira com o que acreditava ser o limite da sua força, agora, não sabendo de onde, de alguma reserva básica e pura, chegou-lhe uma dose final de resistência, uma vontade de resistir que delineou meros músculos e nervos, continuando a golpear com o remo até o momento de se chocar, completando uma última remada por puro reflexo desesperado, como um homem escorregando no gelo tenta agarrar o chapéu e a carteira, quando o bote bateu e o atirou mais uma vez de bruços sobre seu fundo.

Dessa vez não se ergueu de imediato. Ficou deitado de bruços, as pernas ligeiramente abertas e numa atitude quase serena, uma espécie de abjeta meditação. Ele teria que se levantar em algum momento, sabia disso, assim como toda a vida consiste em ter que se levantar mais cedo ou mais tarde, e depois ter que se deitar novamente mais cedo ou mais tarde depois de um tempo. E ele não estava propriamente exausto e não estava particularmente sem esperança e não temia especialmente ter que se levantar. Apenas lhe parecia que acidentalmente fora apanhado numa situação na qual o tempo e a natureza, não ele próprio, estavam enfeitiçados; estava servindo de brinquedo para uma corrente d'água que não ia a lugar algum, sob um dia que não acabaria em noite; quando ela terminasse iria vomitá-lo de volta ao mundo comparativamente seguro de onde havia sido violentamente arrancado e nesse meio-tempo não importava muito o que fizesse ou deixasse de fazer. Então ele ficou de bruços, agora não só sentindo como também ouvindo, por mais algum tempo, o forte e silencioso rumorejo da correnteza sob as tábuas. Em seguida ergueu a cabeça e dessa vez tocou a mão cautelosamente no rosto e olhou de novo para o sangue, então sentou sobre os calcanhares e se debruçando nas bordas apertou as narinas entre o polegar o indicador e expeliu um jato de sangue, e estava enxugando os dedos na coxa quando uma voz pouco acima da sua linha de visão disse baixinho: — Levou um bom tempo! — e ele que até então não tivera motivo nem tempo para erguer os olhos acima da proa, olhou para o alto e viu, sentada numa árvore e olhando para ele, uma mulher. Não estava a mais de dez pés de distância. Estava sobre o galho mais baixo de uma das árvores, apoiando-se com as mãos no obstáculo onde ele havia encalhado, vestida numa manta de chita e numa túnica de soldado raso e com uma touca de sol, uma mulher a quem ele nem se deu o trabalho de examinar, já que aquele primeiro olhar espantado tinha sido suficiente para lhe revelar todas as gerações da vida dela e sua origem, que poderia ter sido sua irmã, se ele tivesse uma irmã, sua esposa, se ele não tivesse ido para a penitenciária numa idade quase adolescente e alguns anos antes daquela em que costuma se casar sua prolífera e monogâmica espécie — uma mulher que sentava agarrando-se ao tronco de uma árvore, os pés sem meias metidos numas botinas de homem desamarradas, a menos de uma jarda da água, que era muito provavelmente a irmã de alguém e quase certamente (ou certamente devia ter sido) a esposa de alguém, embora por ter ingressado muito moço na penitenciária não possuísse mais do que uma mera experiência teórica sobre as mulheres para saber disso também. — Por um minuto pensei que não estava mais tentando voltar.

— Voltar?

— Depois da primeira vez. — Depois que você trombou com aquele monte de arbustos a primeira vez e entrou no barco e seguiu em frente. — Ele olhou em volta, tocando o rosto com delicadeza outra vez; podia muito bem ser o mesmo lugar onde o barco o atingira.

— É — disse ele. — Mas agora estou aqui.

— Dá pra botar o barco um pouco mais perto? Sofri uma bela duma câimbra trepando até aqui; talvez fosse melhor eu...

— Ele não estava ouvindo; acabara de descobrir que o remo se fora; dessa vez, ao ser empurrado para a frente pelo barco, ele havia atirado o remo não para dentro, mas para além dele. — Está bem ali no meio dos galhos — disse a mulher. — Dá pra apanhar. Aqui. Agarra um cipó desse. — Era uma parreira. Havia crescido em volta da árvore e a inundação lhe arrancara as raízes. A mulher a passara em torno da parte superior do corpo; agora a soltou e a balançou até que ele a alcançasse. Segurando a ponta da parreira, ele amarrou o bote em volta da ponta da touça de galhos, apanhando o remo, e amarrou o bote sob o galho e segurou-o e agora a observava se mover, aprontando-se pesada e cuidadosamente para descer — naquele pesadume que não era doloroso, mas apenas aflitivamente cuidadoso, naquele profundo e quase letárgico desajeitamento que nada acrescentava ao somatório daquele primeiro espanto transtornado que já servira ao catafalco do sonho invisível, uma vez que mesmo na prisão ele havia continuado (e até com a mesma antiga avidez, embora elas tivessem causado sua ruína) a devorar as impossíveis fábulas em papel-jornal cuidadosamente censuradas e da mesma forma cuidadosamente contrabandeadas para dentro da penitenciária; e quem diria qual Helena, qual verdadeira Garbo, ele não havia sonhado em resgatar de que escarpado cume ou esconderijo defendido por dragões quando ele e seu companheiro embarcaram no bote. Ele a observou, não fez qualquer outro esforço para ajudá-la além de manter o barco selvagemente parado enquanto ela descia do galho — o corpo inteiro, com o inchaço deformante da barriga abaulando a chita, suspenso pelos braços, pensando, *É isto que eu arrumo. Isto, de toda a carne feminina que anda por aí, é com quem eu tenho que me atrelar num barco para fugir.*

— Onde fica a tal algodoaria? — ele disse.

— Algodoaria?

— Com aquele homem em cima. O outro.

— Não sei. Tem muita algodoaria por aí. Com gente dentro, imagino. — Ela o estava examinando. — Você tá ensanguentado como um porco — ela disse. — Parece um presidiário.

— É — ele disse, grunhiu. — Sinto que acabei de ser enforcado. Bem, tenho que pegar meu companheiro e achar essa algodoaria. — Ele zarpou. Isto é, soltou-se da parreira. Era tudo o que precisava fazer, pois mesmo enquanto a proa do bote estava levantada pelo emaranhado de toras e mesmo enquanto o segurava agarrando no cipó, ele sentia firme e constantemente o sussurro, o forte poder murmurante da água apenas uma polegada além das frágeis tábuas nas quais se havia agachado e que, assim que ele largou a parreira, tomou conta do bote, não num aperto vigoroso, mas numa série de toques leves, tentativos e felinos; ele percebeu então que havia nutrido um tipo de esperança infundada de que o peso extra pudesse tornar o bote mais controlável. Durante um ou dois minutos viveu a crença louca (e ainda infundada) de que isso havia acontecido; tinha colocado a proa contra a correnteza e conseguido mantê-la assim graças a um esforço terrível que continuou mesmo após ter descoberto que viajavam quase em linha reta, mas com a popa para a frente, e continuou de algum jeito mesmo depois que a proa começou a girar e balançar: o antigo e irresistível movimento que ele agora já conhecia bem, bem demais para lutar contra, de modo que deixou a proa balançar correnteza abaixo na esperança de usar o próprio impulso do bote para fazê-lo dar a volta e assim outra vez subir a correnteza navegando de lado, depois de popa e em seguida de lado outra vez, cruzando o canal diagonalmente, em direção à outra parede de árvores submersas; o bote começou a correr sob ele numa velocidade vertiginosa, estavam num rocamoinho, mas não sabiam; ele não tinha tempo para tirar conclusões ou sequer imaginar; agachou-se, os dentes cerrados no rosto emplastrado de sangue e inchado, os pulmões estourando, golpeando a água enquanto as árvores se debruçavam enormes sobre ele. O bote encalhou, rodopiou, encalhou outra vez; a mulher meio deitada na popa, aferrada às bordas do barco, como se estivesse tentando se proteger atrás da própria gravidez; ele agora batia com o remo não na água, mas nas vivas toras sanguinárias, sendo seu desejo agora não ir a lugar algum, chegar a qualquer destino, mas apenas impedir que o bote se partisse em fragmentos contra os troncos das árvores. Então algo explodiu, dessa vez contra sua nuca, e as árvores debruçadas e a água vertiginosa, o rosto da mulher e tudo o mais, se evaporou e desapareceu num brilhante e mudo clarão ofuscante.

Uma hora depois o bote subiu lentamente por um velho caminho de toras e, portanto, saiu do leito do rio, da floresta, indo na direção de (ou sobre) um algodoal — uma cinzenta e ilimitada desolação livre agora do tumulto, interrompida apenas por uma fina linha de postes telefônicos como uma centopeia vadeante. A mulher agora remava, regular e deliberadamente, com um estranho cuidado letárgico, enquanto o prisioneiro se agachava, a cabeça entre os joelhos, tentando com mancheias de água estancar o novo e aparentemente inesgotável fluxo de sangue do nariz. A mulher parou de remar, o bote continuou deslizando, mais lentamente, enquanto ela olhava ao redor. — Saímos — disse ela.

O condenado levantou a cabeça e também olhou ao redor.

— Para onde?

— Pensei que você talvez saberia.

— Não sei nem onde eu estava. Mesmo que eu soubesse onde fica o norte, eu não ia saber se era pra lá que eu queria ir. — Jogou outra mancheia de água no rosto e abaixou a mão e viu na palma o jaspeado rubro, não com tristeza, não com preocupação, mas com uma espécie de alegria sardônica e maligna. A mulher olhava para a nuca do condenado.

— Temos que chegar a algum lugar.

— E eu não sei? Um sujeito numa algodoaria. Outro numa árvore. E agora essa coisa na sua barriga.

— Ainda não estava na época. Deve ter sido subindo naquela árvore depressa ontem, e ter que aguentar lá toda a noite. Estou fazendo o que posso. Mas acho melhor chegar logo num lugar qualquer.

— É — disse o condenado. — Eu também achei que queria chegar em algum lugar e não dei sorte. Você escolhe um pouso agora e a gente tenta o seu. Me dá esse remo. — A mulher lhe estendeu o remo. O barco era de duas pontas; ele só teve que girá-lo.

— Pra onde você encasquetou de ir? — disse a mulher.

— Não se preocupe com isso. Continue se aguentando. — Ele começou a remar, adiante através do campo de algodão. Começou a chover outra vez, embora não muito forte a princípio.

— É — disse ele. — Pergunte ao barco. Estou nele desde de manhã e nunca fiquei sabendo aonde queria ir nem para onde eu ia.

Isso foi por volta de uma da tarde. Lá para o fim do dia o bote (estavam numa espécie de canal outra vez, tinham estado nele havia algum tempo; tinham entrado nele antes de perceberem e tarde demais para saírem de novo, se é que havia alguma razão para fazê-lo, se bem que, para o condenado, certamente não havia, e o fato de sua velocidade ter aumentado era motivo suficiente para continuarem nele) desembocou numa larga extensão de água repleta de dejetos que o condenado identificou como um rio e, dado seu tamanho, o rio Yazoo, embora conhecesse pouco a região da qual não se ausentara um dia sequer nos últimos sete anos de sua vida. O que ele não sabia era que agora seu curso estava invertido. Portanto, assim que o embalo do bote indicou o curso da correnteza, ele começou a remar na direção que pensava ser rio abaixo, onde sabia que ficavam duas cidades — a de Yazoo e, em último caso, Vicksburg, caso fosse realmente tão azarado; caso contrário, algumas cidades menores cujos nomes desconhecia, mas onde haveria gente, casas, alguma coisa, qualquer coisa que pudesse alcançar e para a qual pudesse entregar sua carga e voltar para sempre as costas a ela, para sempre a toda vida grávida e feminina e voltar à existência monástica de espingardas e grilhões onde estaria protegido. Agora, na iminência das casas, de libertar-se dela, nem sequer a odiava. Quando olhou para a parte inchada e informe do corpo à sua frente pareceu-lhe que não era a mulher de jeito algum, e sim uma massa separada, exigente, ameaçadora, inerte, no entanto viva, da qual tanto ele quanto ela eram igualmente vítimas; pensando, como vinha fazendo nas últimas três ou quatro horas, nessa aberração visual ou manual de um minuto — não, de um segundo —, que bastaria para precipitá-la na água até ser arrastada para a morte por aquele fardo inútil que por sua vez nem precisaria agonizar, ele não mais sentiu qualquer calor de vingança em relação à mulher guardiã do fardo, sentiu pena dela como sentiria pela tora viva que num celeiro tivesse que ser queimada para se ver livre dos parasitas.

Seguiu remando, ajudando a correnteza, contínua e fortemente, com uma calculada economia de esforço, na direção que acreditava ser rio abaixo, cidades, gente, alguma coisa onde pisar, enquanto de tempos em tempos a mulher se levantava para despejar a chuva acumulada dentro do barco. Chovia continuamente então, embora ainda não com força, ainda sem paixão, o céu, o próprio dia derretendo sem pesar; o bote se movia por entre um nimbo, uma aura de gaze cinzenta que se mesclava quase sem demarcação com a revolta turbulência esguichante e espumosa da água, engasgada de dejetos. Agora o dia, a luz, realmente começou a acabar, e o condenado se permitiu o esforço de um ou dois avanços extras porque lhe pareceu de repente que a velocidade do bote havia diminuído. Isso era de fato verdade, embora o condenado ainda não o soubesse. Ele apenas o encarou como um fenômeno da crescente ofuscação, ou no máximo como resultado do longo dia de esforço contínuo sem comida, complicado pelas fases enchentes e vazantes de ansiedade e raiva impotente diante da absoluta gratuidade dos seus apuros. Portanto, acelerou um tempo ou dois o ritmo de suas remadas, não por alarme, mas pelo contrário, uma vez que também ele recebera o ânimo trazido pela simples presença de um afluente conhecido, um rio conhecido pelo seu nome inesquecível para gerações de homens que tinham sido atraídos para viver ao seu lado, como sempre o homem foi atraído para morar perto da água, mesmo antes de dar um nome à água e ao fogo, atraído para a água corrente, a base do seu destino e até da sua aparência física rigidamente determinados e postulados por ela. Então ele não se alarmou. Seguiu remando correnteza acima sem o saber, ignorando que toda a água que durante quarenta horas vinha caindo sobre a rachadura do dique, ao norte, estava em alguma parte diante dele, em seu caminho de volta para o rio.

A escuridão agora era total. Isto é, a noite havia chegado inteiramente, o cinzento céu liquefeito havia desaparecido, embora a visibilidade da superfície, como que por uma maligna razão inversa, se tivesse apurado, como se a luz que a chuva da tarde tivesse varrido do ar se houvesse acumulado sobre a água da mesma forma que a chuva o fizera, fazendo a inundação amarela espalhar-se à sua frente, agora numa quase fosforescência, até o instante onde a vista alcançava. A escuridão de fato tinha suas vantagens; ele podia parar de ver a chuva. Ele e suas roupas estavam molhados havia mais de vinte e quatro horas, de forma que fazia muito tempo que deixara de senti-la, e agora que também já não podia vê-la, a chuva em certo sentido cessara para ele. Inclusive, agora não precisava mais fazer força para não ver o inchaço da barriga de sua passageira. Então continuava remando, forte e continuamente, não alarmado e não preocupado, apenas aborrecido por não ter ainda começado a ver qualquer reflexo nas nuvens que indicasse a cidade ou as cidades das quais acreditava estar se aproximando, mas que na verdade estavam agora a milhas atrás dele, quando ouviu um som. Não sabia o que era, pois nunca o tinha ouvido antes e nunca se poderia esperar que o ouvisse outra vez, uma vez que absolutamente não é dado a qualquer homem ouvi-lo e a ninguém ouvi-lo mais do que uma vez na vida. E também não ficou alarmado agora porque não havia tempo, pois embora a visibilidade em frente, com toda sua clareza, não se estendesse muito longe, no momento seguinte ao barulho também viu algo que nunca vira antes. Era que a nítida linha onde a água fosforescente se encontrava com a escuridão estava agora cerca de dez pés mais alta do que estivera um momento antes e que estava enroscada para a frente sobre si mesma, como a massa de uma torta sendo desenrolada. Ela se ergueu, curvando-se; sua crista agitava-se como a crina de um cavalo a galope e, também fosforescente, alvoroçava-se e bruxuleava como o fogo. E enquanto a mulher encolhia-se na proa, consciente ou inconsciente, o condenado não saberia dizer, ele (o condenado), seu rosto inchado e com filetes de sangue, boquiaberto numa expressão de aterrado e incrédulo assombro, continuou a remar diretamente à coisa. De novo ele simplesmente não tivera tempo de ordenar a seus músculos hipnotizados pelo ritmo que parassem. Continuou a remar embora o bote tivesse parado completamente de avançar e parecesse suspenso no espaço, enquanto o remo se preparava-atacava-puxava e preparava outra vez; agora em vez de espaço o bote ficou abruptamente cercado de um caos de escombros fugidios — tábuas, pequenas construções, os corpos de grotescos animais afogados, árvores inteiras saltando e mergulhando como golfinhos sobre as quais o bote parecia pairar numa indecisão aérea e sem peso, como um pássaro sobre um campo fugidio, incerto quanto a onde pousar ou se deveria de fato pousar, enquanto o condenado agachado no barco ainda fazia os movimentos do remo, esperando por uma oportunidade para gritar. Ele nunca a encontrou. Por um momento o bote pareceu ficar de pé sobre a proa e em seguida se lançar como um gato unhando e desesperadamente escalando a enroscada parede de água, e sobrevoou a lambida da própria crista e ficou suspenso num berço no alto, entre os ramos de uma árvore, de cuja copa de galhos e folhas novas o condenado, como um pássaro no ninho e ainda aguardando a oportunidade de gritar e ainda fazendo os movimentos de remar embora já nem tivesse o remo agora, olhava para baixo para um mundo transformado em movimento furioso e em incrível destruição.

Por volta da meia-noite, acompanhado por uma contínua canhonada de trovões e relâmpagos, como uma bateria militar entrando em ação, como se quarenta horas de defluxo dos elementos, do próprio firmamento, estivessem descarregando sob aplausos e brilhantes salvas a derradeira aquiescência ao movimento desesperado e furioso, e ainda liderando o ataque caótico de vacas e mulas mortas, e galpões e cabanas e galinheiros, o bote passou por Vicksburg. O condenado nem soube disso. Não estava olhando alto o bastante acima da água; ainda se agachava, agarrado às bordas do barco e olhando fixamente para o redemoinho amarelo à sua volta no qual árvores inteiras, pontudos frontões de casas, as compridas e lamentáveis cabeças das mulas que ele afastava com uma lasca de tábua arrancada na passagem não saberia dizer de onde (e que pareciam encará-lo com olhos cegos, fixa e reprovadoramente, numa flexibilidade acidental e num incrédulo espanto), emergiam e submergiam outra vez, o bote navegando ora para a frente, ora para o lado, ora para trás, às vezes na água, às vezes avançando alguns metros sobre os tetos das casas e das árvores e até sobre o dorso das mulas, como se mesmo na morte não pudessem escapar à condenação de carregadoras de carga ao qual sua raça eunuca fora amaldiçoada. Mas ele não viu Vicksburg; o bote, viajando em grande velocidade, entrava num estreito revoltoso ladeado de bancos elevados e vertiginosos, encimado por um clarão de luz, mas ele não o viu; só enxergou os escombros à sua frente se dividirem violentamente e se amontoarem sobre si mesmos, subindo, e ele foi tragado pelo vácuo resultante com tal rapidez que não reconheceu esses escombros como sendo armações de uma ponte ferroviária; por um momento horrível o bote pareceu pairar em estática indecisão diante do enorme costado de um barco a vapor, como se hesitasse em galgá-lo ou mergulhar sob o casco, quando então um forte vento gelado e pleno do cheiro e gosto e sensação de umidade e ilimitada desolação soprou sobre ele; o bote deu um grande salto, como se o estado natal do condenado, num derradeiro paroxismo, regurgitasse-o para o selvagem abraço do Pai das Águas.

Foi assim que ele relatou o episódio cerca de sete semanas depois, sentado sobre roupas de cama novas, barbeado e de cabelo cortado novamente, num beliche da caserna.

Durante as próximas três ou quatro horas depois de os trovões e os raios se terem esgotado, a correnteza levou o bote em total escuridão pela revolta paisagem que, mesmo que ele pudesse ter visto, aparentemente não possuía limites. Selvagem e invisível, ela se debatia e arfava em volta e sob o barco, eriçada por uma suja espuma fosforescente e repleta com os dejetos da destruição — objetos sem nome e enormes e invisíveis, que golpeavam e açoitavam o bote e seguiam redemoinhando. Ele não sabia que estava agora sobre o rio. Naquele momento se recusaria a acreditar nisso, mesmo que o soubesse. Ontem soubera que estava num canal pela regularidade do espaço entre as árvores fronteiriças. Agora, uma vez que mesmo de dia não poderia ter visto os limites, o último lugar sob o sol (ou sob o céu transbordante, melhor dizendo) em que ele suspeitaria estar seria sobre um rio; se raciocinasse direito sobre sua presente localização, sobre a geografia sob ele, teria simplesmente achado que estava em estonteante e inexplicável velocidade sobre o maior campo de algodão do mundo; se ele, que ontem soubera estar sobre um rio, tivesse aceitado esse fato com boa-fé e honestidade, e então tivesse visto aquele rio se voltar inesperadamente e desabar sobre ele com furiosa e letal intenção como um garanhão frenético numa pista de corrida — se tivesse suspeitado por um segundo que a selvagem e ilimitada paisagem sobre a qual agora se encontrava era um rio, sua consciência teria simplesmente recusado; ele teria desmaiado.

Quando o dia rompeu — uma alvorada cinza e esfarrapada, cheia de nuvens fugidias entremeadas a gélidas rajadas de chuva — e ele pôde enxergar novamente, soube que não estava num campo de algodão. Soube que a água selvagem sobre a qual o bote se agitava e corria não fluía acima de solo mansamente pisado por um homem, atrás das nádegas esforçadas e trepidantes de uma mula. Foi quando lhe ocorreu que essa situação presente não era o fenômeno de uma década, mas que os anos intermediários durante os quais o rio havia consentido em sustentar sobre seu flácido e sonolento seio os frágeis mecanismos dos canhestros artifícios do homem eram o fenômeno e isto a norma, e que o rio agora fazia o que gostava de fazer, esperara pacientemente dez anos para fazê-lo, assim como uma mula trabalhará durante dez anos para você somente pelo privilégio de escoiceá-lo uma vez. E ele também ficou sabendo outra coisa sobre o medo, algo que não havia descoberto nem na outra ocasião quando tivera realmente medo — aqueles três ou quatro segundos daquela noite da sua juventude quando viu o duplo lampejo do cano do revólver do apavorado funcionário do correio até que este pudesse ser convencido de que o seu revólver (do condenado) não podia disparar: que, se você conseguir aguentar o bastante, o medo atinge um ponto em que absolutamente não é mais agonia, mas apenas um tipo horrível de coceira ultrajante, como a que você sente após uma queimadura grave.

Ele não precisava remar então, mas apenas pilotar (estava sem comida havia vinte e quatro horas e sem dormir fazia umas cinquenta) enquanto o bote corria cruzando a fervilhante desolação, na qual havia muito tempo começara a não se atrever a acreditar que pudesse estar, onde não podia duvidar que estivesse, tentando simplesmente com o fragmento da tábua lascada manter o bote intacto e boiando entre as casas e as árvores e os animais mortos (as cidades inteiras, lojas, residências, parques e fazendas, que pulavam e brincavam à sua volta como peixes), sem tentar chegar a qualquer destino, mas tentando manter o bote boiando até quando conseguisse. Ele queria tão pouco. Nada para si. Só queria ver-se livre da mulher, da barriga, e tentava fazer isso da melhor maneira, não por si mesmo, mas por ela. Poderia tê-la devolvido para outra árvore a qualquer momento...

— Ou poderia ter pulado fora e deixado ela afundar com o barco — disse o condenado gordo. — Aí eles podiam ter te dado mais dez anos pela fuga e enforcado você por assassinato e cobrado o preço do barco da sua família.

— É — disse o condenado alto. Mas ele não fez isso. Queria agir certo, encontrar alguém, qualquer pessoa a quem pudesse entregar a mulher, alguma coisa sólida onde a pudesse colocar para em seguida voltar ao rio, se é que alguém podia ficar feliz com isso. Era tudo o que queria: chegar a alguma coisa, qualquer coisa. Não parecia que fosse pedir muito. E ele não pôde realizá-lo. Contou como o bote voava...

— Você não passou por ninguém? — perguntou o condenado gordo. — Nenhum barco a vapor, nada?

— Não sei — disse o condenado alto. Enquanto tentava apenas manter o barco boiando, até que a escuridão diminuísse e se levantasse e revelasse...

— Escuridão? — estranhou o condenado gordo. — Pensei que você tinha dito que já era de dia.

— É — disse o alto. Estava enrolando um cigarro, despejando o fumo cuidadosamente de um pacote novo para um papel dobrado. — Este foi outro. Passaram muitos enquanto eu estava fora. — O bote movendo-se ainda rapidamente por um sinuoso corredor ladeado de árvores afogadas, que o condenado reconheceu outra vez como sendo um rio correndo novamente na direção que, até dois dias atrás, era corrente acima. Não foi precisamente o instinto que o preveniu, como havia dois dias, de que esse rio estava em marcha a ré. Ele não diria que agora acreditava estar no mesmo rio, embora não se surpreendesse em descobrir que acreditava nisso, existindo agora, como existira e acreditara e aparentemente deveria continuar fazendo por um período incerto, num estado no qual era um joguete e um peão em uma perversa e inflamável geografia. Apenas percebeu que estava novamente sobre um rio, com todas as subsequentes inferências de uma compreensível, mesmo que não familiar, porção da superfície terrestre. Então acreditou que tudo o que tinha a fazer era remar até bem longe e assim atingiria alguma coisa horizontal e acima da água, mesmo que não estivesse seca ou talvez sequer povoada; e, se rápido o bastante, em tempo, e que sua única urgência premente era deixar de olhar para a mulher, que, como uma visão, a incontroversa e aparentemente inescapável presença da sua passageira, com a volta da alvorada, deixara de ser uma pessoa e (podiam-se somar mais vinte e quatro horas às primeiras vinte e quatro e às primeiras cinquenta agora, mesmo contando a galinha. Estava morta, afogada, presa por uma asa sob uma aba do telhado que havia rolado momentaneamente ontem ao lado do bote e ele tinha comido parte dela crua, embora a mulher tenha se recusado) tornara-se um único, inerte, monstruoso e sensível útero, o qual, ele agora acreditava, se pudesse apenas desviar o olhar e mantê-lo assim, desapareceria. Era o que fazia dessa vez quando descobriu que a onda estava chegando.

Não sabia como descobriu que a onda voltava. Não ouviu qualquer som, não foi nada sentido ou visto. Nem acreditara que, estando o bote agora sobre uma espécie de virada de maré — isto é, que o movimento da correnteza, certo ou errado, antes pelo menos horizontal, tivesse agora parado e assumido uma direção vertical —, isso fosse suficiente para adverti-lo. Talvez fosse apenas uma invencível e quase fanática fé na criativa e inata perversidade daquele meio sobre o qual seu destino estava agora depositado, aparentemente para sempre; uma repentina convicção muito além do horror ou da surpresa de que agora havia chegado o momento de o rio se preparar para fazer o que tinha que fazer. Então ele rodopiou o bote e esporeou-o como um cavalo a galope, de forma que, de costas, não podia sequer divisar o próprio canal pelo qual havia subido. Não sabia se simplesmente não podia vê-lo ou se o canal havia desaparecido fazia algum tempo sem que ele tivesse percebido; se o rio se perdera num mundo afogado ou se o mundo afogara-se num rio sem limites. Portanto agora ele não saberia dizer se estava correndo diretamente diante da onda ou cruzando pela sua linha de ataque; tudo o que podia fazer era manter a percepção da vertiginosa e acumulativa ferocidade atrás de si e remar o mais depressa que seus músculos exauridos e agora adormecidos permitissem, e tentar não olhar para a mulher, desviar o olhar do dela e mantê-lo afastado até atingir algo plano e acima da água. Assim, macilento, de olhos cavados, impulsionando e torcendo quase fisicamente os olhos como se fossem aquelas setas de borracha com pontas de sucção dos revólveres de brinquedo de uma criança, os músculos exauridos obedecendo não à vontade agora, mas àquela debilitação além da mera exaustão que, hipnótica, pode prosseguir com mais facilidade do que cessar, ele uma vez mais lançou o bote sobre algo por onde não poderia passar e, uma vez mais projetado violentamente para a frente e apoiando-se sobre as mãos e os joelhos, de quatro, voltou seu rosto inchado e selvagem para o homem com uma espingarda a quem disse numa voz rouca, áspera: — Vicksburg? Onde fica Vicksburg?

Mesmo quando tentava narrar, mesmo após sete semanas e estando a salvo, seguro, preso identificado e duplamente garantido pelos dez anos de acréscimo em sua sentença por tentativa de fuga, algo do antigo ultraje, incrédulo e histérico, aparecia em seu rosto, sua voz, suas palavras. Ele jamais alcançou sequer o outro bote. Contou como se agarrou a uma fiada de tábuas (era um barco sujo, sem pintura e precário com uma bêbada chaminé de zinco; estivera movendo-se no momento em que ele se chocou e aparentemente nem mudou de curso, embora as três pessoas que estavam nele devessem estar vendo-o todo o tempo — um segundo homem, descalço e de cabelos e barbas emaranhadas e também ao leme, e então — não saberia dizer por quanto tempo — uma mulher debruçada na porta, num conjunto imundo de roupas masculinas, igualmente observando-o com a mesma fria especulação), sendo arrastado violentamente, tentando formular e explicar seus simples e (pelo menos para ele) razoáveis desejo e necessidade; narrando, tentando narrar, ele podia sentir outra vez o confronto antigo e inesquecível, como um ataque de febre, enquanto observava a abortiva chuva de fumo, contínua e débil, cair de suas mãos trêmulas, e em seguida o próprio papel se romper em meio a seu relato seco e repentino:

— Queimar minhas roupas? — gritou o condenado. Queimar elas?

— Como diabo espera fugir usando esses cartazes? — disse o homem com a espingarda. Ele (o condenado) tentou narrar, procurou explicar como tentara explicar não só às três pessoas do barco, mas a todo o entorno — água desolada e árvores desamparadas e céu —, não como justificativa, pois não precisava disso e sabia que seus ouvintes, os outros condenados, não lhe pediriam isso, mas sim como, quase exausto, ele podia ter escolhido sonhadora e incredulamente o afogamento. Contou ao homem armado como ele e o colega tinham recebido um barco e sido enviados para apanhar um homem e uma mulher, como ele havia perdido o parceiro e não conseguira encontrar o homem, e agora tudo o que ele queria no mundo era algo plano onde deixar a mulher até encontrar um policial, um delegado. Pensou em seu lar, no lugar onde vivera quase desde a infância, os amigos de anos cujas manhas conhecia e que não ignoravam as suas, os campos familiares onde executava o trabalho que aprendera a fazer bem e a gostar, as mulas com os temperamentos que conhecia e respeitava como conhecia e respeitava o temperamento de certos homens; pensou nas barracas à noite, com mosquiteiros no verão e bons fogareiros no inverno e alguém para fornecer o querosene e a comida também; os jogos de bola aos domingos e os filmes — coisas que, com exceção dos jogos de bola, ele não conhecera antes. Mas, acima de tudo, seu próprio temperamento (Dois anos antes lhe haviam oferecido ser capataz. Não precisaria mais arar ou alimentar os animais, só teria que seguir aqueles que o faziam com um revólver carregado, mas ele pensou: — Acho que prefiro continuar arando — ele disse, absolutamente sério. — Já tentei usar um revólver e não deu certo.), seu bom nome, sua responsabilidade, não apenas em relação àqueles que eram responsáveis por ele, mas em relação a si próprio, sua própria honra em realizar o que lhe pediam, seu orgulho em ser capaz de realizá-lo, fosse o que fosse. Pensou nisso e ouviu o homem armado falar sobre fuga e pareceu-lhe que, pendurado ali, sendo violentamente arrastado (ele disse ter sido então que notara pela primeira vez as parasitas barbas-de-bode nas árvores, embora devessem estar lá havia vários dias até onde podia saber, mas havia sido aqui que ele as percebeu pela primeira vez), ele iria simplesmente explodir.

— Será que não dá pra entrar na sua cabeça que a última coisa que quero é fugir? — gritou. — Pode ficar aí armado e me vigiar. Vou te dar vida mansa. Tudo o que quero é botar esta mulher...

— E eu lhe disse que ela podia subir a bordo — disse o homem armado na sua voz constante. — Mas não tem lugar no meu barco pra ninguém caçando um delegado, ainda mais vestido de presidiário.

— Quando ele subir a bordo, dê uma coronhada na cabeça dele com a carabina — disse o homem ao lado da chaminé. — Ele está bêbado.

— Ele não vai subir a bordo — disse o homem armado. — Ele é doido.

Então a mulher falou. Não se mexeu, debruçada sobre a porta, metida, como os dois homens, num macacão desbotado, remendado e imundo. — Dê um pouco do rango pra eles e mande os dois embora daqui. — Ela se mexeu, cruzou o tombadilho e olhou para a companheira do condenado com aquele seu olhar frio e mal-humorado. — Quanto tempo falta?

— Era para o mês que vem — disse a mulher do bote. — Mas eu... — A mulher de macacão se voltou para a homem armado. — Dê um pouco do rango pra eles — ela disse. Mas o homem armado ainda olhava para a mulher do bote.

— Vamos — ele disse para o condenado. — Ponha ela no barco e dê o fora.

— E o que vai acontecer com você — disse a mulher de macacão —, quando tentar entregar ela para um policial? Quando chegar perto do delegado e ele perguntar quem é você? — Mesmo assim o homem armado nem olhou para ela. Mal mudou a arma de posição enquanto esbofeteava com força a mulher com as costas da mão, forte. — Seu filho da puta — disse ela. Mesmo assim o homem armado nem olhou para ela.

— Então? — perguntou ele ao condenado.

— Não está vendo que não posso? — gritou o preso. — Não está vendo?

Então, ele disse, desistiu. Estava fadado. Isto é, soube então que estivera fadado desde o começo a nunca se livrar dela, exatamente como aqueles que o mandaram sair no bote sabiam que ele nunca desistiria; quando reconheceu que um dos objetos que a mulher de macacão estava atirando no bote era uma lata de leite condensado, ele acreditou ser um presságio, gratuito e irrevogável como um comunicado de falecimento vindo pelo telégrafo, de que não iria sequer encontrar uma superfície plana e fixa a tempo de nela a criança nascer. Então contou como segurou o bote ao lado do barco precário enquanto o primeiro gracejo esboçado pela segunda onda cresceu sob ele, enquanto a mulher de macacão ia e vinha da despensa para o parapeito, atirando a comida — uma peça de carne salgada, o rasgado e sujo cobertor, os nacos queimados de pão dormido que ela despejou de um pano de prato no bote como se fosse lixo — enquanto ele se agarrava ao costado resistindo ao crescente impulso da correnteza, a nova onda que naquele momento ele esquecera porque ainda estava tentando expressar a incrível simplicidade de seu desejo e necessidade até que o homem armado (o único dos três que usava sapatos) começou a pisotear suas mãos, ele tirando-as uma por vez para evitar os sapatos pesados, então voltando a se agarrar na amurada até que o homem armado lhe chutou o rosto, ele se virando de lado para evitar o pontapé e por isso soltando a amurada, seu peso inclinando o bote numa tangente na correnteza que se avolumava, de modo que o bote começou a deixar o barco para trás; ele remando outra vez agora, violentamente, como um homem corre em direção a um precipício ao qual sabe enfim estar condenado, olhando atrás para o outro barco, os três rostos mal-humorados, zombeteiros e tristes e diminuindo rapidamente além do espaço de água que aumentava e por fim, apoplético, sufocado pela terrível verdade não de ter sido recusado, mas por lhe ter sido recusado tão pouco, ter querido tão pouco, pedido tão pouco, e no entanto lhe fora pedido em troca o único preço tão inacessível que (eles deveriam sabê-lo), se ele pudesse pagá-lo, não estaria onde estava, pedindo o que pedira, ergueu o remo e, sacudindo-o, rogou pragas contra os três, mesmo após o disparo da espingarda e de a carga passar disseminada pela superfície da água de um lado do bote.

Assim ficou pendurado, ele disse, sacudindo o remo e uivando, quando de repente se lembrou da outra onda, a segunda parede de água cheia de casas e mulas mortas erguendo-se atrás dele no pântano. Então parou de gritar e voltou a remar. Não tentou ganhar da onda na velocidade. Simplesmente sabia por experiência que quando o alcançasse teria que seguir na mesma direção que ela de qualquer jeito, quisesse ou não, e quando o alcançasse ele começaria a avançar depressa demais para poder parar, pouco importava que lugares encontraria onde pudesse deixar a mulher, desembarcá-la a tempo. Tempo: este era seu nó agora, de maneira que sua única chance era manter-se na dianteira do tempo o quanto pudesse e rezar para chegar a algum lugar antes dele golpear. Então continuou, guiando o bote com os músculos que já estavam cansados havia tanto tempo que ele nem mais os sentia, como quando um homem cuja má sorte é tão prolongada que já não crê que seja tão má, quanto mais que seja sorte. Mesmo quando ele comia — os pedaços queimados do tamanho de bolas de beisebol e de peso e consistência de hulha ensebada, até depois de ficarem no fundo do bote onde a mulher do barco precário os havia atirado — os objetos quase férreos de peso plúmbeo que nenhum homem chamaria de pão fora da frigideira grudenta e queimada onde haviam sido torrados — era só com uma mão, relutando em largar o remo com a outra.

Ele tentou narrar isso também — aquele dia, enquanto o bote voava por entre as árvores barbadas, enquanto volta e meia pequenas e incipientes antenas exploratórias emergiam da onda que o seguia e brincavam por um momento no bote, leves e curiosas, indo então em frente com um tênue som de suspiro sibilante, quase um riso abafado, o bote seguindo adiante, avançando sem nada para ver senão árvores e água e solidão: até pouco tempo depois não mais lhe pareceu estar tentando pôr espaço e distância atrás de si ou diminuindo espaço e distância à sua frente, mas sim que tanto ele quanto a onda estavam suspensos, simultâneos e imóveis no tempo cristalino, sobre uma desolação onírica na qual ele continuava remando não com qualquer esperança de chegar a algum lugar, mas simplesmente para manter intacta a pequena distância que o comprimento do bote estabelecia entre ele e a inerte e inescapável massa de carne feminina à sua frente; então, a noite e o bote se apressando, rápidos porque qualquer velocidade em relação a qualquer coisa desconhecida e invisível é sempre muito rápida, com nada à sua frente e às suas costas a ideia ultrajante de um volume de água móvel precipitando-se para a frente, a crista espumosa e estriada feito caninos, e em seguida a madrugada outra vez (outra dessas alterações oníricas do dia para o escuro e de volta para o dia com aquela truncada, anacrônica e irreal característica do acender e apagar das luzes numa cena de teatro) e o bote emergindo então com a mulher não mais recostada sob a túnica militar encolhida de tão molhada, e sim sentada ereta, agarrando as bordas do bote com as duas mãos, os olhos fechados e o lábio inferior preso entre os dentes e ele agora batendo na água com a tábua estilhaçada furiosamente, encarando a mulher com seu inchado rosto selvagem e insone e gritando e grasnando: — Aguente firme! Pelo amor de Deus, aguente firme!

— Estou tentando — disse ela. — Mas corra! Corra! — Ele narrou o inacreditável: corra, pressa: o homem caindo de um penhasco e recebendo a ordem de se agarrar em qualquer coisa e se salvar; o próprio aviso emergindo nebuloso e burlesco, ridículo, cômico e louco, da febre do intolerável esquecimento mais sonhadoramente furioso do que qualquer fábula encenada atrás das luzes do proscênio:

Ele estava numa bacia agora — Uma bacia? — disse o condenado gordo. — Isso é onde a gente se lava.

— Isso mesmo — disse o condenado alto, áspero, com as mãos na altura da boca. — Foi o que eu fiz. — Com um supremo esforço ele as retesou por tempo suficiente para soltar os dois pedacinhos de papel de cigarro e os observou voando num ligeiro rodopio indeciso até o chão, entre os seus pés, mantendo as mãos imóveis por mais um momento — uma bacia, um extenso e pacífico mar amarelo que possuía um ar abrupto e curiosamente ordenado, dando-lhe, mesmo naquele momento, a impressão de estar acostumada à água ainda que não à imersão total; ele até se lembrara do nome dela, que lhe tinha sido contado duas ou três semanas mais tarde por alguém: Atchafalaya.

— Louisiana? — perguntou o condenado gordo. — Quer dizer que você tinha saído do Mississippi? Diabos! — Ele olhou para o condenado alto. — Puxa! — disse. — Isso fica exatamente em frente de Vicksburg.

— Ninguém falou em Vicksburg nenhuma onde eu estava — disse o condenado alto. — Falaram foi em Baton Rouge. — Então começou a falar sobre uma cidade, uma cidadezinha branca e limpa como nos retratos, aninhada entre enormes árvores muito verdes, que apareceu de repente no relato como provavelmente apareceu na realidade, abrupta e vaporosa e mítica e incrivelmente serena diante dele, do outro lado de um conjunto de barcos ancorados a uma fila de vagões de carga parados com água até as portas. E agora ele tentou narrar isso também: como ficou parado com água até a cintura durante um momento, olhando para trás e para baixo o bote onde estava a mulher, quase deitada, os olhos ainda cerrados, os nós dos dedos brancos nas bordas do barco e um fino fio de sangue escorrendo pelo queixo, vindo do lábio mastigado, e ele olhando para ela com uma espécie de angústia furiosa.

— Até onde vou ter que andar? — disse ela.

— Não sei, eu decido! — gritou ele. — Mas em algum lugar lá embaixo há terra. Terra, casas.

— Se eu tentar me mexer não vai nascer nem dentro do barco — disse ela. — Você vai ter que chegar mais perto.

— Sim — gritou ele, selvagem, desesperado, incrédulo. — Espere. Vou me entregar, então eles terão que... — Não completou a frase, não esperou para completá-la; também contou isso: chapinhando, tropeçando, tentando correr, soluçando e arfando; agora ele via — outra plataforma de carga pairando acima da inundação amarela, as figuras em cáqui sobre ela como antes, idênticas, as mesmas; contou como os dias passados desde aquela inocente manhã condensaram-se, desapareceram como se nunca tivessem existido, os dois instantes contíguos sucedendo-se (sucedendo-se? simultâneos) e ele transportado não sobre o espaço intermediário, mas apenas transformado em seus próprios passos, afundando, chapinhando, os braços erguidos, ganindo asperamente. Ouviu o grito espantado: — Lá está um deles! —, o comando, o tilintar do equipamento, o grito de alarme: — Lá vai ele! Lá vai ele!

— Sim! — gritou ele, correndo, afundando. — Estou aqui! Aqui! Aqui! — ainda correndo em direção à primeira saraivada, parando entre as balas, abanando os braços, guinchando: — Quero me entregar! Quero me entregar! — observando, não com terror, mas num espanto e num ultraje absolutamente insuportáveis, enquanto um grupo agachado de figuras cáqui se dividia e ele viu a metralhadora, o grosso e tacanho focinho se inclinar e cair e apontar em sua direção e ele ainda gritando na sua rouca voz de corvo: — Quero me entregar! Não estão me ouvindo? — continuando a gritar mesmo enquanto rodopiava e afundava, chapinhando, abaixando-se, afundando inteiramente e ouvindo as balas fazerem tuc-tuc-tuc na água acima dele, e ele ainda raspando as unhas no fundo, ainda tentando gritar mesmo antes de tomar novamente pé e ainda submerso a não ser pelos fundilhos inconfundíveis mergulhando, o grito ultrajado borbulhando de sua boca e em volta do rosto uma vez que ele apenas queria se entregar. Em seguida ficou relativamente protegido, fora de alcance, mas não por muito tempo. Isto é (ele não disse como, nem onde), houve um momento em que parou, respirou por um segundo antes de correr outra vez, o trajeto de volta para o bote livre por enquanto, embora ainda pudesse ouvir os gritos atrás de si e de vez em quando um tiro, e ele arfando, soluçando, um enorme e selvagem corte numa das mãos, recebido quando e como ele não saberia dizer, e gastando uma respiração preciosa, falando com ninguém tanto quanto o grito de um coelho moribundo não se dirige a nenhum ouvido mortal, mas é sim uma acusação a toda a vida, e à sua loucura e sofrimento, à sua infinita capacidade de loucura e dor, que parece ser sua única imortalidade: — Tudo que eu quero no mundo é só me entregar.

Voltou ao bote e entrou e apanhou sua tábua lascada. E agora, quando narrava isto, apesar da fúria do elemento que o coroou, ele (o relato) se tornava bastante simples: ele agora até vincava outro papel de cigarro entre dedos que não tremiam nada e enchia o papel a partir do saquinho de fumo sem deixar cair uma partícula sequer, como se tivesse passado da barragem dos tiros de metralhadora a um refúgio além de qualquer espanto: de forma que a parte subsequente de sua narrativa parecia chegar a seus ouvintes como se através de um cristal ligeiramente leitoso embora de vidro transparente, como algo nunca ouvido, mas visto — uma série de sombras, sem contornos definidos mas nítidos, e mansamente fluidas, lógicas e serenas e silenciosas: Estavam no bote, no centro da extensa depressão plácida que não possuía limites e onde o pequeno bote solitário voava ao sabor da irresistível coerção de uma correnteza que mais uma vez se dirigia ele não sabia para onde, as límpidas e pequenas cidades de capitéis acarvalhados inatingíveis e míticas e aparentemente ligadas a nada sobre o horizonte amplo e imutável. Ele não acreditava nelas, elas não importavam, ele estava condenado; elas eram menos do que ficções de fumaça ou delírio, e ele guiando seu incansável remo sem destino ou sequer esperança agora, olhando de quando em vez para a mulher sentada com os joelhos encolhidos e cerrados, todo o seu corpo numa única tensão aterradora, enquanto brotavam lentamente os fios de saliva sangrenta do lábio inferior mastigado entre os dentes. Ele não ia a lugar algum e não fugia de nada, simplesmente continuava a remar por haver remado tanto a ponto de acreditar que se parasse seus músculos gritariam de agonia. Portanto, quando aconteceu ele não ficou surpreso. Ouviu o som que conhecia bem (ele o ouvira uma só vez, é verdade, mas nenhum homem precisa ouvi-lo mais de uma vez) e o estava esperando; olhou para trás, ainda remando, e viu, enrolada, encimada pelos dejetos das árvores semelhantes a palha, pelos detritos e animais mortos, e olhou fixamente por sobre os ombros para ela por um minuto, com aquele cansaço muito além do nível de ultraje em que mesmo o sofrimento, a capacidade de ser mais afrontado, havia cessado, do qual ele nesse momento contemplava com selvagem e invulnerável curiosidade a pressão maior que seus nervos agora anestesiados poderiam suportar, o que mais poderia ser inventado para eles suportarem, até que a onda realmente começasse a se erguer sobre sua cabeça, atingindo seu clímax retumbante. Então, só então, foi que ele virou a cabeça. Suas remadas não foram interrompidas, não diminuíram nem aumentaram; remando ainda com aquela contínua hipnose exaurida, viu o cervo nadando. Não sabia o que era, nem que havia mudado o curso do bote para segui-lo, simplesmente observou a cabeça nadando à sua frente enquanto a onda se derramou e o bote subiu inteiro daquela velha e conhecida maneira em meio a um turbilhão de árvores atiradas e casas e pontes e cercas, ele ainda remando, mesmo quando o remo não encontrava outro arrimo a não ser o ar e ainda remava mesmo quando ele e o cervo projetados para a frente, lado a lado à distância de um braço, ele olhando para o cervo agora, observando o animal subir inteiro na água até realmente progredir a seu lado na superfície, subindo mais, planando fora da água por completo, desaparecendo para o alto num agonizante crescendo de esguichos e galhos quebrados, seu rabo molhado espetado para cima, o animal todo desaparecendo para o alto como a fumaça desaparece. Então o bote encalhou e virou junto com ele, parado imerso até os joelhos, pulando e caindo outra vez de joelhos, tentando se pôr em pé, procurando o cervo desaparecido. — Terra — ele grasnou. — Terra! Segure--se! Segure-se! — Apanhou a mulher pelas axilas, arrastando-a para fora do barco, afundando e arfando atrás do cervo desaparecido. Agora a terra apareceu de verdade — uma costa suave e rápida e escarpada, estranha, sólida e inacreditável; um monte indígena, e ele afundando no aclive lamacento, escorregando para baixo, a mulher se debatendo nas suas mãos enlameadas.

— Me ponha no chão! — gritou ela. — Me ponha no chão! — Mas ele a segurou, arfando, soluçando, e correu de novo pela encosta enlameada; havia quase atingido o topo plano com sua carga agora violentamente insubmissa quando um galho sob seu pé se enroscou com uma densa velocidade convulsiva. *Era uma serpente,* pensou ele ao sentir os pés voarem sob ele, e com sua indubitavelmente derradeira força quase empurrou e quase jogou a mulher para cima da encosta enquanto descia, pés primeiro, o rosto para baixo, para aquele meio sobre o qual vivera mais dias e noites do que poderia se lembrar e do qual ele próprio não havia emergido inteiramente, como se sua própria carne fraca e exaurida estivesse tentando realizar sua furiosa e tenaz vontade de se ver livre a qualquer preço, mesmo ao preço de se afogar, do encargo a que, inadvertidamente e sem escolha, ele havia sido condenado. Mais tarde lhe pareceu haver levado de volta consigo para baixo da superfície o som do primeiro vagido da criança recém-nascida.

Palmeiras selvagens

Nem o administrador da mina nem sua esposa foram recebê-los — um casal até mais jovem embora consideravelmente mais severo, pelo menos de aspecto, do que Charlotte e Wilbourne. O sobrenome era Buckner, entre si chamavam-se de Buck e Bill. — Só que o nome é Billie — informou a sra. Buckner numa voz áspera do Oeste. — Sou do Colorado (pronunciava o a como um é aberto). Buck é de Wyoming.

— É um perfeito nome de puta, não é? — disse Charlotte, afável.

— E o que você quer dizer com isso?

— Nada. Não quis ofender. Seria uma boa puta. É o que eu tentaria ser.

A sra. Buckner olhou para ela. (Isto ocorreu enquanto Buckner e Wilbourne estavam no almoxarifado, pegando os cobertores e casacos de couro de ovelha e as roupas de baixo de lã e meias.) — Você e ele não são casados, são?

— O que a fez pensar isto?

— Sei lá. De algum jeito, a gente percebe.

— Não, não somos. Espero que não se importe, já que vamos morar na mesma casa.

— Por que me importaria? Eu e Buck não casamos logo, também. Mas agora entramos nos eixos — sua voz não era triunfante, era satisfeita. — E eu guardei, bem guardado. Nem Buck sabe onde. Não que isto faça grande diferença. Buck é legal, mas é sempre bom uma mulher andar prevenida.

— O que você guardou?

— O papel. A certidão. — Mais tarde (ela estava cozinhando o jantar agora e Wilbourne e Buck ainda estavam do outro lado do cânion, na mina) ela disse: — Faça ele casar com você.

— Talvez faça — disse Charlotte.

— Faça mesmo. É melhor assim. Especialmente quando se está buchuda.

— Você está buchuda?

— Sim. Há mais ou menos um mês.

Na verdade quando o trem de minério — uma falsa locomotiva sem frente ou traseira e três vagões e um cubículo para passageiros quase todo ocupado pelo aquecedor — chegou à estação atulhada de neve, não havia ninguém à vista a não ser um gigante encardido para quem a chegada deles aparentemente constituíra uma total surpresa, metido num encardido casaco forrado em pele de ovelha, com olhos sem brilho, que davam a impressão de não ter dormido muito ultimamente, no rosto encardido que obviamente não fora barbeado e sem dúvida não fora lavado havia um bom tempo — um polonês de ar orgulhoso, feroz e selvagem e um pouco histérico, que não falava inglês, tagarelando ininteligivelmente, gesticulando com violência em direção à muralha oposta do cânion, onde, dependuradas, estavam meia dúzia de casas, construídas em sua maioria de chapas de zinco e com janelas cheias de neve. O cânion não era largo, era uma vala, uma cloaca, elevava-se empinando; a neve prístina, marca-

166

da e maculada, apequenando a entrada da mina, o depósito de lixo, as poucas construções; além das bordas do cânion, os autênticos picos inatingíveis se erguiam, emaranhados em nuvens sob um vento fantástico, no céu imundo. — Vai ficar lindo na primavera — disse Charlotte.

— É bom que fique — disse Wilbourne.

— Vai ficar. Já está. Mas vamos a algum lugar. Vou congelar num minuto.

Novamente Wilbourne se dirigiu ao polonês. — Administrador — disse ele. — Qual casa é?

— É; patrão — disse o polonês. Ele jogou a mão outra vez em direção à muralha do cânion em frente, movendo-se com incrível rapidez para alguém de seu tamanho e, como Charlotte ficara um pouco para trás antes de se recompor, ele apontou para os finos sapatos dela enfiados até os calcanhares na neve e então pegou as duas lapelas do casaco dela com as mãos encardidas e puxou-as à altura do seu pescoço e do seu rosto com uma gentileza quase feminina, os olhos sem brilho se inclinando sobre ela com uma expressão ao mesmo tempo feroz, selvagem e terna; ele empurrou-a para a frente, dando-lhe um tapinha nas costas, ele de fato deu-lhe uma forte palmada nas nádegas. — Corrom — disse ele —, corrom.

Então viram e entraram no caminho que cortava o estreito vale. Isto é, não era bem um caminho, sem neve ou onde a neve estivesse pisada, apenas naquele lugar o nível da neve era mais baixo, a largura de um só homem entre os dois bancos de neve protegia de certa forma do vento. — Talvez ele more na mina e só venha para casa nos fins de semana — disse Charlotte.

— Mas me disseram que ele era casado. Como ela faz?

— Talvez o trem de minério só venha uma vez por semana também.

— Você não deve ter visto o maquinista.

— Nós não vimos a mulher dele, tampouco — disse ela, emitindo um som de nojo. — Não teve a menor graça! Desculpe, Wilbourne.

— Desculpo.

— Desculpem, montanhas. Desculpe, neve. Acho que vou ficar congelada.

— De qualquer maneira, ela não estava lá hoje de manhã — disse Wilbourne. Assim como o administrador não estava na mina. Escolheram uma casa, não aleatoriamente e também não por ser a maior, o que não era o caso, e nem mesmo porque tivesse um termômetro (que registrava catorze graus abaixo de zero) ao lado da porta, mas simplesmente porque foi a primeira casa que encontraram e porque já se haviam tornado profunda e indelevelmente íntimos do frio, pela primeira vez na vida, um frio que deixava uma marca indestrutível e inesquecível em alguma parte da alma e da memória, como a primeira experiência sexual ou a experiência de tirar uma vida humana. Wilbourne bateu uma vez naquela porta com a mão que nem mais sentia a madeira e não esperou resposta, abrindo-a e empurrando Charlotte à sua frente para dentro de um único quarto onde um homem e uma mulher, sentados idênticos vestindo camisas de lã e calças jeans e meias de lã sem sapatos, um em frente ao outro, encarando um baralho gordurento, arrumado para um jogo qualquer sobre uma tábua em cima de um barril, olharam para eles com espanto.

— Quer dizer que *ele* te mandou para cá? O próprio Callaghan? — perguntou Buckner.

— Foi — disse Wilbourne. Ele podia ouvir Charlotte e a sra. Buckner de onde Charlotte estava, perto do aquecedor a uns dez pés de distância (o aquecedor era a gasolina; quando lhe atiravam um fósforo, o que só acontecia quando o apagavam para encher o tanque, uma vez que do contrário ele ardia o tempo todo, dia e noite, o aquecedor acendia com um estampido e um clarão, aos quais depois de certo tempo até Wilbourne se acostumou, não mais apertando os dentes para evitar que o coração lhe saltasse pela boca), conversando: — Essa é toda a roupa que trouxeram para cá? Vão congelar. Buck vai ter que ir ao almoxarifado. — Sim — disse Wilbourne. — Por quê? Quem mais me mandaria para cá?

— Você... ah... você não trouxe nada? Nem uma carta nem nada.

— Não. Ele disse que eu não...

— Ah, estou entendendo. Foi você que pagou a viagem. A passagem de trem.

— Não. Ele pagou.

— Caramba — disse Buckner, virando a cabeça para a mulher. — Ouviu essa, Bill?

— Por quê? — disse Wilbourne. — Qual o problema?

— Não tem mais importância — disse Buckner. — Vamos até o almoxarifado arrumar umas coisas pra vocês dormirem e umas roupas mais quentes do que essas. Ele nem ao menos disse pra vocês comprarem um casaco de pele de ovelha na Sears, não é?

— Não — disse Wilbourne. — Mas primeiro deixe eu me esquentar.

— Você nunca vai se esquentar por aqui — disse Buckner. — Se você sentar em cima do fogão tentando, esperando, nunca vai sair do lugar. Vai morrer de fome, vai ficar sem se levantar até para encher o fogareiro quando ele apagar. O negócio é se convencer que sempre vai estar com um pouco de frio mesmo na cama e simplesmente ir fazendo o que tem pra fazer e depois de um certo tempo você vai se acostumar com o frio, esquecer que ele existe, e então nem vai perceber que está com frio porque já terá esquecido como era sentir-se aquecido. Por isso, vamos logo. Pode botar meu casaco.

— E você?

— Não é longe. Tenho um suéter. Carregar as coisas vai nos esquentar um pouco.

O almoxarifado era uma sala única de zinco repleta do frio metálico e iluminada pelo resplendor de ferro silencioso da neve através de uma única janela. O frio ali dentro era um frio mortal. Parecia uma gelatina, quase intransponível, o corpo relutante como se, e com razão, mais que respirar, viver, fosse pedir-lhe demais. Dos dois lados erguiam-se prateleiras de madeira, tristonhas e vazias, exceto as de baixo, como se esse ambiente também fosse um termômetro, não para medir o frio, mas o caráter agonizante, um incontroverso centígrado (*Deveríamos ter trazido o Mau Cheiro*, já pensava Wilbourne), um falso mercúrio de mentira que nem sequer era grandioso. Desceram os cobertores, os casacos forrados com pele de ovelha, as lãs e as galochas; ao tato pareciam gelo, ferro, endurecidos; carregando-os de volta para a cabana, os pulmões de Wilbourne (ele havia esquecido a altitude) lutavam com o ar rígido que neles parecia fogo.

— Então é médico — disse Buckner.

— Sou o médico — disse Wilbourne. Estavam na rua agora. Buckner trancou a porta novamente. Wilbourne olhou para o cânion, em direção ao paredão em frente, com a minúscula e imóvel cicatriz da entrada da mina e do monte de lixo. — O que há de errado aqui?

— Já vou lhe mostrar. Você é um médico?

Dessa vez Wilbourne olhou para ele. — Já disse que sou. O que quer dizer?

— Então suponho que tenha alguma prova disso. Um diploma: não é assim que se chama?

170

Wilbourne olhou para o homem. — Aonde você quer chegar? Sou responsável perante você pelas minhas habilitações ou perante o homem que paga meu salário?

— Salário? — Buckner riu com aspereza. Em seguida se calou. — Acho que estou indo pelo caminho errado. Não quis pisar nos teus calos. Quando um homem chega na minha terra e você lhe oferece um emprego e ele diz que sabe andar a cavalo, nós queremos uma prova de que sabe e ele não se chateia quando pedimos isso. Nós até lhe damos um cavalo pra ele fazer a demonstração, só que não o nosso melhor cavalo, e se a gente só tiver um cavalo e ele for bom, aí então esse cavalo não serve. Então não teríamos um cavalo para ele fazer a demonstração e a gente teria que perguntar ao sujeito. É o que estou fazendo. — Ele olhou para Wilbourne, sóbrio e intenso, com olhos de avelã num rosto esquálido como um músculo de carne crua.

— Ah — disse Wilbourne. — Entendo. Tenho um diploma de uma faculdade bastante boa. Quase terminei minha residência num hospital bem conhecido. Depois eu teria ficado... conhecido, de qualquer maneira; isto é, eles teriam reconhecido publicamente que sei... o que todo médico sabe, e talvez até mais que alguns deles. Ou pelo menos é o que eu espero. Satisfeito?

— Sim — disse Buckner. — Está bem. — Ele se voltou e prosseguiu: — Você quer saber o que há de errado aqui? Vamos deixar estas coisas na cabana e vamos até a mina que eu lhe mostro. — Deixaram os cobertores e as lãs na cabana e atravessaram o cânion; o caminho que não era caminho, assim como o almoxarifado não era um almoxarifado, mas uma espécie de placa impenetrável, uma palavra em código colocada ao lado da estrada.

— O trem de minério em que viemos — disse Wilbourne —, o que carregava quando desceu do vale?

— Ah, estava carregado — disse Buckner. — Tem que descer carregado. Sai carregado daqui de qualquer maneira. Eu me responsabilizo por isso. Não quero minha garganta cortada antes do tempo.

— Carregado de quê?

— Ah — disse Buckner. A mina não era um poço, era uma galeria que penetrava diretamente até as entranhas da pedra — um tubo redondo como o cano de um obus, escorado com toras e repleto, à medida que os dois avançavam, da moribunda claridade da neve e do mesmo frio letal gelatinoso que havia no almoxarifado, e percorrido por dois trilhos de bitola estreita por onde vinha, enquanto eles entravam (os dois rapidamente se afastaram ou teriam sido atropelados), um vagonete cheio de minério empurrado por um homem correndo a quem Wilbourne reconheceu ser também polonês, embora mais baixo, mais gordo, mais atarracado (ele viria a perceber mais tarde que nenhum deles era o gigante que imaginara, que a ilusão de tamanho era uma aura, uma emanação daquela selvagem inocência e credulidade infantil que ambos possuíam), os mesmos olhos claros, o mesmo rosto encardido e barbado sobre o mesmo imundo casaco forrado com pele de ovelha.

— Acho… — começou Wilbourne. Mas ele não terminou o que tinha para dizer. Os dois seguiram em frente; o último fulgor da neve desapareceu e então entraram numa cena como algo de um Eisenstein Dante. A galeria tornou-se um pequeno anfiteatro, ramificada em galerias menores como dedos abertos a partir da palma iluminada por uma incrível extravagância de eletricidade como que para um festival — uma extravagância de lâmpadas sujas que tinha, embora numa proporção inversa, o mesmo ar de mentira e agonia do grande, quase estéril prédio identificado como *Almoxarifado*, em formidáveis letras novas — e sob essa luz ainda outros homens, parecendo gigantes encardidos, em casacos com pele de ovelha e cujos olhos não haviam dormido ultimamente, trabalhavam com picaretas e pás no mesmo frenesi do que ia correndo atrás do vagonete carregado, com gritos e ejaculações na língua que Wilbourne não podia entender, quase como um time universitário de beisebol animando-se mutuamente, enquanto das galerias menores, onde eles ainda não haviam entrado e onde ainda mais lâmpadas elétricas brilhavam na poeira e no ar gelado, de lá chegando ecos ou gritos de ainda outros homens, esvaziados e estranhos, enchendo o ar pesado como erráticos pássaros cegos. — Ele me disse que vocês tinham chineses e italianos também — disse Wilbourne.

— É — disse Buckner. — Mas foram embora. Os chinas foram em outubro. Acordei uma manhã e tinham sumido. Todos. Foram a pé, acho. Com as camisas pra fora das calças e os sapatos de palha. Mas também não havia muita neve em outubro. Pelo menos até lá embaixo. Eles sentiram o cheiro. Os carcamanos...

— O cheiro?

— Não tem havido pagamento aqui desde setembro.

— Ah — disse Wilbourne. — Entendo agora. Sim. Então sentiram o cheiro. Como os negros sentem.

— Não sei. Nunca tive crioulos por aqui. Os carcamanos fizeram um pouco mais de barulho. Entraram em greve, tudo formalizado. Atiraram fora as picaretas e as pás e saíram. Houve uma... como é que se chama? Delegação?... que veio falar comigo. Muita conversa, tudo meio berrado, e uma porção de mãos, as mulheres paradas do lado de fora na neve, levando os bebês para eu ver. Então abri o almoxarifado e dei pra cada um uma camisa de lã, homens, mulheres e crianças (você precisava ver, os meninos em camisas de homem, aqueles que já podiam andar, quero dizer. Usavam-nas ao ar livre como se fossem capotes.) e uma lata de feijão para cada um e os mandei de volta no trem de minério. Ainda havia uma quantidade considerável de mãos erguidas, punhos agora, e pude ouvi-los por um bom tempo depois que o trem desapareceu. Pra descer, Hogben (é ele quem guia o trem; é pago pela ferrovia) só usa a locomotiva como freio, por isso não faz muito barulho. Não tanto quanto o pessoal fez, pelo menos. Mas os polacos ficaram.

— Por quê? Eles não perceberam...

— Que tudo estava acabado? Eles não entendem as coisas. Verdade que ouvem; os carcamanos sabiam falar com eles: um dos carcamanos servia de intérprete pra eles. Mas são uma gente estranha; não compreendem a desonestidade. Acho que quando os carcamanos tentaram explicar, a coisa simplesmente não fez sentido, que um homem podia manter o pessoal trabalhando sem intenção de pagar. Portanto, eles agora pensam que estão fazendo hora extra. Fazendo todo trabalho. Não são mecânicos, nem mineiros, são dinamitadores. Tem alguma coisa nos polacos que faz eles gostarem de dinamite. Talvez seja o barulho. Mas agora estão fazendo de tudo. Queriam botar as mulheres aqui também. Entendi isso depois de um tempo e dei uma brecada. Por isso não dormem muito. Acham que quando o dinheiro chegar amanhã vão receber tudo. Acham que você talvez o tenha trazido e que sábado à noite irão receber milhares de dólares por cabeça. São como crianças. Acreditam em qualquer coisa. Por isso, quando descobrem que você os enganou, te matam. Bem, não com uma faca nas costas, nem mesmo com uma faca, mas indo de encontro a você com uma banana de dinamite e enfiando a dinamite no seu bolso, seguram você com uma mão enquanto com a outra acendem um fósforo para acender o pavio.

— E você não lhes contou?

— Contar como? Não sei falar com eles; o intérprete era um dos carcamanos. Além do mais, o chefe tem que manter a aparência de que a mina está em funcionamento e essa é a minha tarefa. Pra ele continuar vendendo ações. Por isso você está aqui — um médico. Quando ele disse a você que não ia haver nenhuma inspeção médica por aqui pra aporrinhar você com diplomas, falou a verdade. Mas existem inspetores de minas por aqui, leis e normas para o funcionamento das minas que exigem a presença de um médico. Por isso ele pagou a sua passagem e a de sua mulher pra cá. Além disso, o dinheiro pode aparecer. Quando vi você hoje de manhã, também achei que o tinha trazido. Bem? Já viu o bastante?

— Sim — disse Wilbourne. Voltaram em direção à entrada; mais uma vez deram rapidamente passagem para um vagão repleto de minério, empurrado às pressas por outro encardido e frenético polonês. Emergiram no frio vivo da neve imaculada, no dia moribundo. — Não acredito — disse Wilbourne.

— Você viu, não viu?

— Refiro-me à razão por que você ainda está aqui. Você não estava esperando dinheiro nenhum.

— Talvez esteja esperando uma brecha pra escapulir. E esses putos nem dormem à noite, para não me darem a chance. Diabos — disse ele. — Isso também é mentira. Fiquei por aqui porque estamos no inverno e tanto faz estar aqui como em qualquer lugar, contanto que se tenha bastante rango no almoxarifado e eu possa me esquentar. E porque eu sabia que ele teria de mandar logo outro médico ou vir ele mesmo dizer pra mim e praqueles putos selvagens que a mina está fechada.

— Bom, estou aqui — disse Wilbourne. — Ele mandou outro médico. O que você quer de um médico?

Durante algum tempo, Buckner olhou para ele — os inflexíveis olhos pequenos que deviam servir bem para avaliar e comandar homens de um tipo, uma classe, uma espécie, ou ele não estaria onde estava agora; os inflexíveis olhos que talvez nunca antes, disse Wilbourne consigo, tivessem se confrontado com a necessidade de avaliar um homem que apenas alegava ser médico: — Ouça — ele disse —, tenho um bom emprego, só que

175

não recebo nada desde setembro. Economizamos cerca de trezentos mangos para sair daqui quando este troço estourar e para viver até eu arranjar outra coisa. Mas agora Bill está com uma barriga de um mês e não temos condições de sustentar um filho. Você se diz médico e eu acredito. E então?

— Não — disse Wilbourne.

— Eu assumo o risco. Garanto que não vai sobrar pra você.

— Não — disse Wilbourne.

— Você está querendo dizer que não sabe fazer?

— Sei fazer. É muito simples. Um dos médicos do hospital fez uma demonstração — um caso de emergência —, talvez para nos mostrar o que não se deve fazer. Ele não precisava ter me mostrado.

— Eu lhe pago cem dólares.

— Eu tenho cem dólares — disse Wilbourne.

— Cento e cinquenta dólares então. A metade do bolo. Mais que isso não posso.

— Eu também tenho cento e cinquenta dólares. Tenho cento e oitenta e cinco dólares. E mesmo que só tivesse dez dólares…

Buckner deu-lhe as costas: — Você é um homem de sorte. Vamos comer.

Ele contou a Charlotte o ocorrido. Não na cama, onde costumavam conversar, porque dormiam todos no mesmo quarto — a cabana só tinha um aposento, com uma meia-água para as necessidades íntimas —, mas do lado de fora da cabana onde, com neve até os joelhos e de galochas, podiam ver a muralha montanhosa em frente e os denteados picos emaranhados de nuvens além, e onde, indômita, Charlotte repetiu: — Vai ser lindo na primavera.

— E você respondeu que não — ela disse. — Por quê? Por causa dos cem dólares?

— Você me conhece melhor que isso. Aliás, eram cento e cinquenta.

— Posso ser baixo, mas não tão baixo?

— Não. Foi porque eu...

— Você tem medo?

— Não. Não é nada. Facílimo. Um toque com um bisturi para deixar entrar o ar. É porque eu...

— Há mulheres que morrem por causa disso, no entanto.

— Quando o cirurgião faz barbeiragem. Talvez uma em dez mil. É claro que não existem estatísticas. É porque eu...

— Tudo bem. Não foi porque o preço fosse baixo demais ou porque você tivesse medo. Era tudo o que eu queria saber. Você não precisava fazer. Ninguém pode obrigá-lo. Me beija. Nós não podemos nem nos beijar lá dentro, quanto mais...

Os quatro (Charlotte dormia então de ceroulas de lã como os outros) dormiam num único aposento, não em camas, mas em colchões no chão (— Fica mais quente desse jeito — explicou Buckner. — O frio vem por baixo.), e o fogareiro de gasolina ardia o tempo todo. Ocupavam cantos opostos, mas mesmo assim os colchões não ficavam a quatro metros de distância, de forma que Wilbourne e Charlotte nem podiam falar, sussurrar. Isto não parecia incomodar os Buckner porém, embora fossem de poucas conversas e sussurros preliminares; às vezes, mal passados cinco minutos após apagarem as lamparinas, Wilbourne e Charlotte ouviam o abrupto oscilar de garanhão na outra cama, o agressivo movimento abafado pelos cobertores e que cessava com os gemidos arfantes da mulher ou às vezes com uma série de simples gritos amontoados uns sobre os outros, embora para eles as coisas não fossem assim. Então um dia o termômetro caiu de catorze para quarenta e um abaixo de zero, e eles colocaram os colchões juntos e dormiram como uma unidade, as duas mulheres no meio e ainda, às vezes, mal apagada a luz (ou talvez fossem acordados por isso), advinha o choque brutal do garanhão sem troca de palavras, como se eles tivessem sido atraídos selvagem e violentamente um para o outro, como o aço e o ímã, a feroz respiração, os gemidos femininos arfantes e trêmulos, enquanto Charlotte dizia: — Não dá para fazerem isso sem puxar as cobertas? — Embora para eles as coisas não fossem assim.

Estava lá havia um mês, era quase março agora, e a primavera que Charlotte aguardava um tanto mais próxima, quando uma tarde Wilbourne voltou da mina, onde os sujos e insones poloneses ainda trabalhavam com aquela ilusória ferocidade frenética e as cegas vozes feito pássaros ainda voavam para lá e para cá em meio às extravagantes lâmpadas poeirentas, e encontrou Charlotte e a sra. Buckner vigiando a porta da cabana enquanto ele entrava. E sabia o que o esperava e talvez até soubesse que estava perdido.

— Ouça, Harry — disse ela —, eles vão embora. Têm que ir. Aqui não há mais o que fazer e eles só têm trezentos dólares para chegar aonde querem e para viver até que ele ache trabalho. De forma que têm que dar um jeito antes que seja tarde demais.

— Nós também — disse ele. — E nem temos trezentos dólares.

— Não temos um bebê também. Não temos esse azar. Você disse que era fácil, que só uma em dez mil morre, que você sabe fazer, que não tem medo. E eles estão dispostos a se arriscar.

— Você quer tanto cem dólares?

— Já quis alguma vez? Já lhe falei de dinheiro, a não ser daqueles meus cento e vinte e cinco dólares que você nem aceitou? Você sabe. Como eu sei que você não vai aceitar o dinheiro deles.

— Desculpe. Não quis dizer isso. É porque eu…

— É porque eles estão num aperto. E se fosse conosco? Sei que vai ter que abrir mão de alguma coisa. Mas nós abrimos mão de muita coisa por amor e não estamos arrependidos.

— Não — disse ele. — Não estamos. Nunca.

— Isso é por amor também. Talvez não o nosso. Mas é amor. — Ela se dirigiu para a prateleira onde guardavam os objetos de uso pessoal e puxou a surrada maleta de instrumentos com a qual ele tinha se equipado antes de deixar Chicago, juntamente com os dois bilhetes de trem. — Seria bom o chefe saber, se pudesse sabê-lo: que a única vez que você a usou foi para amputar o gerente da mina dele. De que mais precisa?

Buckner se juntou a Wilbourne: — Tudo bem? — disse. — Eu não tenho medo, nem ela. Porque você é legal. Não é à toa que estou de olho em você há um mês. Talvez, se você tivesse concordado logo, de cara, naquele primeiro dia, eu tivesse dado pra trás, eu ficasse com medo. Mas agora não. Assumo todo o risco e me lembrarei da promessa: garanto que não vai sobrar pra você. E não é cem, ainda é cento e cinquenta.

Ele tentou dizer Não, tentou realmente. *Sim*, pensou calmamente, *Abri mão de muita coisa mas, pelo jeito, disto não. Honestidade sobre dinheiro, segurança, diploma* e então por um momento terrível pensou, *Talvez eu tivesse aberto mão do amor em primeiro lugar*, mas se controlou a tempo; ele disse: — Seu dinheiro não basta, mesmo que você se chamasse Callaghan. Prefiro assumir todos os riscos.

Três dias depois, eles, que não foram apanhados na chegada, acompanharam os Buckner cruzando o cânion até o trem de minério que os aguardava. Wilbourne recusara continuamente até os cem dólares, aceitando por fim e no lugar de dinheiro um recibo de cem dólares sobre o pagamento atrasado de Buckner que os dois sabiam nunca seria pago, para gastar o equivalente em comida no almoxarifado, cuja chave Buckner lhe entregara: — Pra mim parece besteira — disse Buckner. — O almoxarifado é seu de qualquer maneira.

— Isso vai manter a contabilidade em ordem — disse Wilbourne. — Seguiram o caminho que não era caminho até o trem, a máquina sem frente nem traseira, os três vagões de minério, o vagonete de brinquedo. Buckner olhou para a mina, o orifício arreganhado, o depósito de lixo manchando a neve imaculada. O tempo estava claro, o sol baixo e tênue sobre os denteados picos róseos, num incrível céu azul. — O que vão pensar quando descobrirem que vocês foram embora?

— Talvez achem que fui buscar o dinheiro pessoalmente. Pelo menos é o que desejo, para o seu bem. — Depois disse: — Eles estão melhor aqui. Sem preocupações com aluguéis e essas coisas e ficando bêbados depois sóbrios de novo, com bastante comida pra todos até a primavera. E têm o que fazer, como ocupar os dias, e com as noites pra ficar na cama contando as horas extras. Um homem pode ir longe só pensando no que tem pra receber. E ele ainda pode mandar algum dinheiro.

— Você acredita nisso?

— Não — disse Buckner. — Você também não deve acreditar.

— Acho que nunca acreditei — disse Wilbourne. — Nem naquele dia no escritório dele. Talvez até menos então do que em qualquer outro momento. — Os dois estavam parados um pouco distantes das duas mulheres. — Ouça, quando chegarem e tiverem tempo, faça com que ela veja um médico. Um bom médico e diga a ele a verdade.

— Pra quê? — disse Buckner.

— Eu acharia melhor. Me sentiria mais à vontade.

— Não — disse o outro. — Ela está legal. Porque você é legal. Se eu não pensasse isso, acha que ia deixar você fazer? — Chegou o momento; a locomotiva silvou um apito agudo, os Buckner entraram no vagonete e o trem começou a andar. Charlotte e Wilbourne olharam por apenas um momento, e logo

Charlotte se voltou, já correndo para longe. O sol havia quase sumido, os picos inefáveis e suaves, o céu âmbar e azul; por um momento Wilbourne ouviu vozes vindas da mina, selvagens, distantes e incompreensíveis.

— Céus — disse Charlotte. — Que tal nem comermos hoje à noite? Depressa. Corra. — Ela correu, então parou e se voltou, o rosto largo e direto corado no reflexo róseo, que deixava agora seus olhos verdes acima da disforme gola de carneiro do casaco disforme. — Não — disse ela —, vá correndo na frente para que eu possa ir tirando nossa roupa na neve. Mas corra. — Mas ele não tomou a dianteira, nem sequer correu, andou de forma que podia vê-la diminuindo à sua frente pelo caminho que não era caminho, subindo em seguida pela outra parede rochosa em direção à cabana, ela que, não fosse o fato de usá-las com a mesma inconsciência abrupta com que usava vestido, nunca deveria usar calças, e ele entrou na cabana e a encontrou se despindo até das ceroulas de lã. — Depressa — disse ela —, depressa. Seis semanas. Até já esqueci como se faz. Não — prosseguiu —, nunca vou esquecer isso. A gente nunca esquece, graças ao bom Deus. — Em seguida ela falou, segurando-o, os braços e as coxas fortes: — Acho que sou muito fricoteira com o amor. Basta uma pessoa na cama conosco para eu não conseguir.

Não se levantaram para preparar ou comer o jantar. Depois de certo tempo, dormiram; Wilbourne acordou no meio da noite rígida para descobrir que o fogareiro tinha apagado e o quarto estava absolutamente gelado. Pensou nas roupas de baixo de Charlotte, onde ela as havia atirado no chão; precisaria delas, deveria usá-las agora. Mas também elas deveriam estar de um frio férreo e ele pensou por um momento em se levantar, trazê-las para a cama e descongelá-las, esquentando-as sob seu corpo até que ela pudesse vesti-las, e por fim encontrou a força de vontade para começar a se mexer, mas ela logo o agarrou. — Aonde vai? — Ele explicou. Ela o agarrou com mais força. — Quando eu ficar gelada, você ainda pode me cobrir.

Diariamente ele visitava a mina, onde o trabalho frenético e constante prosseguia. Na primeira visita, os homens o encararam sem curiosidade ou surpresa, apenas com um ar de interrogação, obviamente procurando por Buckner também. Mas nada além disso aconteceu e ele percebeu que talvez nem soubessem que ele era apenas o médico oficial da mina, que apenas o reconheciam como outro americano (ele quase disse homem branco), outro representante daquele remoto, dourado, indesafiável poder no qual eles depositavam uma fé e uma confiança cegas. Ele e Charlotte passaram a discutir a hipótese de contar-lhes, de tentar fazê-lo. — Mas, de que ia servir? — disse ele. — Buckner tinha razão. Para onde iriam e o que fariam se chegassem em outro lugar? Há bastante comida aqui para atravessarem o inverno, e eles provavelmente não têm nenhum dinheiro guardado (admitindo-se que eles estivessem em dia com o almoxarifado, mesmo quando lhes pagavam salários suficientes para economizar) e como Buckner disse, pode-se viver bastante feliz por muito tempo na ilusão. Talvez só assim é que se seja feliz. Quero dizer, se você é um polaco que nunca aprendeu nada a não ser calcular o tempo que leva uma mecha de dinamite para estourar quinhentos pés abaixo da terra. E outra coisa. Ainda temos três quartos dos cem dólares de comida, e se todos fossem embora daqui, alguém ouviria falar disso e talvez até mandasse um sujeito para buscar as outras latas de feijão.

— E mais ainda — disse Charlotte. — Agora não podem sair. Não podem andar com esta neve. Você não percebeu?

— Percebeu o quê?

— Aquele trem de brinquedo não voltou desde que levou os Buckner. Isto foi há duas semanas.

Ele não havia percebido, não sabia se o vagonete voltaria, e assim concordaram que a próxima vez que este aparecesse não esperariam mais, contariam (ou tentariam contar) tudo aos homens da mina. Então duas semanas depois o trem voltou. Eles cruzaram o cânion até o lugar onde selvagens tagarelas e imundos já começavam a encher os carros. — E agora? — disse Wilbourne. — Não consigo me comunicar com eles.

— Consegue. De algum modo. Eles acham que você é o patrão e ninguém até hoje deixou de entender o sujeito que acredita ser seu patrão. Tente reuni-los no almoxarifado.

Wilbourne andou para a frente, perto da calha de carregamento na qual o primeiro vagão de minério já chacoalhava e ergueu a mão: — Esperem — disse bem alto. Os homens pararam, olhando para ele com os olhos sem brilho nos rostos macerados. — Almoxarifado — gritou ele. — Depósito! — balançando o braço em direção à muralha montanhosa em frente; então se lembrou da palavra que o primeiro homem, aquele que puxara o casaco de Charlotte naquele primeiro dia, havia empregado — Corrom — disse ele. — Corrom. — Eles o encararam por mais um instante, silenciosos, os olhos redondos sob os brutais e apavorantes arcos das sobrancelhas pálidas, as expressões ansiosas, espantadas e selvagens. Em seguida se entreolharam, se agruparam, tagarelando naquela áspera língua incompreensível, e então caminharam em direção a Wilbourne como uma unidade. — Não, não — disse ele. — Todos — fez um gesto em direção à entrada da mina. — Todos vocês. — Alguém entendeu logo dessa vez, quase em seguida o baixinho que Wilbourne vira atrás do galopante vagão de minério quando da primeira visita à mina se destacou do grupo e subiu na escarpa nevada com suas pernas grossas, curtas e fortes como um pistom e desapareceu no buraco e reapareceu, seguido pelos demais membros do infinito expediente. Estes se fundiram ao primeiro grupo, tagarelando e gesticulando. Por fim todos se calaram e olharam para Wilbourne, obedientes e submissos. — Olhe só pra cara deles — disse ele. — Céus, eu detesto ser a pessoa que vai fazer isso. Maldito Buckner.

— Ande — disse Charlotte. — Acabe logo com isso. — Cruzaram o vale, os mineiros atrás, incrivelmente sujos contra a neve — os rostos pobremente pintados e famintos como as caras pretas de um bando de saltimbancos —, em direção ao almoxarifado. Wilbourne destrancou a porta. Viu então, no final do cortejo, cinco mulheres. Ele e Charlotte nunca as tinham visto antes; pareciam ter brotado da própria neve, envoltas em xales; duas delas carregavam bebês, um dos quais não deveria ter nem um mês de vida.

— Meu Deus — disse Wilbourne. — Eles nem sabem que sou médico. Não sabem sequer que deveriam ter um médico, que a lei exige que tenham um. — Ele e Charlotte entraram. Na meia-luz, depois do fulgor da neve, os rostos desapareceram e do nada apenas os olhos o observavam, submissos, pacientes, obedientes, confiantes e selvagens. — E agora? — disse ele outra vez. Então passou a olhar para Charlotte, e nesse momento todos a observaram, as cinco mulheres abrindo espaço para ver também, enquanto ela pregava, com quatro tachinhas tiradas de algum lugar, uma folha de papel de embrulho numa seção de prateleiras, onde incidia a luz vinda da única janela, e passou a desenhar rapidamente com um dos tocos de carvão que trouxera de Chicago — uma parede com uma janela de grades que era indubitavelmente um guichê de pagamento e que estava indubitavelmente fechado, de um lado dele várias pessoas indubitavelmente mineiros (ela até incluíra a mulher com o bebê); do outro lado do guichê um homem imenso (ela nunca vira Callaghan, ele só o havia descrito a ela, mas era Callaghan) sentado atrás de uma mesa repleta de moedas brilhantes que o homem despejava num saco com uma enorme mão onde brilhava um diamante do tamanho de uma bola de pingue-pongue. Então ela deu um passo para o lado. Durante algum tempo não houve nenhum som. Então um grito indescritível se elevou, feroz mas não alto, apenas as vozes estridentes das mulheres um pouco mais fortes que um sussurro, lamentando, e então eles se voltaram para Wilbourne, os frenéticos e selvagens olhos sem brilho encarando-o ao mesmo tempo com incrédula ferocidade e profunda reprovação.

— Esperem! — gritou Charlotte. — Esperem! — Eles se detiveram; observaram-na mais uma vez enquanto o carvão se movia e agora, no final da fila que esperava do lado de fora do guichê fechado, Wilbourne viu seu próprio rosto emergindo sob o giz que voava; qualquer um o reconheceria: eles o fizeram imediatamente. O murmúrio cessou, olharam para Wilbourne, entreolhando-se em seguida com perplexidade. Então olharam para Charlotte outra vez enquanto ela arrancava o papel da parede e prendia uma folha nova; dessa vez um dos mineiros deu um passo à frente para ajudá-la, Wilbourne também observando o carvão voador novamente. Dessa vez era ele mesmo, sem dúvida ele mesmo e sem dúvida um médico, qualquer um entenderia isso — os óculos de tartaruga, o jaleco do hospital que todos os pacientes pobres, todos os polacos eviscerados por um estilhaço de pedra ou de aço ou por uma dinamite prematura e chegando aos postos de emergência da companhia já tinham visto, com uma garrafa que indubitavelmente era de remédio na mão, uma colherada que ele estava oferecendo a um homem que era um composto de todos eles, de todos os homens que jamais trabalharam nas entranhas da terra — a mesma aparência barbuda e selvagem, até a gola de pele de ovelha, e atrás do médico a mesma mão enorme com o enorme diamante no gesto de pinçar do bolso do médico uma carteira de notas fina como papel. Novamente os olhos se voltaram para Wilbourne, agora sem reprovação, restando somente a ferocidade que não lhe era mais dirigida. Ele fez um gesto em direção às restantes prateleiras cheias. Depois conseguiu alcançar Charlotte em meio ao pandemônio e pegá-la pelo braço.

— Vamos — disse ele. — Vamos dar o fora daqui. — Mais tarde (ele voltara ao trem de minério onde Hogben, sua única tripulação, estava sentado no fogareiro abrasado do vagonete que não era maior do que um armário de vassouras. — Você estará de volta em trinta dias então — disse Wilbourne. — Tenho que fazer uma viagem a cada trinta dias para podermos manter a franquia — disse Hogben. — É melhor tirar sua mulher daí agora. — Nós vamos esperar — disse Wilbourne. — Então voltou para a cabana, e ele e Charlotte ficaram parados na porta e observaram a multidão saindo do almoxarifado, carregando o mísero espólio, cruzando depois o cânion e embarcando no trem de minério, lotando os três vagões abertos. A temperatura já não era de quarenta graus abaixo, e nem subira de volta para os catorze. O trem se moveu; eles podiam ver os rostos minúsculos olhando para a entrada da mina, o depósito de lixo, com incrível perplexidade, uma tristeza chocada e descrente; enquanto o trem andava, um clamor de vozes invadiu o cânion chegando até eles, tênue por causa da distância, patético, lamuriento e selvagem), ele disse para Charlotte: — Graças a Deus separamos nosso rango antes.

— Talvez não fosse nosso — disse ela, sobriamente.

— De Buckner, então. Também não lhe pagaram.

— Mas ele fugiu. Eles não.

Estava-se já tão perto da primavera; na época em que o trem fizesse a próxima ritualística e vazia visita, talvez eles vissem o começo da primavera montanhesa que nenhum deles jamais vira e cuja chegada, ignoravam esse fato, não aconteceria até a época que para eles seria o princípio do verão. Falavam sobre isso à noite agora, às vezes com o termômetro novamente a quarenta e um graus abaixo de zero. Mas pelo menos agora podiam falar na cama, no escuro em que, sob as cobertas, Charlotte, após uma série de selvagens puxões e contorções (também ritualísticos), emergia das roupas de baixo de lã para dormir à sua antiga maneira. Ela não as atirava longe, mas as mantinha sob as cobertas, uma massa acolchoada sob e sobre e em volta das quais eles dormiam, assim conservando-as quentes para a manhã. Uma noite ela disse: — Você ainda não teve notícias de Buckner. Mas é claro que não; como teria tido?

— Não — disse ele, de repente sério. — E gostaria de ter. Eu lhe disse para levá-la a um médico logo que chegassem. Mas ele provavelmente... Ele prometeu me escrever.

— Eu queria que você o fizesse também.

— Talvez recebamos uma carta quando o trem de minério vier nos buscar.

— Se é que vai voltar. — Mas ele não desconfiava de coisa alguma, embora mais tarde lhe parecesse incrível não tê-lo feito, ainda que mesmo então não pudesse dizer por que desconfiaria, a partir de que pista. A verdade é que não desconfiava. Então, um dia, cerca de uma semana antes da data fixada para o trem de minério voltar, bateram à porta, e ele abrindo encontrou um homem com rosto de montanhês com um fardo e um par de botas penduradas ao ombro.

— Você é Wilbourne? — disse ele. — Trago uma carta para você. Apresentou-a — um envelope rabiscado a lápis, encardido pelo manuseio e velho de três semanas.

— Obrigado — disse Wilbourne. — Entre e coma.

Mas o outro declinou. — Um desses grandes aviões caiu por aquelas bandas lá para trás logo antes do Natal. Ouviu ou viu alguma coisa sobre isso?

— Eu ainda não estava aqui — disse Wilbourne. — É melhor comer antes.

— Há uma recompensa pelo avião. Prefiro ir andando.

A carta era de Buckner. Dizia, *Tudo O.K. Buck*, Charlotte a tirou das mãos dele e ficou parada examinando-a. — Foi o que você disse. Disse que era simples, não disse? Agora você se sente melhor.

— Sim — disse Wilbourne. — Estou aliviado.

Charlotte olhou para a carta, as quatro palavras, contando o O e o K como duas. — Apenas uma em dez mil. Tudo que se tem que fazer é tomar o mínimo de cuidado, não é? Ferver os instrumentos etc. e tal. É importante para você em quem você mete a mão?

— Tem que ser mu… — Então ele se calou. Olhou para ela e pensou rapidamente, *Alguma coisa está para me acontecer. Espere. Espere.* — Mete a mão?

Ela olhou para a carta. — Foi uma besteira, não foi? Talvez eu tenha confundido com incesto. — Então aconteceu para ele. Começou a tremer, estava tremendo mesmo antes de agarrá-la pelos ombros e sacudi-la, fazendo com que ela o encarasse.

— Mete a mão?

Ela olhou para ele, ainda segurando a folha de papel barato com os grossos rabiscos — o sóbrio e intenso olhar com aquele tom esverdeado que a neve emprestava a seus olhos. Falou em frases curtas e brutais, como recitando uma cartilha. — Aquela noite. Aquela primeira noite sozinhos. Quando não esperamos para fazer o jantar. O fogareiro apagou com a bolsa da minha ducha ginecológica pendurada nele. Ela congelou, e quando reacendemos o fogo, esqueci e ela estourou.

— E desde então todas as vezes você não…

— Eu deveria ter tido mais cuidado. Sempre fui cabeça fresca nisso. Fresca demais. Lembro-me de alguém me dizer uma vez, eu era mocinha então, que quando as pessoas se amavam, muito, realmente se amavam, não tinham filhos, pois a semente morre com o amor, com a paixão. Talvez eu acreditasse nisso. Quisesse acreditar. Quisesse acreditar nisso porque não tinha mais uma ducha ginecológica. Ou talvez só me iludisse. De qualquer maneira, está feito.

— Quando? — disse ele, sacudindo-a, tremendo. — Quanto tempo desde que não vem? Tem certeza?

— Certeza de que não veio? Sim. Dezesseis dias.

— Mas não tem certeza — disse ele, rapidamente, sabendo que estava falando apenas consigo mesmo. — Ainda não pode ter certeza. Às vezes atrasa, com qualquer mulher. Não se pode ter certeza até dois...

— Você acredita nisso? — disse ela, baixinho. — Isso é só quando se quer um filho. E eu não quero e você não quer porque não podemos. Posso passar fome e você pode passar fome, mas aquilo não. Temos que fazer, Harry.

— Não! — gritou ele. — Não!

— Você disse que era fácil. Temos a prova de que é, que não é nada, que é como cortar uma unha encravada do pé. Sou forte e saudável como ela. Não acredita?

— Ah — gritou ele —, por isso você antes experimentou com ela. Foi por isso. Você queria ver se ela ia morrer ou não. Por isso estava tão interessada em me convencer quando eu já havia dito não...

— O fogareiro apagou na noite em que eles embarcaram, Harry. Mas, sim, esperei mesmo ter notícias dela. Ela teria feito o mesmo se eu tivesse sido a primeira. Eu ia querer que ela o fizesse. Ia querer que ela vivesse quer eu me salvasse ou não, assim como ela ia querer que eu vivesse quer ela se salvasse ou não, assim como quero viver.

— Sim — disse ele. — Eu sei. Não foi isso que eu quis dizer. Mas você...

— Então está tudo bem. É simples. Você agora já sabe por experiência própria.

— Não! Não!

— Está bem — disse ela tranquilamente. — Talvez a gente consiga arranjar um médico para fazê-lo quando formos embora na semana que vem.

— Não! — gritou ele, berrando, agarrando-a pelos ombros, sacudindo-a. — Você está me ouvindo?

— Quer dizer que ninguém o fará e nem você?

— Sim! É isso que estou querendo dizer! É exatamente isso!

— Você está com tanto medo assim?

— Sim! — disse ele. — Sim!

A semana seguinte passou. Ele deu para andar, lutando e mergulhando nas nevascas até a cintura, *para não vê-la; não consigo respirar lá dentro*, ele se dizia; uma vez chegou a ir até a mina, à galeria deserta e escura agora, sem as extravagantes e desnecessárias lâmpadas, embora ainda parecesse ouvir as vozes, os pássaros cegos, os ecos daquele frenético e ininteligível discurso humano que ainda permaneciam, pendurados como morcegos e talvez de cabeça para baixo sobre os corredores mortos até que sua presença os assustasse, fazendo-os voar. Mas cedo ou tarde o frio — alguma coisa — o fazia voltar à cabana e não brigavam simplesmente porque ela se recusava a entrar em qualquer discussão, e ele novamente pensava, *Ela não é só um homem melhor e mais cavalheiro do que eu, ela é melhor do que eu jamais serei em tudo.* Comiam juntos, cumpriam a rotina diária, dormiam juntos para não congelarem; uma vez ou outra ele a possuía (e ela o aceitava) numa espécie de frenética imolação, dizendo, gritando, — Pelo menos não tem mais importância agora; pelo menos você não vai ter que se levantar neste frio. — Em seguida era dia outra vez; ele enchia o tanque quando o fogareiro apagava; carregava e jogava fora na neve as latas que haviam aberto para a última refeição, e não havia mais nada para ele fazer, mais nada sob o sol para ele fazer. Por isso andava (havia um par de sapatos de neve na cabana, mas ele nunca tentou usá--los) em meio, mas principalmente adentro, das nevascas que ainda não aprendera a distinguir em tempo de evitar, chafurdando e afundando, pensando, falando sozinho em voz alta, considerando mil soluções: *Um tipo de pílula*, pensava — isso, um médico formado: *as putas usam, e parece funcionar, tem que funcionar, alguma coisa tem que existir; não pode ser tão difícil, nem custar tão caro*, sem acreditar no que pensava, sabendo que nunca seria capaz de acreditar, pensando, *E esse é o preço dos vinte e seis anos, dos dois mil dólares que eu estiquei por quatro anos, não fumando, ficando virgem até quase me corromper, o dólar e os dois dólares por semana ou por mês que minha irmã nem podia enviar: para que eu pudesse me privar para sempre de toda a esperança da anestesia seja das pílulas ou das receitas. E agora tudo o mais se acabou*. — Então só resta uma coisa — disse em voz alta, com a serenidade que sucede à eliminação deliberada de uma fonte de náusea estomacal. — Só resta uma coisa. Vamos para um lugar quente, onde a vida não seja muito cara, onde eu possa arranjar trabalho e a gente possa sustentar um bebê e onde, se não houver trabalho, haja abrigos de caridade, orfanatos, pelo menos uma escadaria. Não, não, nada de orfanatos ou de escadarias. Nós vamos conseguir, precisamos conseguir. Eu encontrarei alguma coisa, qualquer coisa. Sim! — pensou, gritou alto na imaculada desolação, com áspera e terrível ironia. — Abro um consultório de aborteiro profissional. — Então voltava à cabana e nem brigavam, simplesmente porque ela se recusava, não por alguma indulgência real ou fingida e nem porque ela mesma estivesse submissa ou amedrontada, mas simplesmente porque (e ele sabia disso também e em meio à neve se amaldiçoava, por causa disso também) ela sabia que um deles tinha que manter a calma e de antemão sabia que não seria ele.

Então o trem de minério chegou. Ele empacotara numa caixa as provisões que restavam dos hipotéticos cem dólares de Buckner. Encheram-na e às duas malas com que haviam saído de New Orleans quase um ano antes e encheram com seus próprios corpos o vagonete de brinquedo. No cruzamento da linha principal ele vendeu as latas de feijão e salmão e toucinho, os sacos de açúcar e café e farinha a um pequeno merceeiro por vinte dólares. Viajaram duas noites e um dia em vagões simples e deixaram a neve para trás e então encontraram ônibus, mais baratos, a cabeça dela inclinada para trás sobre os protetores de encosto de pano industriais, o rosto perfilado contra a fugidia paisagem escura sem neve e as pequenas cidades perdidas, o néon, as lanchonetes com as moças largas e fortes do Oeste produzidas, com base nas revistas de Hollywood (Hollywood que não fica mais em Hollywood, mas é um pontilhismo de bilhões de pés de ardentes gases coloridos sobre a face do solo americano), para ficarem parecidas com Joan Crawford, dormindo ou acordada, ele não poderia dizer.

Chegaram a San Antonio, Texas, com cento e cinquenta e dois dólares e alguns centavos. Estava quente, era quase como em New Orleans; as pimenteiras tinham estado verdes durante todo o inverno e as espirradeiras e as acácias e as verbenas já estavam floridas e as giestas explodiam esfarrapadamente no ar temperado como na Louisiana. Alugaram um só quarto, com um decrépito bico de gás, cuja entrada dava para um corredor externo de uma dilapidada casa de madeira. E então eles brigaram.

— Não percebe? — disse ela. — Minhas regras deveriam chegar hoje, amanhã. Agora é a hora, o momento mais fácil. Como você fez com ela... como é mesmo o nome da mulher? Aquele nome de puta? Bill, isto é, Billie. Você não devia ter me ensinado tanto. Assim eu não saberia a hora de chatear você com isso.

— Pelo jeito você aprendeu bem sem precisar da minha ajuda — disse ele, tentando se conter, amaldiçoando-se: *Seu puto, é ela quem está em apuros; não você.* — Eu decidi. Já disse que não. Você é que... controlou-se para não falar. — Ouça. Existe uma pílula por aí. Você toma quando as regras estão pra chegar. Vou tentar arranjar umas para você.

— Tentar onde?

— Onde podia ser? Quem é que iria precisar disso? Num bordel. Oh, Deus, Charlotte! Charlotte!

— Eu sei — disse ela. — Não há nada que possamos fazer. Não somos nós agora. É por isso: você não percebe? Quero que sejamos nós dois outra vez, e logo, logo! Temos tão pouco tempo. Daqui a vinte anos não poderei mais e daqui a cinquenta nós dois estaremos mortos. Por isso corra. Corra.

Ele nunca estivera num bordel na vida, pois nunca sentira tal necessidade. Então agora descobriu o mesmo que muitas outras pessoas: como são difíceis de encontrar; como se morou num dúplex durante dez anos antes de se descobrir que as moças da porta ao lado que dormem até tarde não são telefonistas do plantão noturno. Por fim lhe ocorreu o que o maior caipira do mundo parece herdar com a respiração: perguntou a um chofer de táxi e logo se viu diante de uma casa bastante parecida com aquela em que morava e apertou a campainha que não produziu nenhum som audível, embora em seguida a cortina da estreita janela ao lado da porta cerrasse um segundo antes de ele poder jurar que alguém o havia visto ali fora. Então a porta se abriu, uma criada negra conduziu-o por uma entrada meio escura até uma sala onde havia uma mesa de jantar de compensado, sem toalha, sobre a qual estava uma poncheira falsamente trabalhada, e cujo tampo era marcado pelos anéis brancos do fundo dos copos molhados, uma pianola movida a moedas, e doze cadeiras enfileiradas pelas quatro paredes numa sequência ordenada como lápides num cemitério militar, onde a criada o deixou para sentar e olhar a litografia de um cachorro são-bernardo salvando uma criança da neve, e outra do presidente Roosevelt, até que entrou uma mulher de queixo duplo, sem idade definida acima dos quarenta, cabelos alourados e um vestido de cetim lilás não muito asseado. — Boa noite — disse ela. — Novo na cidade?

— Sim — disse ele. — Falei com o chofer de táxi. Ele…

— Não peça desculpas — disse ela. — Os choferes são todos meus amigos por aqui.

Ele se lembrou do conselho final do chofer: — A primeira pessoa branca que aparecer, ofereça uma cerveja a ela que será atendido. — Aceita uma cerveja? — disse ele.

— É claro que sim — disse a mulher. — Pode até nos refrescar. — Imediatamente (ela não havia tocado nenhum sino perceptível a Wilbourne) entrou a criada. — Duas cervejas, Louisa — disse a mulher. — A criada se retirou. A mulher se sentou também. — Então não conhecia São Tonho. Bem, algumas das amizades mais doces que eu já vi foram feitas numa só noite ou mesmo após um encontro entre duas pessoas que nunca se tinham visto uma hora antes. Aqui tenho moças americanas ou espanholas (os de fora gostam das espanholas, pelo menos para experimentar. Eu sempre digo que deve ser a influência do cinema) e uma italianinha que mal… — A criada entrou com duas canecas de cerveja. Não deviam estar muito longe do lugar onde ela estava quando a mulher de lilás tocou a campainha invisível para Wilbourne. A criada saiu.

— Não — disse ele. — Eu não quero… eu vim aqui… eu…
— A mulher o observava; tinha começado a erguer a caneca. Em vez disso, colocou-a de volta sobre a mesa, examinando Harry.

— Estou em apuros — disse ele, num tom baixo. — Esperava que pudesse me ajudar.

Então a mulher até tirou a mão da caneca e ele viu que seus olhos, embora não fossem menos embaçados, também não eram menos frios do que o grande diamante que ela trazia ao peito. — E o que exatamente fez você pensar que eu poderia ou iria ajudar você seja lá qual for o seu problema? O chofer lhe disse isso também? Como era a cara dele? Você pegou o número da placa?

— Não — disse Wilbourne. — Eu...

— Não tem importância agora. Qual é o seu problema? — Ele contou, simplesmente e no mesmo tom baixo, enquanto ela o observava. — Hum — disse ela. — E então você, um forasteiro, encontrou um chofer de táxi que o trouxe direto a mim para encontrar um médico para resolver seu problema. Hum, Hum. — Então tocou a campainha, não violenta, mas asperamente.

— Não, não, eu não... *Ela até mantém um médico de plantão*, pensou ele. — Eu não...

— Sem dúvida — disse a mulher —, foi tudo um engano. Quando voltar ao hotel ou seja lá onde estiver, vai descobrir que sonhou que sua mulher estava grávida ou até que tem uma mulher.

— Antes fosse — disse Wilbourne. — Mas eu... — A porta se abriu e um homem entrou, um sujeito grandalhão, bastante jovem, estufando a roupa, que fixou sobre Wilbourne um olhar cálido, açambarcante e quase amoroso com seus olhos marrons e quentes pousados num leito de carne debaixo do cabelo liso inocentemente dividido ao meio, como o de um garotinho, e continuou olhando-o daquele momento em diante. Tinha a nuca raspada.

— Thatim? — disse ele por sobre o ombro para a mulher de lilás, numa voz rouca devido ao prolongado e prematuro hábito de beber, mas que não obstante soava alegre, feliz, até jubilosa.

Ele nem esperou uma resposta, veio direto até Wilbourne e antes que este pudesse se mexer arrancou-o da cadeira com uma mão exageradamente eloquente. — Aonde você quer chegar, filho da puta, vindo a uma casa de respeito e se comportando como um filho da puta? Hein? — Ele encarou Wilbourne com satisfação. — Fora? — disse.

— É — disse a mulher de lilás. — Depois quero que ache o chofer. — Wilbourne começou a se debater. Imediatamente o jovem se voltou para ele com uma alegria amorosa, radiante. — Não aqui — disse a mulher asperamente. — Lá fora como eu disse, seu gorila.

— Eu vou — disse Wilbourne. — Pode me soltar.

— É claro, seu filho da puta — disse o jovem. — Eu já vou te ajudar. Alguém te ajudou a entrar, entende. Por aqui.

— Estavam novamente na entrada, agora havia ali um moreno, pequeno e magro, de cabelos pretos e rosto escuro, calças sujas e uma camisa azul sem gravata: um empregado mexicano qualquer. Foram até a porta, as costas do paletó de Wilbourne amarfanhadas na mão enorme do jovem. Este abriu a porta. *O monstro vai ter que me dar um soco*, pensou Wilbourne. *Se não arrebenta, sufoca. Mas que seja, que seja!*

— Talvez você pudesse me dizer — disse ele —, tudo que quero é…

— Sim; com certeza — disse o jovem. — Talvez eu lasque o pau nele. Que acha, Pete?

— Lasca — disse o mexicano.

Ele nem sentiu o punho. Sentiu o umbral lhe bater nas costas, em seguida a grama já úmida de orvalho, antes de começar a sentir o rosto novamente. — Talvez você pudesse me dizer… — disse ele.

— Tá bem, tá bem — disse o jovem na sua alegre e rouca voz. — Vai perguntando. — A porta bateu. Após certo tempo,

Wilbourne se levantou. Então sentiu o olho, todo o lado do rosto, toda a cabeça, o lento e doloroso latejar do sangue, embora, em seguida, no espelho da farmácia (ficava na primeira esquina que encontrou, ele entrou; estava realmente aprendendo depressa as coisas que deveria ter sabido antes de completar dezenove anos), ainda não pudesse ver a equimose. Mas a marca era aparente, alguma coisa era, porque o balconista perguntou: — O que houve com seu rosto?

— Briga — disse ele. — Engravidei minha namorada. Quero alguma coisa para isso.

Por um momento o balconista o encarou, duro. Então disse:

— Vai lhe custar cinco dólares.

— Você garante?

— Não.

— Está bem. Aceito.

Era uma caixinha de latão, sem rótulo. Continha cinco objetos que poderiam ser grãos de café. — Ele disse que uísque ajudaria e também se movimentar. Disse para tomar duas à noite e ir a algum lugar dançar. — Ela tomou todas as cinco pílulas, saíram e compraram duas garrafinhas de uísque e encontraram um dancing cheio de coloridas luminárias vagabundas e uniformes cáqui e parceiros ou dançarinas de aluguel.

— Beba um pouco também — disse ela. — Seu rosto está doendo muito?

— Não — disse ele. — Beba. Beba o mais que puder.

— Puxa — disse ela. — Você não sabe dançar, sabe?

— Não — disse ele. — Sim. Sim, eu sei dançar. — Eles se moveram pelo salão, abalroados e sacudidos e abalroando e sacudindo, sonâmbulos, e às vezes no compasso, durante cada curta fase da música histérica. Pelas onze horas ela havia bebido quase metade de uma das garrafas, mas isso só lhe causou enjoo. Ele esperou que ela saísse do banheiro, com o rosto esverdeado, os olhos indômitos e amarelos. — Vomitou as pílulas também — ele disse.

— Só duas. Tive medo que isso acontecesse e então usei a pia, lavei-as e engoli de novo. Onde está a garrafa?

Tiveram que sair para ela beber e em seguida voltaram. Pela meia-noite ela havia quase terminado a primeira garrafa e as luzes se apagaram, exceto um refletor que brincava sobre um globo giratório de vidro colorido, de forma que os dançarinos se moviam com rostos cadavéricos num giro de partículas coloridas semelhante a um pesadelo marinho. Havia um homem com um megafone; era uma maratona de danças e eles nem o sabiam; a música eclodia e parava; as luzes brilhavam, a berraria do megafone ocupava o ar e o casal vitorioso se adiantou. — Estou enjoada de novo — disse ela. Ele esperou por ela outra vez — o rosto esverdeado, os olhos indômitos. — Lavei-as de novo — disse. — Mas não aguento mais beber. Vamos. Eles fecham à uma.

Talvez fossem grãos de café, porque três dias depois nada acontecera e após cinco dias até ele admitiu que tinha passado da hora. Dessa vez brigaram, ele se amaldiçoando pelo ocorrido enquanto sentava nos bancos do parque lendo os classificados de emprego dos jornais imundos retirados das latas de lixo e aguardando que o eczema, seu olho roxo, desaparecesse para poder se candidatar decentemente a um trabalho, maldizendo-se por ela ter aguentado tanto tempo e continuaria e poderia continuar aguentando não fosse o fato dele a ter exaurido afinal, sabendo que o havia feito, jurando que conseguiria mudar, parar com isso. Mas quando voltava para o quarto (ela agora estava mais magra e havia algo em seus olhos; tudo o que as pílulas e o uísque tinham causado fora colocar nos olhos dela algo que antes não existia) era como se suas promessas nunca tivessem sido feitas, ela agora o amaldiçoando e batendo nele com os punhos duros, em seguida se controlando, agarrando-se a ele, chorando: — Oh, Deus! Harry, me faça parar! Faça com que eu me cale! Me livre desse inferno! — Depois se deitavam abraçando-se um ao outro, completamente vestidos agora, numa paz momentânea.

— Vai dar tudo certo — ele disse. — Muita gente tem que fazer isso hoje em dia. As creches de caridade não são más. Depois encontraremos alguém para tomar conta do menino até que eu possa...

— Não. Não é o suficiente, Harry. Não é o suficiente.

— Sei que a princípio parece horrível. Caridade. Mas a caridade não é...

— Pro inferno com a caridade. Já me importei de onde vem o dinheiro, onde e como moramos, tivemos que morar? Não é isso. É que machucam demais.

— Sei disso também. Mas as mulheres vêm tendo filhos... Você mesma já pariu dois...

— Pro inferno com a dor também. Eu aguento, sou dura pra parir, mas pro inferno, estou acostumada, não me importo com isso. Eu disse que eles machucam demais. Demais da conta. — Então ele entendeu, soube o que ela queria dizer; ele pensou calmamente, como havia pensado antes, que ela já havia, e mal o conhecendo, desistido de muito mais do que ele jamais possuiria para ceder, lembrando das antigas, provadas, verdadeiras e incontestáveis palavras: *Osso do meu osso, sangue e carne e até memória do meu sangue e carne e memória.* Isto ninguém supera, ele disse a si mesmo. Isso não se supera com facilidade. Ele ia dizer, "Mas este será nosso", quando percebeu que era isso, exatamente isso.

No entanto, não podia dizer sim, não podia dizer "Está bem". Podia dizer isto a si mesmo nos bancos do parque, estender a mão sem que ela tremesse. Mas não podia proferir a palavra para ela; ficava deitado a seu lado, abraçava-a enquanto dormia, via desaparecer em si mesmo seu último resquício de coragem e masculinidade. — Isto mesmo — sussurrava para si próprio —, protelar. Protelar. Logo ela estará no quarto mês, e então eu posso me dizer que sei que é tarde demais para arriscar; aí mesmo ela acreditará nisso! — Então ela despertava e tudo recomeçava — as argumentações que não levavam a nada se transformando em brigas e em seguida as imprecações até que ela se dominasse e se agarrasse a ele, chorando num desespero frenético. — Harry! Harry! Que estamos fazendo? *Nós, nós, nós dois!* Faça com que eu me cale! Me arrebente! Me apague! — Esta última vez ele a abraçou até que ela se acalmasse. — Harry, quer fazer um pacto comigo?

— Sim — disse ele, fatigadamente. — Qualquer coisa.

— Um pacto. E então, até terminar, nós nunca mais falaremos em gravidez de novo. — Ela disse a data do seu próximo período; faltavam treze dias. — É a melhor época, depois disso completarei quatro meses e será tarde demais para arriscarmos. De forma que, de agora até o prazo, nós nem vamos falar no assunto; tentarei tornar as coisas mais fáceis, enquanto você procura um emprego, um bom emprego para sustentar a nós três…

— Não — disse ele. — Não! Não!

— Espere — disse ela —, você prometeu. Então se você não tiver arranjado um emprego até lá, você o fará, você o tirará de mim.

— Não — ele gritou. — Não tirarei! Nunca!

— Mas você prometeu — disse ela, tranquila, gentil, lentamente, como se ele fosse uma criança aprendendo a falar. — Não vê que não há outra saída?

— Eu prometi, sim. Mas não quis dizer…

— Já lhe falei uma vez como acredito que não é o amor que morre, é o homem e a mulher, algo no homem e na mulher que morre, que não merece mais a oportunidade de amar. E olhe para nós agora. Temos a criança, só que nós dois sabemos que não podemos tê-la, não temos como sustentá-la. E eles machucam demais, Harry. Demais da conta. Vou lhe cobrar esta promessa, Harry. Então de hoje em diante até chegar o dia, não vamos sequer tocar no assunto, pensar nele outra vez. Me beija. — Após um momento, ele se inclinou sobre ela. Sem se tocar de outra forma, beijaram-se como o fariam um irmão e uma irmã.

Então foi como em Chicago novamente, aquelas primeiras semanas durante as quais ele ia de hospital em hospital, as entrevistas que pareciam morrer, começar a murchar e se evanescer tranquilamente em dado instante idêntico, ele já prevendo isso e esperando por isso e recebendo com decência as exéquias. Mas não agora, não dessa vez. Em Chicago ele pensava, *Imagino que vou fracassar* e fracassava; agora sabia que ia fracassar e se recusava a acreditar nisso, recusava-se a aceitar um não como resposta até ser ameaçado quase de violência física. Não estava procurando só hospitais, procurava qualquer pessoa, qualquer coisa. Dizia mentiras, qualquer mentira; enfrentava as entrevistas com uma determinação frenética, fria e maníaca, inerente à própria negação; prometia a qualquer um que poderia e faria qualquer coisa; uma tarde, andando pela rua, olhou acidentalmente para cima e viu uma placa de médico e entrou e de fato se ofereceu para executar quaisquer abortos que houvesse pela metade do preço, declarou sua experiência no assunto e (percebeu mais tarde quando comparativamente são outra vez) que só uma expulsão à força o impediu de mostrar a carta de Buckner como testemunho de sua habilitação para o cargo.

Por fim um dia voltou para casa no meio da tarde. Ficou parado do lado de fora da porta um bom tempo antes de abri-la. E mesmo então não entrou, ficou parado no umbral, tendo na cabeça um barato e branco boné ajustável de bicos com uma faixa amarela — a solitária insígnia de um WPA subalterno encarregado de ajudar crianças a atravessarem a rua na frente da escola — e o coração frio e imóvel com uma dor e um desespero quase sereno. — Recebo dez dólares por semana — ele disse.

— Ah, seu burro! — disse ela, e então pela última vez na vida a viu chorar. — Seu miserável! Seu maldito miserável! Pra poder estuprar meninas nos parques aos sábados à tarde! — Ela caminhou para ele e arrancou-lhe o boné da cabeça e atirou-o na lareira (uma grade partida pendurada de um lado e cheia de papel picotado descolorido que já fora um dia vermelho ou roxo) e se agarrou nele, chorando muito, as lágrimas amargas brotando e escorrendo. — Seu miserável, seu maldito miserável, seu maldito, maldito, maldito…

Ela mesma ferveu a água e apanhou os poucos instrumentos que havia fornecido a ele em Chicago e que ele usara apenas uma vez e se deitou em seguida na cama e olhou para ele: — Está tudo bem. É fácil. Você sabe disso; já fez antes.

— Sim — disse ele. — É fácil. Basta deixar o ar entrar. Tudo que se tem a fazer é deixar o ar… — Então começou a tremer de novo. — Charlotte, Charlotte.

— É tudo. Só um toque. Então o ar entra e amanhã estará tudo acabado e estarei boa e seremos nós dois outra vez para todo o sempre.

— Sim. Para todo o sempre. Mas terei que esperar um minuto até que minha mão… Olhe. Não quer parar. Não posso fazê-la parar.

— Está bem. Vamos esperar um pouco. É fácil. É engraçado. Diferente, quero dizer. Já fizemos isso de muitas maneiras, mas não com facas, não foi? Isto. Agora sua mão está firme.

— Charlotte — disse ele. — Charlotte.

— Está tudo bem. Nós sabemos como fazer. O que foi que você falou que as negras dizem? Manda pau, Harry.

E agora, em seu banco no parque Audubon, verde luxuriante e claro com o verão da Louisiana já totalmente na plenitude, embora não fosse ainda junho, e repleto dos gritos das crianças e do som das rodas dos carros de bebês, como acontecia no apartamento em Chicago, ele via entre as pálpebras o táxi (que ele dissera para esperar) parando diante da porta correta e comum, embora absolutamente inexpugnável, e ela saltando do carro no vestido escuro com um ano de uso ou mais, que havia percorrido três mil milhas ou mais, com a maleta desde a última primavera e subindo os degraus. Então a campainha, talvez a mesma criada negra: — Ora, senhorita... — e em seguida nada, lembrando-se de quem lhe pagava o salário, embora provavelmente não, uma vez que os negros deixam um emprego após um falecimento ou um divórcio. Em seguida a sala, como ele a vira na primeira vez, a sala na qual ela dissera: Harry — chamam você de Harry? — que vamos fazer? — (*Bem, eu fiz*, ele pensou, *ela vai ter que reconhecer isso.*) Ele podia vê-los, aos dois, Rittenmeyer no terno jaquetão (podia ser flanela agora, mas certamente uma flanela escura, impondo suavemente seu discreto corte e valor); os quatro, Charlotte aqui e os outros três mais distantes, as duas crianças que eram comuns, as filhas, aquela com os cabelos da mãe e nada mais, a outra, a caçula, com nada, a caçula sentada talvez no joelho do pai, a mais velha, debruçada sobre ele; os três rostos, um impecável, os outros dois invencíveis e irrevogáveis, o segundo frio e fixo, o terceiro apenas fixo; ele os podia ver, podia ouvir:

— Vá falar com sua mãe, Charlotte. Leve Ann com você.

— *Não quero.*

— *Vá. Pegue na mão de Ann.* — Ele podia ouvi-los, vê-los: Rittenmeyer colocando a menor no chão, a maior pegando na mão da irmã e se aproximando. *E agora ela colocará a caçula no colo, que ficará olhando-a fixamente com aquela concentração desligada e absolutamente opaca das crianças; a mais velha inclina-se para ela, obediente, fria, suportando o carinho, já recuando antes de o beijo ser completado, e volta para o pai; um minuto depois Charlotte a surpreende chamando, gesticulando numa violenta pantomima sub-reptícia para a caçula. Então Charlotte coloca a menina no chão outra vez e ela volta para o pai, pondo-se de costas para seu joelho e já erguendo a nádega em direção ao colo paterno como fazem as crianças, ainda olhando fixamente para Charlotte com aquele desligamento vazio até de curiosidade.*

— Deixe elas irem — diz Charlotte.

— Quer que eu as mande sair?

— Sim. Elas querem ir.

As crianças saem. E então ele a escuta; não é Charlotte; ele sabe disso melhor que Rittenmeyer jamais o saberá: — *Então foi isso que você lhes ensinou?*

— Eu? Ensinei a elas? Eu não ensinei nada a elas! — grita ele. — Nada! Não fui eu quem…

— Eu sei. Sinto muito. Não quis dizer isso. Eu não tenho… Elas têm passado bem?

— Sim. *Como lhe escrevi. Se você se lembra, durante meses fiquei sem seu endereço. As cartas voltaram. Você poderá tê-las quando e se quiser. Você, por sua vez, não parece estar bem. Por isso voltou para casa? Ou será que voltou mesmo?*

— *Para ver as crianças. E dar isto a você.* — *Ela apresenta o cheque, endossado e perfurado para evitar falsificações, a tira de papel feita há mais de um ano, amassada e intacta e apenas um pouco gasta.*

— *Então foi o dinheiro dele que pagou a sua volta. Isso quer dizer que o cheque é dele.*

— Não. É seu.

— Recuso-me a aceitá-lo.

— Ele também.

— Então queime-o. Destrua-o.

— *Por quê? Por que quer se magoar? Por que gosta de sofrer, quando se tem tanto para sofrer, tanto? Dê às crianças. Uma herança. Se não for minha, de Ralph então. Ele ainda é tio delas. Ele não o magoou.*

— *Uma herança? — diz ele. Então ela explica.* Oh, sim, diz Wilbourne consigo, ela vai lhe contar; ele podia ver, ouvir — as duas pessoas entre as quais um dia deveria ter existido algo como o amor, ou que pelo menos conheceram juntos o esforço físico com que a carne pode tentar capturar o pouco que jamais experimentará do amor. Ah, ela lhe contará; ele podia vê-la e ouvi-la, enquanto coloca o cheque sobre a mesa ao alcance da mão e conta:

— *Faz um mês. Foi tudo bem, só que eu continuava a perder sangue e a coisa ficou bem grave. Então, de repente, dois dias atrás, o sangue parou, o que pode significar algo ainda mais grave — como é o nome? Toxemia, septicemia? Não importa — que estamos observando. Aguardando.*

Os homens que passavam pelo banco onde ele estava sentado usavam ternos de linho, e então ele começou a reparar num êxodo generalizado proveniente do parque — as babás negras que conseguiam emprestar uma qualidade bizarra e brilhante até aos seus engomados uniformes azuis com cruzes brancas, as crianças se movendo com gritos agudos numa desordem brilhante como pétalas sopradas, cruzando o gramado. Era perto do meio-dia; Charlotte devia estar na casa havia mais de meia hora. *Porque vai levar esse tempo todo,* ele pensou vê-los e ouvi-los: *Ele está tentando convencê-la a ir para um hospital imediatamente, ao melhor, aos melhores médicos; ele vai assumir toda a culpa, dizer todas as mentiras; ele insiste, calmo, nada importuno e não aceitando recusa.*

— *Não. H... ele conhece um lugar. Na costa do Mississippi. Vamos para lá. Arranjamos um médico se for preciso.*

— *Na costa do Mississippi? Por que diabos na costa do Mississippi? Um médico do interior numa aldeiazinha de pescadores de camarão perdida no Mississippi, quando em New Orleans estão os melhores, os melhores de todos...*

— *Talvez não precisemos de um médico afinal. E podemos viver mais em conta lá, até termos certeza.*

— *Vocês têm dinheiro para veranear na costa, então.*

— *Nós temos dinheiro.* Era pleno meio-dia; o ar parado, as sombras pontilhadas imóveis sobre o colo dele, sobre as seis notas em sua mão, as duas de vinte, a de cinco, as três de um, ouvindo-os, vendo-os:

— *Pegue o cheque de volta. Não é meu.*

— *Nem meu. Deixe-me seguir meu caminho, Francis. Há um ano você me deixou escolher e eu escolhi. Mantenho minha opção. Não quero que você se retrate, quebre a promessa que fez a si mesmo. Mas quero lhe pedir uma coisa.*

— *A mim? Um favor?*

— *Se quiser. Não espero uma promessa. Talvez o que eu esteja tentando expressar seja apenas um desejo. Não esperança; desejo. Se alguma coisa acontecer comigo.*

— *Se alguma coisa acontecer com você. O que devo fazer?*

— *Nada.*

— *Nada?*

— *Sim. Contra ele. Não peço isto por ele, nem mesmo por mim. Peço por... por... nem sei o que estou tentando dizer. Peço por todos os homens e mulheres que já viveram e erraram mas com a melhor das intenções e por todos que viverão e errarão mas com a melhor das intenções. Por você talvez, já que está sofrendo também — se é que existe realmente sofrimento, se é que um de nós sofreu, se é que algum de nós nasceu forte e bom o suficiente para ser digno, seja de amar ou de sofrer. Talvez o que eu esteja querendo dizer é justiça.*

— Justiça? E então ele pôde ouvir Rittenmeyer rindo, um homem que não ria, já que o riso é uma barba de ontem, uma peça íntima entre as emoções. — Justiça? Pedir isso a mim? Justiça. Agora ela se levanta; ele também: os dois se encaram. — Não pedi uma promessa — diz ela. — Seria pedir demais. — De mim. — De qualquer pessoa. Qualquer homem ou mulher. Não só de você. — Mas sou eu que não lhe prometo nada. Lembre-se. Lembre-se. Eu disse que você podia voltar para casa quando quisesse, e que eu pelo menos a receberia na minha casa. Mas você pode esperar isso outra vez? De qualquer homem? Diga-me; você falou uma vez em justiça; responda isso. — Eu não espero. Eu lhe disse antes que talvez o que eu estivesse tentando dizer fosse esperança. — Ela agora se voltará, disse ele para si mesmo, aproximando-se da porta, e eles ficarão parados e se encarando e talvez seja como foi entre mim e Mc-Cord na estação em Chicago naquela última noite — Ele parou. Ia dizer "ano passado" e parou e ficou sentado absolutamente quieto e disse alto num espanto silencioso, "Aquela noite foi há menos de cinco meses". E os dois saberão que nunca mais se encontrarão e nenhum deles vai falar nisso. — Até logo, Rato — diz ela. E ele não responderá, pensou ele. Não, ele não responderá, esse homem de ultimatos, sobre quem para o resto da vida recairá anualmente a necessidade de decretos que ele sabe de antemão não poder cumprir, que se negaria a promessa que ela não pediu, embora fosse capaz de prometê-lo e ela sabe disso, bem, bem demais — esse rosto impecável e invencível sobre o qual toda a luz existente na sala parecerá ter se concentrado como uma bênção, uma afirmação não de honestidade, mas de hombridade, tendo sido coerente e incontroversamente correto; e não obstante *trágico também, pois não pode haver consolo ou paz em estar-se com a razão.*

Agora devia estar na hora. Ele se levantou do banco e seguiu a curva descolorida das conchas de ostras entre a florescência compacta das espirradeiras e viguélias, jasmins e laranjas, em direção à saída e à rua, sob o meio-dia. O táxi se aproximou, diminuindo a marcha enquanto encostava no meio-fio; o chofer abriu a porta. — Para a estação — disse Wilbourne.

— A Union?

— Não, a de Mobile. Para a costa. — Ele entrou. A porta se fechou, o táxi partiu; os troncos ascendentes das palmeiras começaram a passar voando. — Elas estavam bem? — ele disse.

— Ouça — ela disse. — Se vamos amargar…

— Amargar?

— Você saberá na hora, não é?

— Não vamos amargar coisa nenhuma. Vou ficar do seu lado. Não fiquei até agora?

— Agora não seja idiota. Agora não há mais tempo. Você saberá a hora. E fuja para bem longe, ouviu?

— Fugir?

— Me prometa. Você não sabe o que eles farão com você? Você não sabe mentir para ninguém, nem que quisesse. E você não poderia me ajudar. Mas você saberá a hora. Só telefone para uma ambulância ou para a polícia ou coisa parecida e telegrafe para o Rato e vá para bem longe rápido. Me prometa.

— Vou ficar do seu lado — ele disse. — É isso que vou prometer. Elas estavam bem?

— Sim — ela disse; os troncos ascendentes das palmeiras passavam voando continuamente. — Elas estavam bem.

O velho

Quando a mulher perguntou-lhe se tinha uma faca, ele parado nas ensopadas roupas de lona que o fizeram ser alvejado pela segunda vez por uma metralhadora, nas duas ocasiões em que tinha visto qualquer vida humana após largar o dique quatro dias atrás, o condenado sentiu-se exatamente como quando no bote fugitivo a mulher sugeriu que era melhor eles se apressarem. Ele sentiu a mesma afronta ultrajante de uma condição puramente moral, a mesma furiosa impotência para encontrar qualquer resposta; de maneira que, parado acima dela, sufocando esgotado e inarticulado, um minuto inteiro passou antes que entendesse que ela agora estava chorando. — A lata! A lata no bote! — Ele não antecipou o que ela poderia querer com uma lata; nem especulou ou parou para perguntar. Voltou-se correndo; pensando dessa vez, *É outra cobra-d'água* enquanto o grosso corpo se dobrava naquele reflexo desajeitado que nada tinha de alarme, mas apenas prontidão, nem mesmo mudando o passo, embora soubesse que seu pé corredor cairia bem perto da cabeça achatada. A proa do bote estava bem para cima do aclive então, onde fora depositado pela onda, e havia outra serpente se arrastando popa adentro, e quando se inclinou para apanhar a lata com a qual tiravam água do barco viu alguma coisa mais nadando em direção ao aterro, ele não soube o quê — uma cabeça, um rosto no vértice do ângulo das ondulações. Ele agarrou a lata; pela simples justaposição da mesma com a água, retirou-a cheia. Viu o cervo outra vez; ou outro cervo. Isto é, viu um cervo — um olhar lateral, o leve fantasma cor de fumaça numa paisagem de ciprestes que então se vai; desaparecido, ele não se detendo para olhá-lo, voltando a galope para a mulher e ajoelhando-se com a lata sob os lábios dela até que ela dissesse para parar.

A lata continha uma porção de feijões ou tomates, alguma coisa, hermeticamente lacrada e aberta por quatro golpes de cabo de um machado, a argola de metal virada para fora, as bordas rasgadas, afiadas como navalhas. Ela lhe ensinou como, e ele usou as bordas à guisa de faca, tirou um dos cordões de seus sapatos e cortou-o em dois com o alumínio afiado. Então ela quis água morna. — Se ao menos eu tivesse um pouco de água quente — disse ela, numa fraca voz tranquila quase sem esperança; só quando ele pensou em fósforos foi outra vez bastante parecido como quando ela lhe perguntou se tinha uma faca, até que ela remexeu no bolso da túnica encolhida (que tinha uma costura dupla num punho e uma mancha mais escura no ombro onde haviam arrancado os galões e as insígnias de divisão, mas isso nada significava para ele) e de lá tirou uma caixa de fósforos que consistia em dois cartuchos de balas encaixados. Então ele a levou para mais longe da água e foi buscar lenha suficientemente seca para queimar, pensando dessa vez, *É apenas outra serpente*, só, ele disse, que devia ter pensado em *dez mil outras serpentes*: e agora descobriu que não era o mesmo cervo pois viu três deles ao mesmo tempo, machos ou fêmeas, não saberia dizer, uma vez que em maio todos estavam sem chifres e além do mais nunca tinha visto antes um espécime de qualquer um dos sexos a não ser nos cartões de Natal; e em seguida o coelho, afogado, morto em todo caso, já eviscerado, o pássaro, o falcão, sobre a carcaça — a crista ereta, o forte e cruel bico aristocrático, o intolerante e onívoro olho amarelo — e ele chutando-o, chutando-o cambaleante e com as asas abertas pelos ares.

Quando voltou com a lenha e o coelho morto, o bebê, embrulhado na túnica, estava aninhado entre dois troncos de ciprestes e a mulher havia desaparecido, mas enquanto o condenado se ajoelhava na lama, soprando e acalentando a chama tênue, ela voltava fraca e lentamente da água. Então, a água por fim esquentou e vindo de algum lugar que ele nunca saberia qual, ela talvez nunca o soubesse se não tivesse surgido a necessidade, mulher alguma talvez jamais saiba, só que mulher alguma nunca se preocupa com isso, apareceu aquele retalho de alguma coisa ou de algum lugar entre pano de saco e seda — agachado, suas próprias roupas molhadas fumegando ao calor do fogo, ele observou-a banhando a criança com selvagem curiosidade e interesse que se transformou em incredulidade espantada, até que por fim se colocou acima dos dois, olhando para baixo até a criatura minúscula cor de terracota que não se parecia com coisa alguma, e pensou: *E isso é tudo. Isso é que me separou violentamente de tudo o que eu conhecia e não queria deixar e me atirou num elemento que nasci para temer, para me jogar por fim num lugar que nunca vi antes e que nem mesmo sei onde é.*

Então ele voltou para a água e encheu novamente a lata. O crepúsculo vinha chegando (ou o que deveria ser o crepúsculo, não fosse o mau tempo prevalecente), desse dia cujo começo nem sequer conseguia se lembrar; quando voltou para o lugar onde ardia o fogo, na tristeza entrelaçada dos ciprestes, mesmo após essa breve ausência, a noite definitivamente chegara, como se a escuridão também se tivesse refugiado sobre aquele declive de um quarto de acre, aquela Arca terrestre saída do Gênesis, aquela escura e úmida desolação comprimida, asfixiada pelas árvores e pulsante de vida, em que direção e o quão longe do que e de onde ele sabia tão pouco quanto sabia o dia do mês, e que agora com o poente voltara a se arrastar em frente espalhando-se sobre as águas. Ele assou o coelho em pedaços enquanto o fogo ardia mais e mais vermelho na escuridão, onde os tímidos olhos selvagens dos pequenos animais — uma vez, a alta e doce mirada do tamanho de um prato de um dos cervos — brilhavam e desapareciam e brilhavam outra vez, após os quatro dias o caldo lhe pareceu quente e fedorento; ele pareceu escutar o rugir da própria saliva enquanto observava a mulher engolir a primeira porção. Em seguida bebeu também; eles comeram os outros pedaços que ficaram queimando e esturricando nos ramos do salgueiro; a noite agora era total. — É melhor você e ele dormirem no barco — disse o condenado. — Amanhã temos que sair bem cedo. — Ele empurrou a proa do bote para fora da terra para que ficasse nivelado, encompridou a amarra com um pedaço de cipó e voltou para o fogo e amarrou a parreira em torno do pulso e se deitou. Foi sobre a lama que se deitou, mas que parecia sólida mais embaixo, era terra, não se movia; se alguém caísse em cima quebraria os ossos contra a incontroversa passividade, mas não seria recebido incorporeamente, sendo envolvido e sufocando, para baixo e para baixo e para baixo; era difícil às vezes passar um arado sobre ela, isso esgota, exaure e às vezes deixa a pessoa amaldiçoando suas insaciáveis exigências, longas como a luz na volta para a cama ao crepúsculo, mas não o arranca violentamente de tudo o que sabe familiar e arrasta-o escravo e impotente durante dias incapacitando qualquer regresso. *Não sei onde estou e acho que não sei o caminho de volta para onde quero ir*, pensou ele. *Mas pelo menos o barco parou tempo suficiente para me dar uma oportunidade de virá-lo de volta.*

Ele acordou de madrugada, a luz fraca, o céu cor de junquilho; ia fazer um belo dia. O fogo havia se extinguido; do lado oposto das cinzas frias estavam deitadas três serpentes, imóveis e paralelas como um sublinhado, e sob a veloz claridade crescente outras pareciam se materializar: a terra que um momento antes tinha sido apenas terra irrompeu em inertes serpentinas e laços, galhos que havia pouco eram apenas galhos agora se tornavam imóveis grinaldas ofídicas, mesmo enquanto o condenado pensava sobre comida, sobre algo quente para beber antes de partirem. Mas desistiu da ideia, da perda de tanto tempo, uma vez que ainda restavam no bote alguns objetos pétreos que a mulher do barco precário ali havia atirado, e além do mais (pensando assim), não importava a rapidez ou o êxito com que caçasse, ele nunca seria capaz de armazenar suficiente comida que os aguentasse até voltarem para onde queriam ir. Então voltou ao bote, auxiliando-se com a amarra de lasca de parreira, entrando na água sobre a qual repousava uma neblina baixa, espessa como algodão (embora aparentemente não muito alta, só profunda), na qual a popa do bote já começava a desaparecer, embora a proa quase tocasse a elevação de terra. A mulher despertou, mexeu-se. — Estamos preparando para começar? — perguntou.

— É — disse o condenado. — Não está pensando em ter outro hoje de manhã, está? — Entrou no barco e o afastou da terra, que imediatamente começou a se dissolver na neblina. — Me dê o remo — disse sobre o ombro, ainda sem se voltar.

— O remo?

Ele se voltou. — O remo. Você está deitada nele. — Mas ela não estava e por um instante no qual o aterro, a ilha, continuou sumindo lentamente na neblina que parecia envolver o bote numa camada de lã leve e impalpável como uma preciosa ou frágil bijuteria ou joia, o condenado se acocorou não em desespero, mas naquele ultraje frenético e assombrado de um homem que, tendo escapado de ser esmigalhado por um cofre caindo, é em seguida atingido por um peso de papel que havia sobre o cofre: acontecimento ainda mais insuportável porque ele sabia que jamais na vida tivera menos tempo a perder. Não hesitou. Agarrando a ponta da parreira, pulou na água, desaparecendo na violenta ação de escalar e reapareceu ainda escalando e (ele que nunca aprendera a nadar) mergulhou e se debateu em direção do quase desaparecido aterro, movendo-se através da água, depois sobre ela como o cervo no dia anterior e engatinhou sobre o declive enlameado e caiu arfando e ofegando, ainda agarrado à ponta da parreira.

Então a primeira coisa que fez foi escolher a que achou ser a árvore mais apropriada (por um momento em que soube que estava louco pensou em tentar serrá-la com a borda da lata) e contra a base da árvore acender uma fogueira. Em seguida foi procurar comida. Nessa procura passou os próximos seis dias, enquanto a árvore se queimava e caía e ardeu novamente até atingir a medida certa e ele alimentando pequenas e ardilosas chamas constantes nos flancos da tora para torná-la do formato de um remo, cuidando delas também à noite enquanto a mulher e o bebê (mamando agora, ninado agora, ele se voltando de costas ou até indo para o mato cada vez que ela se preparava para abrir a túnica desbotada) dormiam no bote. Ele aprendeu a observar o siar dos falcões e desta forma encontrou outros coelhos e, por duas vezes, marsupiais; comeram uns peixes afogados, o que lhes causou uma urticária, seguida de uma violenta diarreia, e uma cobra que a mulher pensou ser uma tartaruga e que não lhes fez mal algum, e uma noite choveu e ele se levantou e arrastou galhos, sacudindo as cobras (ele não mais pensava, *Não passa de outra cobra-d'água*, apenas dava-lhes passagem enquanto elas, quando havia tempo, enroscavam-se para o lado, indolentemente, deixando-o passar) dos galhos com aquele antigo sentimento de invulnerabilidade pessoal, e construiu um abrigo e a chuva parou imediatamente e não mais recomeçou e a mulher voltou para o bote.

Então certa noite — a lenta e entediante tora esturricada tornara-se quase um remo agora —, uma noite e ele estava em sua cama, no dormitório e fazia frio, ele tentava puxar as cobertas mas sua mula o impedia, cutucando-o e batendo-lhe com força, tentando entrar na estreita cama com ele e agora a cama estava fria também e molhada e ele tentava sair dela só que a mula o impedia, prendendo-o pelo cinto com os dentes, balançando-o e impelindo-o de volta à fria cama úmida e, debruçando-se, deu-lhe uma longa lambida pelo rosto com a fria e flexível língua musculosa e ele acordou sem fogo, sem carvão sequer sob o lugar onde o remo quase pronto estava queimando e alguma coisa comprida e friamente flexível passou rapidamente pelo seu corpo onde ele estava imerso em quatro polegadas de água enquanto a ponta do bote alternadamente puxava o cipó de parreira amarrado à sua cintura com um solavanco e o empurrava de volta para a água. Então alguma outra coisa surgiu e começou a cutucar seu tornozelo (a tora, o remo), mesmo enquanto ele tateava freneticamente em busca do bote, ouvindo o rápido sussurro, indo e vindo dentro do casco enquanto a mulher começou a se debater e a urrar. — Ratos! — ela gritou. — Está cheio de ratos!

— Fique quieta — ele disse. — São só cobras. Não pode ficar parada um momento enquanto procuro o barco? — Então ele o encontrou, subiu levando o remo inacabado; novamente o grosso corpo musculoso convulsionou-se sob seu pé; não o mordeu; ele não teria se importado, olhando para trás onde podia enxergar vagamente — a tênue luminosidade externa da água espraiada. Remou em direção a ela, atirando de lado os galhos enroscados de serpentes, o fundo do bote ressoando fracamente com grossos e sólidos estalidos, a mulher guinchando sem parar.

215

Então o bote saiu do meio das árvores, do aterro, e agora ele podia sentir os corpos lhe açoitando os tornozelos e ouvi-los roçando ao pularem pelas bordas. Arrastou a tora para dentro e com ela raspou o fundo do bote, para cima e para fora; contra a água clara ele pôde ver mais três serpentes em chicoteantes convulsões antes de desaparecerem. — Cala a boca — gritou. — Psiu! Queria ser uma serpente para sair daqui também!

Quando uma vez mais a pálida e fria hóstia do primeiro sol iluminou o bote (se estavam em movimento ou não o condenado não saberia dizer) no seu nimbo de fino algodão, o condenado ouvia de novo aquele som que ouvira duas vezes antes e jamais esqueceria — o som da água deliberada e irresistível e monstruosamente perturbadora. Mas dessa vez ele não sabia dizer de que direção vinha. Parecia estar em toda parte, aumentando e diminuindo; era como um fantasma atrás da neblina, num minuto a milhas de distância, no outro a ponto de sobrepujar o bote no próximo segundo; de repente, no momento em que ele acreditava (o corpo inteiro cansado pronto para saltar e gritar) que fosse levar o bote direto de encontro àquele som e com o remo inacabado da cor e da textura de um tijolo queimado, como parte de uma velha chaminé corroída por castores e pesando doze quilos, ele rodopiava o barco freneticamente mas acabava de frente para o som outra vez. Então algo ecoou tremendamente sobre sua cabeça, ele ouviu vozes humanas, um sino tocou e o barulho cessou e a neblina desapareceu como quando se passa a mão sobre uma vidraça enregelada, e o bote então navegava sobre um ensolarado brilho de água marrom, lado a lado com, e a cerca de trinta jardas de, um vapor. O convés estava cheio e lotado de homens, mulheres e crianças sentados ou em pé juntos e entre uma doméstica aglomeração de móveis resgatados às pressas, que olhavam enlutada e silenciosamente para o bote, enquanto o condenado e o homem com o megafone na cabina do piloto se falavam em fracos gritos e rugidos acima do arfar das máquinas em reverso.

— Que diabos está tentando fazer? Se suicidar?

— Qual é o caminho para Vicksburg?

— Vicksburg? Vicksburg? Encoste ao lado e suba a bordo.

— Pegam o barco também ?

— Barco? Barco? — Agora o megafone amaldiçoava, as ondas ribombantes de blasfêmia e suposições biológicas viravam cavernosamente ocas e incorpóreas, como se a água, o ar, a neblina as tivessem anunciado, bramindo as palavras para em seguida as receberem de volta sem causar danos, cicatrizes ou insultos em lugar algum. — Se eu pusesse a bordo todas as latas de sardinha flutuantes que vocês filhos da puta me pedem eu não teria lugar nem pro piloto. Suba! Você espera que eu fique aqui à meia força até o inferno congelar?

— Não vou subir sem o barco — disse o condenado. Então outra voz falou, tão calma e suave e sensata que por um momento soou mais estranha e fora de lugar do que as berrarias e incorpóreas blasfêmias do megafone.

— Aonde é que estão querendo ir?

— Não estou querendo — disse o condenado. — Estou indo. Vou para Parchman. — O homem que falara por último se voltou e pareceu conversar com um terceiro homem na cabina do piloto. Em seguida voltou a olhar para o bote.

— Carnarvon?

— O quê? — perguntou o condenado. — Parchman?

— Está bem. Estamos indo nessa direção. Faremos uma parada quando você chegar em casa. Suba.

— O barco também?

— Sim. Sim. Ande. Estamos queimando carvão parados só para conversar com você. — Então o condenado ladeou a embarcação e observou-os ajudando a mulher e o bebê a transpor a amurada e também subiu a bordo, embora ainda segurasse o final da amarra de lasca de parreira até que o bote fosse suspenso sobre a casa de máquinas. — Meu Deus — o homem, o gentil, disse —, é isso que vem usando como remo?

— Sim — disse o condenado. — Perdi a tábua.

— A tábua — disse o homem gentil (o condenado contou como ele parecia estar sussurrando) —, a tábua. Bem. Venha cá comer alguma coisa. O seu barco está a salvo agora.

— Acho que vou esperar por aqui — disse o condenado.

Porque então, ele disse aos outros, começou a perceber pela primeira vez que as outras pessoas, os outros refugiados que lotavam o convés, que se agruparam num círculo silencioso em volta do bote emborcado onde ele e a mulher estavam sentados, o cipó de parreira passado várias vezes em volta do seu pulso e preso pela mão, olhavam fixamente para ele e para a mulher, com uma estranha, cálida e enlutada intensidade, não eram brancos...

— Quer dizer que eram crioulos? — perguntou o condenado gordo.

— Não. Não eram americanos.

— Não eram americanos? Quer dizer que você estava até fora da *América*?

— Não sei — disse o condenado alto. — Eles a chamavam de Atchafalaya. — Porque depois de um certo tempo ele disse: — O quê? — para o homem e este fez novamente, goble-goble...

— Goble-goble? — disse o condenado gordo.

— É assim que eles falavam. — disse o condenado alto. — Goble-goble, whang, caw-caw-to-to. — E ficou sentado vendo-os goble-gobleando entre si e olhando novamente para ele, em seguida se afastaram e o homem gentil (ele usava uma braçadeira da Cruz Vermelha) entrou, seguido por um garçom com uma bandeja de comida. O homem gentil trazia dois copos de uísque.

— Bebam isto — disse o homem gentil. — Vai aquecê-los.
— A mulher pegou um copo e o bebeu, mas o condenado contou como olhou para seu copo e pensou, *Não provo uísque há sete anos*. Não o havia provado mais do que uma vez antes disso; foi numa ribanceira entre os pinhais; estava com dezessete anos e fora àquele lugar com quatro companheiros, dois dos quais eram adultos, um de vinte e dois ou vinte e três anos, o outro perto de quarenta; ele se lembrava. Isto é, lembrava-se de uma terça parte daquela noite — uma agitação feroz sob a luz do fogo cor de inferno, o choque e o choque dos golpes em volta da cabeça (também dos próprios punhos em outro osso duro), seguido do despertar sob um sol raiado e ofuscante num lugar, um estábulo, que nunca vira antes e que mais tarde descobriu estar a vinte milhas de sua casa. Contou que pensou sobre isso e olhou em volta para os rostos que o observavam e disse:

— Acho melhor não.

— Vamos, vamos — disse o homem gentil. — Beba.

— Não quero.

— Bobagem — disse o homem gentil. — Sou médico. Tome. Depois poderá comer. — Então ele pegou o copo e mesmo assim hesitou, mas outra vez o homem gentil disse: — Vamos logo, mande para dentro; você continua nos atrasando — naquele tom de voz ainda calmo e sensato mas ligeiramente áspero também, a voz de um homem que se mantinha sereno e afável por não ter o hábito de ser contrariado — e ele bebeu o uísque e mesmo naquele segundo entre o doce fogo total na barriga e o momento em que começou a acontecer ele tentava dizer, — Eu tentei avisar! Eu tentei! — Mas era tarde demais agora no claro fulgor do sol no décimo dia de terror e desesperança e impotência e raiva e ultraje, e era ele e a mula, sua mula (que eles o deixaram batizar — John Henry) com quem homem algum a não ser ele arava a terra havia cinco anos e cujos costu-

219

mes e hábitos ele conhecia e respeitava e que conhecia seus costumes e hábitos tão bem que cada um deles podia antecipar quaisquer movimentos e intenções do outro; era ele próprio e a mula, os pequenos rostos gorgolejando e voando diante deles, os conhecidos crânios duros se chocando com seu punhos, sua voz gritando: — Vamos, John Henry! Sulque fundo! Sulque até o fim! —, mesmo enquanto a brilhante e quente onda vermelha voltava, ele indo ao seu encontro alegre, feliz, elevado, confiantemente, e então sendo arremessado para o espaço, triunfante e gritando, e então outra vez o golpe arrebatador na nuca: ele caiu no convés de barriga para cima, os braços e as pernas imóveis, e totalmente sóbrio outra vez, as narinas vertendo sangue outra vez, o homem gentil debruçado sobre ele com, atrás dos finos óculos sem aro, os olhos mais frios que o condenado jamais vira — olhos que segundo ele não o olhavam, mas sim para o sangue esguichante e com nada além de um total interesse impessoal.

— Bom homem — disse o homem gentil. — Ainda há muita vida na velha carcaça, hein? Muito bom sangue vermelho também! Já lhe disseram alguma vez que você era hemofílico? (— O quê? — disse o condenado gordo. — Hemofílico? Sabe o que isso quer dizer? — O condenado alto fumava um cigarro então, o corpo encanivetado para trás no espaço sepulcral entre o beliche de baixo e o de cima, esguio, limpo, sem um movimento, a fumaça azul se enroscando em volta do rosto magro, aquilino e barbeado. — Quer dizer um bezerro que é um touro e uma vaca ao mesmo tempo.

— Não, não é — disse um terceiro condenado. — É um bezerro ou um potro que não são nem uma coisa nem outra.

— Diabos — disse o condenado gordo. — Tem que ser uma coisa ou outra para não afundar. — Ele jamais cessara de olhar para o condenado alto deitado no beliche; então falou-lhe outra vez: — Você deixou ele te chamar disso?) O condenado alto havia deixado. Não respondera nada ao médico (foi então que deixou de pensar nele como o homem gentil). Também não pudera se mexer, embora sentisse estar bem, melhor do que nos dez últimos dias. Então o ajudaram a ficar de pé e o equilibraram e o desceram até o bote emborcado, ao lado da mulher, onde ele sentou inclinado para a frente, cotovelos nos joelhos na atitude imemorial, observando o próprio vermelho-vivo manchando o convés de lama pisoteada, até que a mão bem tratada do médico surgisse sob seu nariz, segurando um frasco.

— Cheire — disse o médico. — Fundo. — O condenado inspirou, a forte sensação de amônia queimou-lhe as narinas e atingiu sua garganta. — Outra vez — disse o médico. O condenado inalou obedientemente. Dessa vez engasgou e cuspiu uma gota de sangue, o nariz agora tão insensível como uma unha do pé, embora o sentisse do tamanho de uma pá de dez polegadas e tão frio quanto.

— Eu lhe peço desculpas — disse ele. — Não queria...

— Por quê? — disse o médico. — Você lutou muito bem, como contra uns quarenta ou cinquenta homens! Aguentou uns bons dois segundos. Agora pode comer alguma coisa. Ou acha que isto vai enlouquecê-lo outra vez?

Ambos comeram, sentados no bote, os rostos gorgolejantes não mais observando, o condenado mastigando lenta e doloridamente o grosso sanduíche, encurvado, o rosto de lado para a comida e paralelo à terra como um cachorro; o vapor seguia seu caminho. Ao meio-dia serviram tigelas de sopa quente e pão e mais café; comeram isso também, sentados lado a lado no bote, a parreira ainda amarrada em volta do pulso do condenado. O bebê acordou e mamou e dormiu outra vez e eles conversaram baixinho: — Foi para Parchman que ele disse que ia nos levar?

— Foi pra onde eu disse que queria ir.

— Para mim nunca soou exatamente como Parchman. Soou como se ele tivesse dito outra coisa. — O condenado também tinha achado isso. Vinha pensando nisso com alguma clareza desde que subiram a bordo do vapor e com mais clareza ainda desde que havia observado o tipo dos outros passageiros, aqueles homens e mulheres definitivamente mais baixos do que ele e com a pele de uma pigmentação um pouco diferente de qualquer bronzeado, embora os olhos fossem às vezes azuis ou cinza, que conversavam entre si numa outra língua que ele nunca ouvira antes e que aparentemente não compreendiam a sua, gente de uma espécie que ele nunca vira em Parchman nem em qualquer outro lugar, e que ele não acreditava fossem para lá ou para algum ponto depois. Mas segundo a cortesia e a moda caipira e provinciana ele não podia perguntar, pois de acordo com a educação que recebera pedir informações era pedir um favor e não se deve pedir favores a estranhos; caso oferecessem, então talvez se pudesse aceitar, expressando gratidão com uma insistência quase tediosa, mas não se devia pedir. Portanto ele observava e esperava, como fizera antes, e agia da melhor maneira segundo suas possibilidades e o quão bem seu julgamento lhe ditava.

Portanto ele esperou, e no meio da tarde o vapor arfou e se enfiou em uma garganta asfixiada por salgueiros, de onde emergiu, e então o condenado soube que estava no rio. Podia acreditar nisso agora — a enorme extensão, amarela e sonolenta na tarde (— Porque é grande demais — disse-lhes ele sobriamente. — Não há enchente no mundo grande o bastante para fazê-lo ir além de ficar um pouco mais alto, então ele pode olhar para trás e ver exatamente onde a pulga está, exatamente onde deve coçar. São os pequeninos, os arroios bobos que correm pra trás um dia e pra frente no seguinte e vêm desabar sobre um homem, repleto de mulas mortas e galinheiros.) — e o vapor subindo-o agora (*como uma formiga atravessando um prato*, o condenado pensou, sentado ao lado da mulher no bote emborcado, o bebê mamando de novo, aparentemente olhando também para a água onde, para cada lado, a uma milha de distância, as linhas gêmeas do ancoradouro pareciam ininterruptos fios flutuantes e paralelos), e então vinha chegando o crepúsculo e ele começou a ouvir, a perceber, as vozes do doutor e do homem que havia ralhado com ele pelo megafone agora novamente ralhando da casa do piloto no alto.

— Parar? Parar? Por acaso estou guiando um bonde?

— Pare pela novidade então — disse a agradável voz do médico. — Não sei quantas viagens já fez de ida e volta lá para baixo e quantos desses ratos molhados, como você os chama, já salvou. Mas esta é primeira vez que você carrega duas pessoas — ou melhor, três — que não só sabem o lugar para onde querem ir como na verdade estavam tentando ir pra lá. — Então o condenado esperou enquanto o sol se inclinava mais e mais e o vapor formiga se arrastava continuamente através do prato vazio e gigantesco que ia mais e mais ganhando um tom de cobre. Mas não lhe perguntou, apenas esperou. *Talvez ele tenha dito Carrollton,* pensou. *Começava com C.* Mas não acreditava nisso também. Não sabia onde estava, mas sabia que não estava sequer perto da Carrollton de que se lembrava daquele dia havia sete anos, quando, algemado pulso com pulso ao delegado, ele a atravessara de trem — o lento, espaçado, repetido, quebradiço golpear dos truques onde duas ferrovias se entrecruzavam, uma dispersão aleatória de tranquilas casas brancas entre árvores sobre colinas verdes luxuriosas de verão, um pináculo apontando, o dedo na mão de Deus. Mas lá não havia rio. *E nunca se chega perto desse rio sem se saber,* pensou ele. *Não importa onde se está, nem onde se esteve a vida inteira.* Então a ponta do vapor começou a balançar ao cruzar a corrente, sua sombra balançando também, viajando na água muito à frente do vapor em si, em direção à crista deserta de terra ensalgueirada e vazia de vida. Não havia coisa alguma lá, o condenado nem podia ver terra ou água além dela; era como se estivesse para se chocar lentamente através da fina, baixa, fraca barreira de salgueiros e embarcar no espaço, ou caso esse faltasse, devagar e de volta parar e desembarcá-lo no espaço, partindo do princípio de que a intenção era desembarcá-lo, de que esse era o lugar distante tanto de Parchaman quanto de Carrollton, embora de fato o nome começasse com a letra C. Ele então virou o rosto e viu o médico se debruçando sobre a mulher, empurrando a pálpebra do bebê para cima com o indicador, examinando a criança.

— Quem mais estava lá quando ele chegou? — perguntou o médico.

— Ninguém — disse o condenado.

— Fizeram tudo sozinho, hein?

— Sim — disse o condenado. Então o médico se levantou e olhou para ele.

— Estamos em Carnarvon — disse o médico.

— Carnarvon? — disse o condenado. — Não é... — Calou-se então, parado. E contou isso — os olhos intensos tão desapaixonados quanto o gelo atrás dos óculos sem aros, o rosto escanhoado e vivaz que não estava habituado a ser contrariado ou enganado. (— Sim — disse o condenado gordo. — Era isso que eu queria perguntar. As roupas. Qualquer um as reconhece. Como que esse médico, se era tão esperto como você diz...

— Dormi com elas dez noites, quase sempre na lama — disse o condenado alto. — Vinha remando desde a meia-noite com aquele remo novo que eu tinha tentado queimar e cuja fuligem nem tive tempo de raspar. Mas é o fato de estar com medo e preocupado e novamente com medo e preocupado durante dias e dias usando as mesmas roupas que muda o jeito delas. Não

quero dizer só as calças — disse ele sério. — O teu rosto também.
O doutor sabia.

— Está bem — disse o condenado gordo. Continue.)

— Eu sei — disse o médico. — Descobri quando você estava lá embaixo deitado no convés, recuperando a consciência. Não minta para mim. Não gosto de mentiras. Este barco está indo para New Orleans.

— Não — disse o condenado imediatamente, tranquilo, com absoluta determinação. Ele podia ouvir outra vez o tuc-tuc-tuc na água no lugar em que estiveram um minuto antes. Mas não estava pensando nas balas. Tinha-as esquecido, perdoado. Pensava em si mesmo agachado, soluçando, arfando antes de correr novamente — a voz, a acusação, o grito de repúdio final e irrevogável do antigo, primevo e ateu Manipulador de toda a lascívia e loucura e injustiça: *Tudo que eu queria no mundo era só me entregar*; pensando nisso, lembrando-se disso mas sem ódio agora, sem paixão agora e mais breve do que um epitáfio: *Não, tentei isso uma vez. Eles atiraram em mim.*

— Então não querem ir para New Orleans. E também não tinham intenção de ir para Carnarvon. Mas prefere Carnarvon a New Orleans. — O condenado não disse nada. O médico encarou-o, as pupilas dilatadas como as extremidades dos vergalhões de uma ponte. — Por que foi preso? Bateu nele com mais força do que supunha, é?

— Não. Tentei assaltar um trem.

— Repita isso. — O condenado repetiu. — Bem? E daí? Não se pode dizer isso no ano de 1927 e aí ficar quieto, homem. — Então o condenado contou como foi, sem paixão também — sobre as revistas, o revólver que não disparava, a máscara e a lanterna escura sem uma entrada de ar adequada, de maneira que se apagou quase ao mesmo tempo que o fósforo, mas mesmo assim esquentou tanto o metal que se tornou impossível de carregar, ganhas por meio das assinaturas. *Só que não são meus olhos ou minha boca que ele está olhando*, pensou ele. *É como se estivesse olhando o jeito com que meus cabelos crescem na cabeça.* — Entendo — disse o médico. — Mas alguma coisa deu errado. Mas você já teve tempo suficiente para pensar sobre o assunto desde então. Rever o que deu errado, o que deixou de fazer.

— É — disse o condenado. — Pensei muito sobre o assunto.

— Então da próxima vez você não cometerá nenhum erro.

— Não sei — disse o condenado. — Não haverá próxima vez.

— Por quê? Se você sabe o que fez de errado, não vão apanhá-lo na próxima.

O condenado olhou fixamente para o médico. Os dois se olharam fixamente; os dois pares de olhos não eram tão diferentes assim. — Acho que sei o que quer dizer — disse o condenado então. — Eu tinha dezoito anos naquela época. Hoje estou com vinte e cinco.

— Ah — disse o médico. Então (o condenado tentou contar isso) o médico não se mexeu, só parou de olhar para o condenado. Tirou um maço de cigarro barato do casaco. — Cigarro? — disse ele.

— Não quero — disse o condenado.

— Muito bem — disse o doutor com sua voz afável e cortante. Colocou o cigarro de lado. — Foi conferido à minha raça (a raça médica) também o poder de unir e separar, se não talvez por Jeová, certamente pela Associação Médica Americana — na qual, por acaso, neste dia do Senhor, eu apostaria meu dinheiro, fossem quais fossem as chances, a qualquer hora. Não sei se estou me excedendo nesta ocasião específica, mas acho que vamos fazer uma tentativa. — O doutor levou as mãos em concha à boca, para o alto em direção à casa do piloto. — Capitão! — ele gritou. — Vamos desembarcar estes três passageiros aqui. — Voltou-se para o condenado outra vez. — É — disse —, acho

que vou deixar o seu estado natal lamber seu próprio vômito.
Tome. — Outra vez a mão emergiu do bolso, dessa vez com uma
nota de dinheiro.

— Não — disse o condenado.

— Ora, ora; também não gosto de ser contrariado.

— Não — disse o condenado. — Não tenho como pagar.

— E lhe pedi que me pague?

— Não — disse o condenado. — Eu também nunca pedi
seu dinheiro emprestado.

Então viu-se de novo em terra seca, ele que já fora duas
vezes joguete daquele ridículo e concentrado poder da água,
uma vez mais do que deveria caber a qualquer homem, a qualquer existência, mas a quem ainda estava reservada outra inacreditável recapitulação, ele e a mulher parados no ancoradouro vazio, a criança adormecida envolta na túnica desbotada e o
cipó de parreira ainda preso ao pulso do condenado, observando o barco a vapor recuar e fazer uma curva e mais uma vez
rastejar subindo a extensão feito uma travessa de água deserta,
de brilho mais e mais acobreado, com seu rastro de fumaça se
espiralando em lentas gotas de cobre, diminuindo ao longo da
água, desaparecendo, espalhando seu mau cheiro através da
vasta serena desolação, o barco diminuindo e diminuindo até
de todo não mais parecer rastejar, mas sim pairar estático no
crepúsculo vaporoso e imaterial, dissolvendo-se em nada como
uma bolota de lama flutuante.

Então ele se virou e pela primeira vez olhou a sua volta, e
atrás de si, recuando, não de medo mas por puro reflexo, e não
físico, mas de alma, de espírito, naquela profunda e sóbria atenção alerta do montanhês que não pergunta coisa alguma a estranhos, nem sequer uma informação, pensando tranquilamente, *Não. Isto aqui também não é Carrollton.* Pois ele agora
olhou para baixo, para o declive quase perpendicular do dique,

através de sessenta pés de espaço absoluto, para uma superfície, um terreno plano como uma panqueca e da cor de uma panqueca ou talvez do pelo de um cavalo baio, possuindo aquela mesma densidade pilosa de um tapete ou de um pelame, se espalhando sem ondulação, embora com aquela curiosa aparência de imponderável solidez, como um fluido interrompido aqui e acolá por espessos montículos de verde-arsênico, que mesmo assim ainda pareciam não possuir qualquer altura, e por retorcidas veias cor de tinta que ele começou a desconfiar que fosse realmente água, mas com certa reserva de julgamento, que persistiu mesmo enquanto caminhava sobre ela. Foi o que disse, contou: Então continuaram. Não explicou como levou, sozinho, o bote embarcadouro acima e através do cume e desceu-o do lado oposto pelo declive de sessenta pés, só disse que continuou, envolto em uma nuvem espiralada de mosquitos ávidos como brasas ardentes, rasgando e se embrenhando nos matos cortantes mais altos que sua cabeça e que lhe fustigavam os braços e o rosto como lâminas flexíveis, arrastando pela amarra de parreiras o bote onde a mulher estava sentada, golpeando e tropeçando até os joelhos em algo mais água do que terra, ao longo de um desses escuros canais sinuosos mais terra do que água: e então (ele agora também estava no bote, remando com a tora chamuscada, porque o fundo, há trinta minutos, havia desaparecido sem aviso sob seus pés, deixando apenas a bolha cheia de ar nas costas da sua camisa flutuando levemente sobre a água crepuscular, até ele emergir e subir no bote) a casa, a cabana pouco maior do que um vagão de cavalos, feita de tábuas de ciprestes e um teto de zinco, elevando-se em pilotis de dez pés, finos como as patas de uma aranha, como uma precária e moribunda (e provavelmente venenosa) criatura enfrentando a resistência do meio que tivesse conseguido chegar até aquela enorme desolação e morrido sem coisa alguma ao seu alcance ou vista sobre a qual deitar, uma piroga atada ao pé de uma escada tosca, um homem parado diante de uma porta aberta, segurando uma lanterna (já estava assim escuro então) acima da cabeça, murmurando palavras incompreensíveis na direção deles.

Ele falou dos próximos oito ou nove ou dez dias, não se lembrava quantos, em que os quatro — ele próprio, a mulher e o bebê e o homenzinho nervoso com dentes podres e doces olhos selvagens brilhantes como um rato ou um esquilo, cuja língua nenhum deles entendia — moraram num cômodo e meio. Não contou desta forma, como aparentemente não achou que valesse a pena narrar de que modo ergueu sozinho o bote de oitenta quilos pelo dique de sessenta pés. Apenas disse: — Depois de algum tempo chegamos a uma casa e ficamos lá uns oito ou nove dias, e aí eles explodiram o dique com dinamite e tivemos que sair. — Foi tudo. Mas ele se lembrava, porém com tranquilidade agora, com o charuto agora, o bom charuto que o diretor lhe tinha dado (embora ainda não aceso) na sua mão tranquila e firme, lembrando-se daquela primeira manhã quando acordou sobre o colchão frio ao lado do seu anfitrião (a mulher e o bebê ocupavam a cama única) com o sol forte se infiltrando pelas tábuas torcidas da parede, e ficou parado no raquítico pórtico, olhando para a devastação horizontal e fecunda que não era água nem terra, onde até os sentidos duvidavam o que era o quê, o que era um ar rico e maciço e o que era vegetação intricada e impalpável, e pensou tranquilamente, *Ele precisa fazer alguma coisa aqui para comer e viver. Mas não sei o quê. E até poder seguir viagem, até descobrir onde estou e como atravessar aquela cidade sem ser visto, terei que ajudá-lo para podermos comer e viver também, e não sei o que mais.* E conseguiu uma muda de roupa também, quase em seguida naquela primeira manhã, não explicando mais do que explicara sobre o bote e o dique, como implorara, emprestara ou comprara do homem sobre quem ele não tinha posto os olhos doze horas antes e com quem no dia em que o viu pela última vez ainda não conseguira trocar uma palavra, o par de calças jeans que até o Cajã* considerava além de qualquer uso, imundas, sem botões, as pernas rasgadas e desgastadas a ponto de se tornarem franjas, como se numa propriedade rural de 1890, nas quais ele ficava nu da cintura para cima e entregando à mulher a camisa e o macacão empapados de lama e sujos de fuligem, quando ela acordou naquela primeira manhã na tosca cama de campanha pregada a um canto e cheia de grama seca, dizendo: — Lave isto. Ótimo. Quero que saiam todas as manchas. Todas.

— Mas a camisa — disse ela. — Ele não tem uma camisa por aqui velha também? Com sol e mosquito… — Mas ele nem respondeu, e ela também não disse mais nada, apesar de, quando voltaram, ele e o Cajã à noite, as roupas estavam limpas, ainda um pouco manchadas com as velhas lama e fuligem, mas limpas, parecendo novamente com o que eram supostas de parecer enquanto (os braços e as costas já num vermelho-fogo que se transformaria em bolhas no dia seguinte) ele as estendeu e examinou, enrolando-as cuidadosamente num jornal de New Orleans de seis meses antes, e entocou o embrulho atrás de uma viga, onde permaneceu enquanto passava dia após dia, e as bolhas nas costas arrebentavam e supuravam e ele permanecia sentado, o rosto sem expressão como uma máscara de madeira sob o suor, enquanto o Cajã lhe untava as costas com algo num trapo imundo embebido num pires imundo, ela ainda não dizendo coisa alguma, pois sabia também sem dúvida quais eram as razões do condenado, não aquele relacionamento matrimonial

---

* Grafia portuguesa de Cajun, nome que se dá, na Louisiana, aos descendentes dos colonizadores franceses. (N. T.)

que lhe fora conferido pelas duas semanas durante as quais ambos sofreram todas as crises emocionais, sociais, econômicas e até morais que raramente não ocorrem até em cinquenta anos de vida conjugal (os casais antigos: todos os conhecem, as reproduções fotográficas, os milhares de pares de rostos idênticos com apenas um peitilho sem colarinho ou um xale à la Louisa Alcott* para indicar o sexo, olhando em duplas como as parelhas de cachorros vencedores após uma prova de campo, saídos de entre as apertadas colunas do desastre e alarme e infundada segurança e fé e incrível insensibilidade e isolamento do amanhã, impulsionados por milhares de açucareiros matinais ou bules de café: ou sozinhos, balançando-se em varandas ou sentados ao sol sob os pórticos manchados de tabaco de milhares de tribunais municipais, como se com a morte do parceiro tivessem herdado uma espécie de rejuvenescimento, imortalidade; viúvos, arrendam um novo alento e parecem viver para sempre, como se aquela carne que a antiga cerimônia ou ritual havia purificado moralmente e tornado legalmente una tivesse de fato se tornado assim através da rotina longa e entediante, e ele ou ela que primeiro baixara à terra a tivesse levado inteira consigo, deixando apenas o velho, permanente e resistente osso, livre e desembaraçado) —, não por causa disso, mas porque ela também provinha do mesmo obscuro local daquele Abraão montanhês.

Portanto o embrulho permaneceu atrás da viga, dia após dia, enquanto ele e o parceiro (estava em parceria com o anfitrião agora, caçando crocodilos por partes, a meias, segundo o Cajá. — A meias? — disse o condenado gordo. — Como você pôde fazer uma associação comercial com um homem com quem você disse que nem conseguia conversar?

---

* Louisa May Alcott (1832-88) romancista norte-americana cujo livro mais conhecido é *Mulherzinhas* (1868). (N. T.)

— Eu nunca tive que falar com ele — disse o condenado alto. — O dinheiro só tem uma língua.) partiam todos os dias de madrugada, a princípio juntos na piroga, mas depois separados, um na piroga, outro no bote, um com a gasta e corroída espingarda, o outro com uma faca e um pedaço de corda cheia de nós e um porrete de madeira resinosa do tamanho e peso e formato de uma clava turingiana, espreitando seus pesadelos plistocênicos de alto a baixo pelos secretos canais tintos que sinuosamente se contorciam na brônzea terra plana. Ele se lembrava disso também: daquela primeira manhã quando na alvorada, voltando-se na raquítica plataforma, viu o couro curtindo pregado à parede e parou estarrecido, olhando-o em silêncio, pensando tranquilo e sobriamente, *Então é isto. É isto que ele faz para comer e viver,* sabendo que era um couro, uma pele, mas de que animal, por associação, raciocínio ou mesmo memória de qualquer retrato da sua juventude morta, ele não sabia, só sabendo que era a razão, a explicação, para a pequena casa perdida com patas de aranha (que já começara a morrer, a apodrecer das patas para cima, quase antes de pregarem o teto) incrustada naquela fervilhante e variada desolação, encerrada e perdida dentro do furioso abraço da fluente égua-terra e do garanhão-sol, vaticinando por pura concordância de espécie com espécie, do caipira montanhês com o rato do banhado, os dois únicos e idênticos por lhes caber a mesma distribuição rancorosa e o mesmo destino mesquinho da faina incessante e árdua para não obter segurança futura, um saldo no banco ou mesmo uma lata de refrigerante enterrada para uma velhice preguiçosa e fácil, mas apenas a permissão para perseverar e perseverar para poder comprar o ar para sentir e o sol para beber durante o curto período de cada um, pensando (o condenado), *Bem, de qualquer maneira vou descobrir o que é mais cedo do que eu esperava,* e o fez, voltou para a casa onde a mulher acabava de acordar na única triste e embutida cama cheia de palha que o Cajá lhe havia cedido, e tomou o café da manhã (o arroz, uma mistura semilíquida violentamente apimentada, à base de peixe consideravelmente malcheiroso, e café engrossado com chicória) e, sem camisa, seguiu o fugidio e glabro homenzinho de olhos brilhantes e dentes podres pela tosca escada abaixo até a piroga. Ele nunca vira uma piroga e tampouco acreditou que ela não se manteria perpendicular — não que fosse leve e precariamente equilibrada, com seu costado aberto até em cima, mas porque havia algo inerente na madeira, no próprio lenho, alguma dinâmica e insone lei natural, quase vontade, cuja atual posição ultrajava e violava — embora se conformasse com isso também, como já se havia conformado com o fato de o couro ter pertencido a alguma coisa maior que qualquer bezerro ou porco, e que qualquer coisa que se parecesse externamente com aquilo, muito provavelmente, teria dentes e garras também, conformando-se com isso, agachando-se na piroga, agarrando-se às duas bordas, rigidamente imóvel como se tivesse um ovo cheio de nitroglicerina na boca e quase sem respirar, pensando, *Se for assim, então eu também posso fazer e mesmo que ele não possa me dizer como, posso vê-lo fazendo e descobrir.* E foi o que ele fez, ele rememorou, com tranquilidade mesmo, pensando, *Achei que era assim que deveria fazer e acho que ainda pensaria assim mesmo se eu tivesse que fazer isso de novo pela primeira vez* — o dia abrasante já feroz sobre as costas nuas, o canal sinuoso como um espiralado fio de tinta, a piroga se movendo continuamente segundo o remo que tanto entrava quanto saía da água sem fazer ruído; então a súbita parada do remo atrás dele e o feroz sibilar vociferante do Cajá às suas costas, enquanto ele arfando, agachado, permanecia naquela intensa imobilidade de total lucidez de um cego atento, enquanto a frágil casca de madeira prosseguia em direção ao ápice moribundo da própria água por ela cortada. Mais tarde se lembrou da espingarda também

— a enferrujada arma de um cano só, com a coronha canhestramente presa a um arame e um cano onde caberia uma rolha de uísque, e que o Cajã havia trazido para o barco — mas não agora; agora ele apenas se agachou, encolheu, imóvel, respirando com cuidado infinitesimal, o sóbrio olhar atento constantemente oscilando de cá para lá enquanto pensava, *O quê? O quê? Eu não só não sei o que estou procurando como nem sei onde devo procurar.* Então sentiu o movimento da piroga à medida que o Cajã se movia e em seguida a tensa vociferação, na verdade sibilo, com a rapidez do calor e contida, em direção à sua nuca e orelha, e olhando para baixo viu projetando-se de trás, entre o próprio braço e o corpo, a mão do Cajã com a faca, e olhando para cima outra vez viu o achatado e grosso escarro de lama que enquanto ele o olhava se dividia e se tornava uma grossa tora cor de lama que por sua vez parecia, ainda imóvel, saltar de repente de encontro à sua retina em três — não, quatro — dimensões: volume, solidez, forma, e outra: que não era medo, mas pura e intensa especulação, e ele olhando para a escamada forma imóvel, pensando não, *Parece perigoso*, mas, *Parece grande*, pensando, *Bem, talvez uma mula num terreno baldio pareça muito grande para um homem que nunca se aproximou de uma mula com um cabresto*, pensando, *Se ao menos ele me dissesse o que eu devia fazer, economizaria tempo*; a piroga então se aproximando mais, rastejando agora, sem ondear sequer agora e lhe pareceu poder até ouvir a respiração presa de seu companheiro, e ele pegando a faca na mão do outro agora e nem mesmo pensando sobre isto, porque aconteceu muito depressa, num estalo; não foi uma rendição, nem uma resignação, foi muito calmo, fazia parte da sua natureza, bebera-o junto com o leite de sua mãe e vivera com ele toda a vida: *No final das contas, um homem não pode fazer só o que deve fazer, com o que tem para fazê-lo, com o que aprendeu, na mais sã consciência. E acho que um porco ainda é um porco, não importa a aparência que tenha. Portanto, aí vai* —, sentado imóvel por mais um instante até que a proa da piroga desceu mais leve do que uma folha caindo e a outra ponta saiu da água e se deteve só por um momento enquanto as palavras *Parece mesmo grande* pairaram por apenas um segundo, inexpressivas e triviais, em alguma parte onde certo fragmento da sua atenção podia vê-las e logo desapareciam, encurvadas e de pernas abertas, a faca em ação enquanto ele agarrava a pata dianteira, tudo isto no exato momento em que a cauda açoitante aplicou-lhe um terrível golpe nas costas. Mas a faca havia acertado o alvo, isso ele sabia mesmo caído de costas na lama, com o peso do animal que alongado se debatia sobre seu corpo, as costas denteadas presas ao seu estômago, seu braço em volta da goela do animal, a cabeça sibilante contra seu queixo, a cauda furiosa açoitando e malhando, a faca em sua outra mão tateando a vida e encontrando-a, o quente jorro feroz: e agora sentado ao lado da profunda carcaça de barriga para cima, sua cabeça de novo entre as pernas, naquela atitude costumeira enquanto o próprio sangue reavivava o outro que o empapava, pensando, *É o danado do meu nariz outra vez.*

Ficou sentado lá, a cabeça, o rosto gotejante, inclinado entre os joelhos numa atitude não de desconsolo, mas sim de profunda absorção, contemplativo, enquanto a estridente voz do Cajã parecia zunir até ele de uma grande distância; depois de certo tempo ele até olhou para a insólita figura raquítica que corria histericamente à sua volta, o rosto selvagem e careteiro, a voz cacarejante e alta; enquanto o condenado, mantendo o rosto cuidadosamente inclinado para deixar o sangue fluir livremente, olhava-o com a fria intensidade de um curador ou guardião diante de um objeto de vidro, o Cajã atirava a espingarda para o alto, gritava: — Bum-Bum-Bum-Bum! — jogava-a no chão e em mímica reproduzia o recente acontecimento, voltando a agitar as mãos, gritando: — *Magnifique! Magnifique! Cent d'argent. Mille d'argent! Tout l'argent sous le ciel de Dieu!* Porém o condenado já olhava outra vez para baixo, empalmando no rosto a água cor de café, observando o constante carmesim marmorizando-a, pensando, *É um pouco tarde pra me dizer isto agora*, e nem mesmo detendo-se muito sobre o assunto, pois logo estavam outra vez na piroga, o condenado outra vez agachado com aquela rigidez sem ar como se estivesse tentando, ao prender a respiração, diminuir o próprio peso, o couro ensanguentado na proa à sua frente e ele o examinando, pensando, *E nem posso perguntar a ele de quanto vai ser minha metade.*

Mas isso também não durou muito tempo, pois como ele iria relatar ao condenado gordo mais tarde, o dinheiro só tem uma língua. Lembrou-se disso também (estavam em casa agora, a pele esticada sobre a plataforma, onde para informar a mulher o Cajã reencenou a pantomima — o fuzil que não fora usado, a batalha corpo a corpo; pela segunda vez o crocodilo invisível foi abatido entre gritos, o vitorioso se ergueu e verificou dessa vez que nem a mulher o observava. Ela olhava para o rosto mais uma vez inchado e inflamado do condenado. — Quer dizer que te deu uma rabanada bem na cara? — disse ela.

— Não — disse o condenado áspera, ferozmente. — Não precisou. Já cheguei num ponto que se este cara me acertar no traseiro com uma estilingada de feijão meu nariz sangra) —, lembrou-se disso também mas não tentou dizê-lo. Talvez não pudesse — como duas pessoas que nem ao menos conseguiam falar uma com a outra fizeram um acordo que ambas não só entendiam como sabiam que o outro o manteria e protegeria (talvez por essa razão) mais do que qualquer contrato escrito e autenticado. Eles até discutiram e concordaram de alguma forma que caçariam separadamente, cada um no próprio barco, para duplicar as chances de encontrar presas. Mas isso era fácil: o condenado quase podia compreender as palavras usadas pelo Cajã para dizer — Você não precisa de mim ou da arma; nós só atrapalharíamos, seríamos um estorvo. — E mais que isso, concordaram até mesmo em relação à segunda espingarda: que havia alguém, não importava quem — amigo, vizinho, talvez até um companheiro de profissão — de quem podiam alugar uma segunda espingarda; nos dois patoás, um com seu inglês abastardado, o outro num francês abastardado — este volátil, com os vivos olhos selvagens e a boca volúvel cheia de cacos de dentes, o outro sóbrio, quase taciturno, de rosto inchado e com as costas nuas cheias de bolhas e escoriações como uma posta de carne crua —, discutiram o assunto, agachados de cada lado do couro arrancado, como dois membros de uma corporação frente a frente nas cabeceiras de uma mesa de mogno, e desistiram da ideia, por decisão do condenado. — Acho melhor não — ele disse. — Acho que, se eu soubesse que deveria esperar para usar uma arma, eu esperaria. Mas já que comecei sem usá-la, prefiro não mudar. — Porque era uma questão de dinheiro em termos de tempo, dias. (Por estranho que pareça, foi a única coisa que o Cajã não pôde lhe dizer; de quanto seria a sua metade. Mas o condenado sabia que seria a metade.) Eram tão poucos dias. Ele teria que seguir viagem logo, pensando (o condenado), *Toda esta maldita palhaçada vai acabar logo e poderei voltar*, e então de repente descobriu o que estava pensando, *Temos que voltar*, e ficou imóvel e olhou em volta do estranho e rico deserto que o cercava, no qual estava temporariamente perdido em paz e esperança e no qual os últimos sete anos haviam se afundado como tantos pedregulhos banais numa correnteza, sem deixar ondulações, e ele pensou tranquilamente, com divertido espanto, *Sim. Acho que esqueci como é bom ganhar dinheiro. Ser autorizado a ganhá-lo.*

Portanto não usou a arma, ficando com a corda de nós e a clava turingiana, e todas as manhãs ele e o Cajã seguiam por diferentes caminhos nos dois barcos, para buscar e rastejar por entre os canais secretos, em torno da terra perdida da qual (ou fora da qual) agora e então outros homúnculos escuros apareciam gorgolejando, abruptamente e como que por magia vindos do nada, em outros lenhos ocos, para segui-lo silenciosamente e observá-lo nos seus combates individuais — homens chamados Tine e Toto e Theule, que não eram muito maiores e se pareciam bastante com os castores que o Cajã (o anfitrião também o fazia, colocava provisões na cozinha também, tudo expresso como o fizera também em relação à questão das espingardas, em sua própria língua, o condenado entendendo isso também como se fosse em inglês: — Não se preocupe com a comida, ó Hércules. Apanhe os crocodilos; eu forneço a caçarola) apanhava de vez em quando nas armadilhas como quem tira um leitão doente de um chiqueiro, e variava o eterno arroz e peixe (o condenado contou isto: como à noite, na cabana, a porta e a janela sem caixilhos, vedadas por causa dos mosquitos — uma forma, um ritual tão inútil quanto cruzar os dedos ou bater na madeira —, sentado ao lado da lamparina enxameada de insetos sobre a mesa de tábua numa temperatura quente como a do sangue, ele olhava para o pedaço de carne flutuante no prato suado e pensava, *Deve ser Theule. Ele era o gordo*) — os dias se sucediam, inexpressivos e idênticos, cada um parecido com o anterior e com o que viria depois, enquanto sua metade hipotética, a ser contada em centavos, dólares ou dezenas de dólares, ele não sabia, crescia — nas manhãs, quando saía, encontrava esperando por ele, como um *matador* encontra seus *aficionados*, o pequeno conjunto de pirogas constantes e deferenciais; os duros meios-dias quando, rodeado em semicírculo pelas pequenas cascas de nós sem movimento, ele lutava seus combates solitários, as tardes, a volta, as pirogas partindo uma a uma para as ilhotas e passagens que nos primeiros dias ele nem mesmo pudera divisar, e então a plataforma sob o crepúsculo, onde, diante da mulher estática e a criança sempre mamando e o couro ou couros ensanguentados da caça do dia, o Cajã representava sua ritual pantomima vitoriosa diante das duas fileiras crescentes de marcas de faca numa das tábuas da parede; e então as noites em que, a mulher e a criança deitadas na cama única e o Cajã já roncando no colchão e a fedorenta lanterna colocada por perto, ele (o condenado) sentava sobre os calcanhares nus, suando profusamente, o rosto cansado e calmo, imerso e indômito, as costas recurvadas, cruas e selvagens, uma peça de carne sob as velhas bolhas supuradas e ferozes cicatrizes dos golpes das caudas, e escavava e lascava o tronco queimado que era quase um remo agora, parando de vez em quando para erguer a cabeça enquanto uma nuvem de mosquitos à volta dela zumbia e rodopiava, para olhar fixamente a parede à sua frente até que, após certo tempo, as próprias tábuas rústicas teriam se dissolvido e deixado seu cego olhar vago trespassar, ir e ir sem obstáculos, através da rica penumbra do esquecimento, indo talvez além dela, talvez mesmo mais além dos sete anos desperdiçados durante os quais, assim ele acabara de perceber, lhe fora permitido se exaurir, mas não trabalhar. Em seguida ia dormir, dava uma última olhada no embrulho enrolado atrás da viga e apagava a lamparina e ficava deitado ao lado do sócio roncador, suando (de bruços, não podia suportar nada tocando suas costas) na plangente escuridão de fornalha repleta com os melancólicos urros dos crocodilos, não pensando, *Eles nunca me deram tempo para aprender*, mas sim, *Eu me esqueci como era bom trabalhar*.

Então no décimo dia aconteceu. Aconteceu pela terceira vez. A princípio ele se recusou a acreditar, não porque achasse que já havia cumprido e se liberado do aprendizado de sofrimentos, que tivesse com o nascimento da criança atingido e cruzado o auge do seu Gólgota e que agora, provavelmente menos por permissão do que por desdém, lhe permitiriam des cer livremente a ladeira oposta. De maneira alguma eram estes seus sentimentos. O que ele se negava a aceitar era o fato de um poder, uma força que havia sido pertinaz o bastante para se concentrar sobre ele, com letal pontaria durante semanas, pudesse, com toda a riqueza da violência cósmica e da calamidade, mostrar-se tão estéril de inventiva e imaginação, tão pobre de arte e perícia, a ponto de se repetir duas vezes. Uma vez ele aceitara, na segunda até perdoou, mas na terceira vez simplesmente se recusou a acreditar, especialmente por encontrar-se afinal convencido a perceber que essa terceira vez seria provocada não pela cega potência do volume e do movimento, mas pelas ordens e mãos do homem: que agora o brincalhão cósmico, derrotado duas vezes, rebaixara-se na sua vingativa concentração para recorrer à dinamite.

Ele não contou isso. Sem dúvida ele próprio não sabia como aconteceu, o que estava acontecendo. Mas sem dúvida se lembrava (porém tranquilamente, sobre o grosso e prístino charuto colorido na mão firme e limpa) do que sabia, do que adivinhava. Era de noite, a nona noite, ele e a mulher de cada lado da casa vazia de seu anfitrião, durante o jantar, ele ouvindo as vozes de fora, mas sem parar de comer, ainda mastigando continuamente, porque de qualquer maneira era como se ele as visse — as duas ou três ou quatro pirogas flutuando na água escura sob a plataforma na qual o anfitrião estava, as vozes gorgolejando e tagarelando, ininteligíveis e não cheias de alarme e não especialmente com raiva ou talvez nem com absoluta surpresa, mas sim apenas uma cacofonia como a de assustadas aves do pântano, ele (o condenado) sem parar de mastigar, apenas olhando para cima em silêncio e talvez sem maiores questionamentos ou tampouco surpresas, quando o Cajã irrompeu porta adentro e parou diante deles, o rosto selvagem, chispando, os dentes escurecidos contra o retinto buraco da boca distendida, observando (o condenado) enquanto o Cajã descrevia na sua violenta pantomima uma violenta evacuação, expulsão, escavando algo invisível com os braços e atirando-o para fora e para baixo e no momento de completar o gesto mudando de instigador para vítima daquilo que havia deslanchado num movimento de mímica, apertando a cabeça com as mãos e, abatido e imóvel, parecendo ser varrido e arrastado, gritando: — Bum! Bum! Bum! — o condenado observando-o, suas mandíbulas não mais mastigando então, embora só por aquele momento, pensando, *O quê? O que ele está tentando me dizer?*, pensando (isso num estalo também, uma vez que ele não poderia tê-lo expressado, e portanto nem sabia que jamais o haveria pensado) que embora sua vida tivesse vindo parar ali, circunscrita por esse ambiente, aceita por esse ambiente e por sua vez o aceitando (e ele tinha se dado bem aqui — isso tranquilamente. De fato equilibradamente, se tivesse sido capaz de enunciá-lo, pensá-lo ao invés de meramente sabê-lo — mais do que jamais se dera, ele que não soubera até agora quão bom trabalhar, fazer dinheiro, podia ser), embora não fosse aquela sua vida, pois ele ainda era e não seria nunca mais do que um inseto d'água na superfície do lago, cuja perpendicular e secreta profundidade nunca conheceria, sendo seu único contato real com ela naqueles instantes em que, nos solitários e brilhantes lamaçais, debaixo do impiedoso sol e emoldurado pelo imóvel e preso semicírculo de pirogas observadoras, aceitava o jogo que não havia escolhido, penetrava no chicoteante raio das caudas armadas e golpeava a corcoveante e sibiladora cabeça com a clava de madeira, ou, caso isso falhasse, abraçava sem hesitação o próprio corpo blindado com sua frágil rede de carne e osso sobre a qual andava e vivia e procurava a frenética vida com um canivete de oito polegadas.

Então ele e a mulher se limitaram a encarar o Cajã enquanto este encenava a charada da evacuação — o homenzinho raquítico e nervoso gesticulando selvagemente, sua sombra histérica pulando e caindo sobre a parede tosca enquanto ele representava a pantomima de abandonar a cabana, recolhendo em mímica seus parcos pertences das paredes e dos cantos — objetos que nenhum outro homem desejaria e que somente algum poder ou força como a água cega, ou um terremoto ou fogo poderia lhe arrebatar, a mulher encarando-o também, sua boca ligeiramente aberta sobre uma massa de comida mastigada, em seu rosto uma expressão de plácido espanto, dizendo, — O quê? O que ele está dizendo?

— Não sei — disse o condenado. — Mas acho que, se for uma coisa que a gente deveria saber, nós descobriremos quando chegar a hora. — Porque ele não estava alarmado, embora a essa altura tivesse compreendido o que o outro queria dizer com suficiente clareza. *Ele está se arrumando para ir embora*, pensou o condenado. *Está me dizendo para eu ir também* — isso mais tarde, após terem saído da mesa e o Cajá e a mulher se terem recolhido e o Cajá se ter levantado do colchão e se aproximado do condenado e uma vez mais repassado a mímica de abandonar a cabana, dessa vez como alguém que repete um discurso que pode ter sido mal interpretado, monotonamente, cuidadosamente repetitivo como se para uma criança, parecendo agarrar-se ao condenado com uma mão enquanto gesticulava, falava, com a outra, gesticulando com se em monossílabos, o condenado (agachado, o canivete aberto e o remo quase pronto no colo) assistindo, concordando com a cabeça, até falando em inglês: — Sim; claro. Claro. Entendi. — novamente aparando o remo, porém não com mais pressa, não com mais diligência do que em qualquer outra noite, sereno na crença de que quando chegasse sua hora de saber, fosse o que fosse, as coisas se encarregariam por si mesmas, tendo já e sem mesmo o saber, mesmo diante de a possibilidade da pergunta sequer ser formulada, declinado, recusando-

-se a aceitar sequer a ideia de se mudar de novo, pensando sobre os couros, pensando, *Se houvesse algum jeito dele me dizer para onde levar a minha parte para receber o dinheiro*, mas pensando isso apenas por um momento entre dois delicados talhos da lâmina, pois quase em seguida pensou, *Acho que enquanto eu puder apanhá-los não vou ter muito problema em descobrir quem é que os compra.*

Então na manhã seguinte ele ajudou o Cajã a embarcar seus poucos pertences — a espingarda marcada pelo uso, uma pequena trouxa de roupas (novamente comerciaram, eles que nem podiam dialogar entre si, dessa vez alguns vasilhames de cozinha, algumas armadilhas enferrujadas como partilha definitiva, e algo açambarcante e abstrato que incluía o fogão, a cama tosca, a casa ou sua ocupação — alguma coisa — em troca de um couro de crocodilo) — na piroga e, em seguida, agachados e como duas crianças dividem varetas, dividiram os couros, separando-os em duas pilhas, uma-para-mim-e-uma-para-você, duas-para-mim-e-duas-para-você, e o Cajã embarcou sua parte e zarpou da plataforma e parou de novo, embora dessa vez só tenha posto o remo de lado, apanhando algo invisível nas duas mãos e jogando-o violentamente para o alto no ar, gritando — Bum? Bum? — numa inflexão crescente, acenando com violência para o homem seminu e selvagemente escoriado na plataforma que o encarava com uma taciturna equanimidade e dizia — Claro. Bum. Bum. — Então o Cajã seguiu viagem. Não olhou para trás. Os dois o observaram, já remando rapidamente, ou pelo menos a mulher o observou; o condenado já virara de costas.

— Talvez ele estivesse nos avisando para ir embora também — disse ela.

— É — disse o condenado. — Pensei nisso ontem à noite. Me dê o remo. — Ela o apanhou para ele: o galho, o que ele vinha aparando todas as noites, ainda inacabado se bem que

243

mais uma noite de trabalho bastaria para terminá-lo (ele vinha usando um sobressalente do Cajã. Este havia oferecido que ficasse com o remo, talvez para ser incluído junto com o fogão e a cama e a posse da cabana, mas o condenado recusara. Talvez o tivesse avaliado pelo volume em contrapartida a tantos couros do crocodilo, isto sopesado contra mais uma noite de trabalho com o entediante e cuidadoso canivete.), e partiu também com sua corda de nós e a clava na direção oposta, como se, não só contente em sua recusa a abandonar o lugar onde o preveniram de que corria perigo, ele precisasse estabelecer e afirmar a irrevogável finalidade dessa recusa ao penetrar mais longe e mais profundamente naquelas paragens. E então e sem prévio aviso a alta e feroz sonolência da sua solidão reuniu forças e o golpeou.

Ele não poderia relatar isso ainda que quisesse — a manhã ainda pela metade e ele avançando, sozinho pela primeira vez, nenhuma piroga emergindo de qualquer lugar para segui-lo, mas ele não contara com isso de maneira alguma, pois sabia que os outros também haviam partido; não era isto, era sua própria solidão, seu desespero, que agora só era seu e total, uma vez que escolhera ficar; a súbita parada do remo, o bote navegando um momento a mais enquanto pensava, *O quê? O quê?* Então, *Não. Não. Não*, enquanto o silêncio e a solidão e o vazio rugiam sobre ele num urro de escárnio; e agora, voltando, o bote rodopiou violentamente sobre seu eixo, e ele, o traído, remando furiosamente de volta em direção à plataforma onde sabia que já era tarde demais, a cidadela onde a justificativa e a essência da sua vida — o fato de poder trabalhar e ganhar dinheiro, aquele direito e privilégio que acreditava ter conseguido para si próprio sem ajuda, sem pedir favores a ninguém ou a nada, exceto o direito de ser deixado em paz para exercer sua vontade e força contra o protagonista sáurio de uma terra, de uma região, na qual não pedira para ser jogado — estava sendo ameaçada, impulsionando o remo caseiro com um esgar de fúria, avistando a plataforma e vendo a lancha a motor atracada sem se surpreender, mas satisfeito, como que por uma visível justificativa para sua indignação e temor, o privilégio de dizer *Eu te avisei* à sua própria afronta, remando até ela num estado de sonho no qual parecia que as coisas absolutamente não se moviam, no qual, desimpedido e asfixiado, ele lutava sonhadoramente com um remo sem peso, com músculos sem vigor nem elasticidade, num meio sem resistência, parecendo observar o bote se arrastar infinitesimalmente sobre a água ensolarada e galgar a plataforma enquanto um homem na lancha (eram ao todo cinco pessoas) gorgolejava na mesma língua que ele já vinha ouvindo constantemente havia dez dias e da qual ainda não conhecia sequer uma palavra, quando um segundo homem, seguido pela mulher carregando o bebê e vestida para partir outra vez com a túnica desbotada e o chapéu de sol, saiu da casa, carregando (o homem empunhava diversas outras coisas, mas o condenado não viu mais nada) o embrulho de papel que o condenado havia posto atrás da viga dez dias antes e mão alguma havia tocado desde então, ele (o condenado) agora na plataforma, segurando a amarra do bote numa mão e o remo em forma de clava na outra, conseguindo por fim falar com a mulher numa voz sonhadora e sufocante e espantosamente calma: — Tire isso dele e leve de volta para casa.

— Então você fala inglês, hein? — disse o homem da lancha. — Por que não saiu como lhe ordenaram ontem à noite?

— Sair? — disse o condenado. Novamente até olhou, encarou, o homem da lancha, conseguindo até novamente controlar a voz: — Não tenho tempo para fazer viagens. Estou ocupado — já se voltando para a mulher outra vez, a boca já aberta para repetir quando a voz sonhadora do homem zuniu em sua direção e ele se voltando mais uma vez, numa terrível e absolutamente insuportável exasperação, gritando, — Inundação? Que inundação? Ora, já me pegou duas vezes há poucos meses! Já acabou! Que inundação? — e então (ele não pensava assim em palavras reais, mas sabia, sofria com essa fulminante revelação do seu próprio caráter ou destino: como existia uma qualidade peculiar de repetição em sua presente sina, como não só as crises quase seminais voltavam com certa monotonia, mas as próprias circunstâncias físicas seguiam um padrão estupidamente corriqueiro) o homem da lancha disse: — Levem-no! — e ele se manteve em pé por mais alguns minutos, debatendo-se e socando numa fúria arquejante, e mais uma vez de costas sobre as duras e inflexíveis tábuas enquanto quatro homens enxameavam à sua volta numa feroz onda de ossos duros e pragas arfantes e por fim o estalar seco e perverso das algemas

— Maldição, você está louco? — disse o homem da lancha.

— Não entende que vão dinamitar este dique hoje ao meio-dia?

— Vamos — disse para os outros. — Ponham ele no barco. Vamos sair daqui.

— Quero meus couros e o barco — disse o condenado.

— Pro inferno com seus couros — disse o homem da lancha. — Se eles não explodirem este dique logo você vai acabar caçando pele de crocodilo nos degraus do palácio do governo em Baton Rouge. Este aqui é o único barco que você vai precisar, e pode começar a agradecer aos céus.

— Não vou sem meu barco — disse o condenado. Ele falou calmo e absolutamente categórico, tão calmo, tão categórico, que por um instante ninguém lhe respondeu, só ficaram parados, olhando tranquilamente para ele, deitado, seminu, cheio de bolhas e cicatrizes, indefesos e de pés e mãos atados, de barriga para cima, emitindo seu ultimato numa voz pacífica e tranquila como aquela em que se fala com um companheiro de cama antes de dormir. Então o homem da lancha se mexeu; cuspiu silenciosamente de lado e disse numa voz tão calma e tranquila quanto a do condenado:

— Muito bem. Tragam o barco dele. — Eles ajudaram a mulher, carregando o bebê e o embrulho enrolado em jornal, a entrar na lancha. Em seguida ajudaram o condenado a se pôr de pé e a entrar na lancha também, as correntes nos pulsos e nos tornozelos tilintando. — Eu o soltaria se você prometesse se comportar — disse o homem. A isso o condenado não deu qualquer resposta.

— Quero segurar a corda — disse ele.

— A corda?

— Sim — disse o condenado. — A corda. Então desceram-no até a popa e lhe entregaram a ponta da amarra depois de passá-la pela cunha do reboque e seguiram viagem. O condenado não olhou para trás. Mas não olhou para a frente tampouco, deitado meio esparramado, as pernas acorrentadas à sua frente, o final da amarra do bote numa mão algemada. A lancha fez duas outras paradas; quando a enevoada hóstia do sol insuportável começou a se erguer mais diretamente sobre suas cabeças, havia quinze pessoas a bordo; e então o condenado, esparramado e imóvel, viu a terra plana e abrasada se levantar e se tornar uma massa verde-escura de pântano, pelosa e revolta, essa por sua vez parando antes dele e ali espalhava-se à sua frente numa extensão de água açambarcada por uma liquefação azul da linha de terra e rebrilhando tenuemente sob o sol do meio-dia, maior do que ele jamais vira, o som do motor da lancha parando, o casco deslizando para trás da evanescente onda da proa. — O que está fazendo? — perguntou o chefe.

— É meio-dia — disse o timoneiro. — Achei que podíamos ouvir a dinamite. — Então puseram-se a escutar, a lancha não mais avançando, balançando levemente, as pequenas ondas vitrificadas batendo e murmurando contra o casco, embora nenhum som, nem sequer um tremor, viesse de qualquer parte sob o céu feroz e enevoado; o longo momento se concentrou, ascendeu e o meio-dia passou. — Muito bem — disse o chefe. — Vamos. — O motor deu a partida outra vez, o casco começou a ganhar velocidade. O chefe veio à proa e se inclinou sobre o condenado, de chave na mão. — Agora acho que vai ter que se comportar, queira ou não queira — disse ele, destravando as algemas. — Não vai?

— Sim — disse o condenado. Seguiram viagem; depois de certo tempo a terra desapareceu completamente e o pequeno mar se levantou. O condenado agora livre ficou deitado como antes, a extremidade da amarra do bote na mão, passada agora três ou quatro voltas em torno do pulso; movia a cabeça de vez em quando para olhar o bote rebocado enquanto este girava e balançava no rastro da lancha; de vez em quando ele até olhava para o lago, só os olhos se movendo, o rosto grave e inexpressivo, pensando, *Isto é a maior imensidão de água, de vazio e desolação que já vi na vida*; talvez não fosse; pensando três ou quatro horas mais tarde, a linha de terra novamente presente e partindo-se numa miríade de chalupas a vela e de embarcações a motor, *São mais barcos do que eu achava que existissem, uma corrida marítima da qual eu também não tinha conhecimento*, ou talvez não pensando, mas apenas observando enquanto a lancha abria caminho por entre os intestinos sólidos do canal de navegação, a fumaça baixa da cidade ao fundo, e em seguida o cais, a lancha entrando desacelerada; um silencioso aglomerado de pessoas observando com a mesma patética passividade que ele vira antes e cuja raça ele reconhecia embora não tivesse visto Vicksburg ao passar por ela — a marca, o inconfundível carimbo dos violentamente desabrigados, ele mais do que qualquer outro, que não teria permitido homem algum chamando-o de um deles.

— Muito bem — disse o chefe. — Você chegou.

— O barco — disse o condenado.

— Está com você. Que mais quer que eu faça... que lhe dê um recibo?

— Não — disse o condenado. — Quero apenas o barco.

— Pode levar. Só que acho que precisa de uma correia ou coisa parecida para carregá-lo. (— Carregar? — disse o condenado gordo. — Carregar pra onde? Pra onde você teria que carregar?)

Ele (o condenado alto) contou isto: como ele e a mulher desembarcaram e como um dos homens o ajudou a retirar o bote para fora d'água e como ficou parado com o cabo da amarra enrolado ao punho e o homem o apressou, dizendo: — Muito bem. Próximo carregamento! Próximo carregamento! — e como ele falou também para esse homem sobre o barco e o homem gritou: — Barco? Barco? — e como ele (o condenado) seguiu com eles quando carregaram o barco e o travaram, o atracaram, junto com os outros e como ele memorizou o lugar por um cartaz de Coca-Cola e pelo arco de uma ponte levadiça de forma que pudesse encontrar o bote rapidamente quando voltasse, e como ele e a mulher (ele carregando o embrulho enrolado em jornal) foram conduzidos até um caminhão e depois de certo tempo o caminhão começou a rodar no meio do tráfego, entre casas compactas, seguidas por um grande prédio, um arsenal...

— Arsenal? — disse o condenado gordo. — Você quer dizer uma cadeia?

— Não. Era uma espécie de depósito, com gente e embrulhos jogados no chão. — E como achou que talvez seu sócio estivesse lá e como até procurou em redor pelo Cajã enquanto esperava uma oportunidade de chegar até a porta outra vez, onde estava o soldado e como conseguiu por fim chegar à porta, a mulher atrás dele e seu peito contra o rifle em posição horizontal.

— Vamos, vamos — disse o soldado. — Para trás. Já vão dar algumas roupas para vocês. Não podem andar pelas ruas deste jeito. E alguma coisa pra comer também. Talvez seus parentes a esta altura venham procurar vocês. — E ele contou também, como a mulher disse: — Talvez, se você disser para ele que tem uns parentes por aqui, ele nos deixe sair. — E como ele não o fez; não poderia ter formulado isso inclusive, era muito profundo, muito enraizado; nunca lhe fora necessário pensá-lo em palavras por todas as longas gerações de si mesmo — seu sóbrio e ciumento respeito montanhês não pela verdade, mas pelo poder, pela força, da mentira — não ser mesquinho com a mentira mas usá--la com respeito e até com cuidado, uma delicadeza rápida e forte, como uma lâmina afiada e fatal. E como lhe trouxeram roupas — uma camisa azul e um macacão, e então comida também (uma jovem eficiente e engomada dizendo, — Mas o bebê precisa ser lavado, limpo. Vai morrer se não fizer isso! —, e a mulher dizendo, — Sim senhora. Ele pode chorar um pouco, mas nunca tomou banho antes. Mas é um bebê bonzinho.) e agora estava de noite, as lâmpadas sem quebra-luz ásperas e selvagens e taciturnas sobre os que roncavam, e ele se levantando, agarrando a mulher para acordá-la, e em seguida a janela. Ele contou isto: como havia uma quantidade de portas, levando não se sabe aonde, mas ele tivera grande dificuldade em encontrar uma janela que pudessem usar, mas finalmente encontrou uma, ele carregando o embrulho e o bebê também enquanto pulava primeiro. — Você devia ter rasgado um lençol e escorregado por ele — disse o condenado gordo. Mas ele não precisava de lençol, agora havia cascalho sob seus pés, na luxuriante escuridão. A cidade estava lá também, mas ele ainda não a tinha visto e não o faria — o baixo e constante esplendor; Bienville também estivera ali, havia sido a invenção de um eunuco que também se chamava Napoleão e nada mais; Andrew Jackson a havia encontrado a um passo da Pennsylvania Avenue. Mas o condenado achou bem mais longe que um único passo para chegar ao canal e ao bote, o cartaz de Coca-Cola bastante enevoado também, a ponte levadiça arqueando como uma aranha contra o céu do alvorecer cor de junquilho; e também não contou, nada mais do que sobre o dique de seis pés, como conseguira botar o bote de volta na água. O lago agora estava atrás dele; só havia uma direção que poderia seguir. Quando viu o rio outra vez, reconheceu-o imediatamente. Tinha que ser; era agora indelevelmente parte do seu passado, da sua vida; seria uma parte do que ele legaria, se lhe estivesse reservado fazer isso um dia. Porém quatro semanas mais tarde o rio estaria diferente do que estava então, foi o que aconteceu: ele (o velho) tinha se recuperado do seu destempero, voltado às margens outra vez, o Velho, fluindo placidamente em direção ao mar, marrom e grosso como chocolate entre diques cujas faces internas eram enrugadas como num enregelado e horrível espanto, coroado com o rico verdor dos salgueiros no verão; para além deles, sessenta pés abaixo, ágeis mulas se agachavam contra os puxões amplos dos catadores no solo enriquecido que não necessitava ser plantado, que só precisaria ver uma semente de algodão para brotar e florir; haveria as simétricas milhas de fortes talos em julho, florescidos de púrpura em agosto, em setembro os negros campos nevados, salpicados, os tufos arrastados mansamente nas longas sacas, as longas mãos negras e flexíveis colhendo, o ar quente repleto dos gemidos dos descaroçadores de algodão, o ar de setembro então, mas agora ar de junho quente de gafanhotos e (as cidades) o cheiro de pintura nova e o acre aroma da pasta que gruda papel de parede — as cidades, as aldeias, os pequenos embarcadouros de madeira em pilotis na face interna do dique, os andares térreos brilhantes e cheirosos sob a pintura fresca e o papel e até as marcas nos pilotis, nos postes e nas árvores da elevação raivosa das águas de maio, esmaecendo sob cada brilhante saraivada prateada das inconstantes e fortes chuvas de verão; havia um armazém à altura da barragem, algumas mulas encilhadas e com cabrestos de corda na poeira sonolenta, alguns cachorros, um punhado de negros sentados nos degraus debaixo dos anúncios de fumo de mascar e remédios contra malária, e três homens brancos, um deles um subxerife angariando votos para derrotar seu superior (que lhe tinha dado o emprego) nas convenções de agosto, todos parando para observar o bote emergir do rebrilho de água crepuscular e se aproximar e ancorar, uma mulher carregando uma criança desembarcando, seguida de um homem, um homem alto que, se aproximando, mostrou estar vestido num desbotado, mas recém-lavado e bem limpo uniforme da penitenciária, parando na poeira aonde as mulas dormitavam e observando com claros olhos sem humor enquanto o suplente de xerife ainda estava fazendo em direção à axila aquele gesto que todos os presentes perceberam deveria resultar num revólver, um gesto rápido por um tempo considerável, mas que não levou a coisa alguma. Ao que parece, foi o suficiente para o recém-chegado, no entanto.

— O senhor é policial? — disse ele.

— Pode apostar que sim — disse o xerife. — Deixe eu puxar esse maldito revólver...

— Muito bem — disse o outro. — Lá embaixo está seu barco e aí está a mulher. Só não consegui achar aquele puto na algodoaria.

Palmeiras selvagens

Dessa vez o médico e o homem chamado Harry saíram juntos pela porta, até o escuro pórtico, para o vento escuro ainda tomado pelo choque das palmeiras invisíveis. O médico carregava o uísque — a pequena garrafa meio cheia; talvez ele nem soubesse que a tinha na mão, talvez fosse só a mão e não a garrafa que ele brandia no rosto invisível do homem parado acima dele. Sua voz era fria, precisa e convincente — o puritano de quem se poderia dizer que estava prestes a fazer o que devia fazer porque era um puritano, que talvez ele próprio acreditasse estar prestes a fazê-lo para proteger a ética e a santidade da profissão escolhida, mas que na verdade o faria porque, embora ainda não fosse velho, acreditava-se velho demais para aquilo, velho demais para ser acordado à meia-noite e arrastado, içado, desprevenido e ainda tonto de sono, para aquilo, a brilhante e selvagem paixão que não o havia atingido quando era jovem o bastante, merecedor o bastante, e com cuja perda ele acreditava não só estar conformado, como ter tido sorte e razão em ter sido eleito para perdê-la.

— Você a assassinou — disse ele.

— Sim — disse o outro, quase impaciente; nisso o médico reparou então, e só nisso. — O hospital. O senhor telefona ou...
— Sim, a assassinou! Quem fez isso?
— Eu. Não fique aí parado falando. O senhor vai telef...
— Quem fez isso, eu pergunto? Quem operou? Exijo saber.
— Fui eu, já disse. Eu próprio. Em nome de Deus, homem!
— Ele agarrou o braço do médico, apertou-o, o médico o sentiu, sentiu a mão, ele (o médico) ouviu a própria voz também:
— O quê? — disse. — Você? *Você* fez isso? Você mesmo? Mas eu pensei que você fosse o... *Eu pensei que você fosse o amante*, era o que ele queria dizer. *Eu pensei que fosse você quem...* porque o que ele estava pensando era *Isto é demais! Existem regras! Limites! Para a fornicação, o adultério, o aborto, o crime* e o que ele queria dizer era *Para a dose de amor e paixão e tragédia que está reservada a qualquer homem a não ser que se torne Deus e sofra assim tudo que Satanás poderia ter imaginado!* Ele até disse alguma coisa por aí, afinal empurrando com violência a mão do outro, não exatamente como se fosse uma aranha ou um réptil ou uma mancha de sujeira, mas como se tivesse encontrado pendurado na manga um panfleto ateu ou comunista — algo que não violasse tanto quanto afrontasse aquele espírito profundo e agora incapaz de morrer, dessecado, que havia conseguido se aposentar na pura moralidade. — Isto é demais — gritou ele.
— Fique aqui! Não tente fugir! Não há lugar pra se esconder onde não se possa achá-lo.
— Fugir? — disse o outro. — Fugir? Quer telefonar para uma ambulância, pelo amor de Deus?
— Eu vou telefonar, não duvide disso! — gritou o médico. Estava no chão sob o alpendre agora, no frio vento negro, já se afastando, começando a correr repentina e pesadamente com suas grossas pernas sedentárias. — Não se atreva a tentar — gritou, voltando-se. — Não se atreva a tentar! — Ele ainda tinha a

lanterna; Wilbourne observou o facho de luz balançando em direção à sebe de espirradeiras como se também ele, o pequeno facho fútil de vaga-lume, lutasse contra o peso constante do vento negro e impiedoso. *Ele não se esqueceu disso,* pensou Wilbourne, observando a luz. *Mas provavelmente ele nunca se esqueceu de coisa alguma na vida, exceto que já esteve vivo uma vez, que deve ter nascido vivo, pelo menos.* E com essa palavra ele despertou para o seu coração, como se todo o terror profundo apenas aguardasse até ele estar pronto. Podia sentir o duro vento negro também, enquanto piscava seguindo a luz cambaleante, até que esta atravessou a sebe e desapareceu; ele piscou continuamente contra o vento negro, sem poder parar. *Meus canais lacrimais não estão funcionando,* pensou, ouvindo seu coração que rugia e trabalhava. *Como se ele estivesse bombeando areia e não sangue, algo não líquido,* pensou. *Tentando bombear. Deve ser por causa desse vento que acho que não posso respirar, não propriamente que não possa respirar, encontrar algo em alguma parte para respirar, porque aparentemente o coração pode suportar qualquer coisa, qualquer coisa, qualquer coisa.*

Ele se voltou e atravessou o alpendre. Dessa vez como antes, ele e o constante vento negro eram feito duas criaturas tentando passar por uma única entrada. *Só que ele não quer realmente entrar,* pensou. *Não precisa. Não tem necessidade. Só está me atrapalhando pela diversão, pela farra.* Podia senti-lo na porta ao tocar a maçaneta, depois, perto, podia ouvi-lo também, um sibilo, um murmúrio. Era uma brincadeira, quase uma gargalhada presa, apoiando seu peso na porta junto com o peso dele, fazendo a porta ficar leve, muito leve, subreptício, fazendo seu peso sentido somente quando o homem chegou a fechar a porta e dessa vez com muita facilidade por ser tão firme, apenas brincalhão e prendendo o riso; não queria realmente entrar. Ele fechou a porta, observando a tênue luz que descia sobre a entrada, vinda do quarto, diminuir, tremelicar e se recuperar como o pouco vento que tivesse podido permanecer na casa, caso o tivesse querido, houvesse ficado preso ao se fechar a porta, e se esgueirado tranquilamente para fora com o último estalido de fechamento, risonho e constante, de todo não indo embora; e ele se voltou para escutar, a cabeça ligeiramente inclinada em direção ao dormitório no processo da escuta. Mas nenhum ruído veio de lá, nenhum ruído na entrada a não ser o vento murmurando contra a porta da estéril entrada alugada onde estava parado, imóvel para escutar, pensando tranquilamente, *Adivinhei errado. É incrível, não que eu tenha tido que adivinhar, mas que tivesse adivinhado tão errado* não se referindo ao doutor, não pensando no doutor agora (Com uma parte da mente que não estava usando agora ele podia ver: a outra entrada limpa, arrumada, manchada de marrom, à prova de vento, com madeira de encaixe, a lanterna ainda brilhando sobre a mesa ao lado da apressada maleta, as grossas canelas escavadas pelas intumescidas varizes, como ele as vira sob o camisolão, escavadas de uma forma ultrajada e convencida e jamais aplacável por qualquer outra coisa que não fosse isso; ele até podia ouvir a voz não elevada, mas excitada, um pouco estridente, irreconciliável também, ao telefone: — E um policial. Um *policial.* Dois se necessário. Ouviu bem? — *Ele irá acordá-la também,* pensou ele, vendo isso também: o quarto de cima, a mulher gorgônea na camisola cinza de colo alto erguida sobre o cotovelo na insossa cama cinza, a cabeça de lado para ouvir, e sem surpresa pois estaria ouvindo apenas o que havia quatro dias vinha esperando ouvir. *Ela voltará com ele — se ele voltar,* pensou. *Se não ficar sentado do lado de fora com um revólver para guardar as saídas. E talvez ela esteja com ele também).* Porque isso não tinha importância, era como colocar uma carta no correio; não importava qual caixa, só que ele tivesse esperado até tão tarde para despachar a carta, ele, após os quatro anos e em seguida os vinte meses, os quase dois anos mais e então acabou, estaria formado. *Estraguei até essa parte da minha vida que joguei fora*, pensou ele, imóvel sob o murmúrio risonho do vento que aguardava sem pressa, a cabeça ligeiramente voltada para a porta do dormitório, ouvindo, pensando com aquela camada trivial da sua mente que não precisava usar. *Então não é só por causa do vento que não posso respirar, então é possível que para sempre eu tenha adquirido, ganhado, um pouco de asfixia*, começando a respirar não mais depressa, porém mais profundamente, não conseguia parar, cada inspiração mais e mais rasa e mais e mais difícil e mais e mais próxima do limite dos pulmões, até que logo escaparia deles inteiramente e jamais haveria de fato ar algum fosse onde fosse, piscando contínua e dolorosamente por efeito da repentina granulação das pálpebras, como se a areia preta, obstruída para sempre de toda a umidade, na qual o forte coração escavava e extraía, estivesse a ponto de estourar através de todos os dutos e poros, como dizem que acontece com o suor da agonia, pensando, *Calma, agora. Com cuidado agora. Quando ela voltar desta vez ela terá que começar a segurar firme.*

Cruzou o vestíbulo em direção à porta do quarto. Ainda não havia outro ruído senão o do vento (havia uma janela, a esquadria desencaixada; o vento negro sussurrava e murmurava contra ela, mas sem entrar, não queria, não precisava). Ela estava deitada de bruços, os olhos fechados, a camisola (a vestimenta que nunca possuíra, nunca usara antes) torcida a sua volta bem sob os braços, o corpo não espalhado, não largado, mas ao contrário, até um pouco tenso. O sussurro do vento negro enchia o quarto, mas vinha do nada, de forma que logo pareceu a ele que o ruído fosse isto sim o murmúrio da própria luminária colocada sobre uma mala, em pé, ao lado da cama, o roçar e murmurar da luz débil e opaca sobre a carne da mulher — a cintura ainda mais fina do que ele acreditara, antecipara, as coxas apenas largas uma vez que estavam achatadas também, o elegante e nítido corte do ventre entre a depressão achatada do umbigo e o rente cálice de pelos púbicos e nada mais, nenhuma sombra solapada de negrume inextirpável, nenhuma forma de morte corneando-o; nada para ver, e contudo estava lá, ele impedido de observar a própria corneação, podendo apenas olhar para baixo até a invisível fecundidade de seus chifres. E então ele não conseguiu mais respirar e começou a se afastar da porta, mas era tarde demais, pois ela estava deitada na cama olhando para ele.

Ele não se mexeu. Não podia evitar a própria respiração, mas não se moveu, uma mão na soleira da porta e o pé já erguido para o primeiro passo para trás, os olhos bem abertos voltados para ele, embora ainda profundamente vazios de percepção. Então ele viu começar: o *Eu*. Era como observar um peixe se elevando da água — um ponto, uma sardinha, e ainda crescendo; em um segundo não haveria mais água, só percepção. Cruzou até a cama em três passadas, rápido porém silencioso; pôs a mão espalmada sobre o peito da mulher, sua voz tranquila, segura, insistente: — Não, Charlotte. Ainda não. Você pode me ouvir. Volte. Volte, agora. Está tudo bem, agora — tranquilo e urgente e contido graças a sua necessidade, como se a partida só seguisse o adeus, e até logo não fosse algo que precedesse a despedida — no caso de haver tempo para isso. — Isso mesmo — disse ele. — Volte. Ainda não está na hora. Eu aviso quando chegar a hora. — E ela o ouviu de alguma parte porque imediatamente o peixe se transformou numa sardinha outra vez e em seguida num ponto; um segundo depois os olhos se tornariam vazios e opacos outra vez. Só que a perdeu. Ele assistiu: o ponto crescendo depressa demais dessa vez, não mais uma plácida sardinha, mas um vórtice da pupila consciente no olhar amarelo, rodeando, espiralando até o negrume enquanto ele assistia, a sombra escura não na barriga, mas nos olhos. Os dentes de Charlotte morderam seu lábio inferior, ela rodou a cabeça e tentou se erguer, lutando contra a mão espalmada de Harry sobre seu peito.

— Está doendo. Meu Deus, onde está ele? Aonde foi? Diga pra me dar alguma coisa. Depressa.

— Não — disse ele. — Ele não pode. Você precisa sentir dor. É nela que você deve segurar firme. — Agora devia estar rindo; não podia ser outra coisa. Ela se deitou e começou a sacudir de um lado para outro, ainda sacudindo enquanto ele endireitava a camisola e a puxava para baixo e a cobria.

— Eu pensei que você tivesse dito que você é que ia segurar.

— Estou segurando. Mas você precisa segurar firme também. Precisa fazer o esforço maior por enquanto. Só por um tempo. A ambulância logo estará aqui, mas você tem que ficar e sentir um pouco de dor agora. Ouviu? Não dá para voltar agora.

— Então pegue a faca e corte isso para fora de mim. Tudo. Lá no fundo. De modo que não fique coisa alguma a não ser uma concha para prender o ar frio, frio... — Os dentes de Charlotte, brilhando à luz do lampião, morderam novamente seu lábio inferior; um fio de sangue surgiu num canto de sua boca. Ele tirou um lenço sujo do bolso das calças e se inclinou sobre ela, que virou o rosto. — Muito bem — ela disse —, estou me segurando. Você disse que a ambulância já vinha?

— Sim. Daqui a um minuto vamos escutá-la. Deixe-me... — Ela novamente afastou o rosto do contato com o lenço.

— Muito bem. Agora dê o fora daqui. Você prometeu.

— Não. Se eu for, você não vai segurar firme. E você tem que segurar firme.

— Eu estou segurando. Estou segurando firme para que você possa ir, sair daqui antes que eles cheguem. Você me prometeu que iria. Quero ver você ir. Quero ver.

— Está bem. Mas não quer me dizer adeus antes?

— Está bem. Mas por Deus, não me toque. É como fogo, Harry. Não dói. Só é como fogo. Só não me toque. — Então ele se ajoelhou à beira da cama; então agora ela parou de sacudir a cabeça; seus lábios ficaram um instante sob os dele, quentes e secos ao paladar, com o leve gosto adocicado do sangue. Em seguida ela empurrou o rosto dele com a mão, também quente e seca, ele ouvindo o coração da mulher ainda, mesmo agora, um pouco rápido demais, um pouco forte demais. — Meu Deus, nos divertimos muito, não foi, com as putarias, e fazendo as coisas? No frio, na neve. É nisso que estou pensando. É nisso que estou me segurando agora: a neve, o frio, o frio. Mas não dói; é só como fogo; é só... Agora vá. Suma daqui. Rápido. — Ela recomeçou a sacudir a cabeça. Ele se ergueu do chão.

— Está bem. Eu vou. Mas você precisa segurar firme. Vai ter que segurar por muito tempo. Acha que pode?

— Sim. Mas vá. Vá depressa. Temos dinheiro bastante para você chegar até Mobile. Lá você pode sumir com facilidade; não vão poder te achar lá. Mas vá. Suma daqui depressa, pelo amor de Deus. — Dessa vez, quando seus dentes morderam, o fino sangue brilhante correu até o queixo. Ele não se mexeu imediatamente. Estava tentando se lembrar de algo que lera num livro anos atrás, de Owen Wister, a puta num vestido de baile rosa que bebera láudano e os vaqueiros se revezando ao andarem com ela de um lado para o outro da pista de dança, mantendo-a de pé, mantendo-a viva, lembrando-se e se esquecendo disso no mesmo momento, uma vez que isso de nada lhe ajudaria. Começou a andar em direção à porta.

— Muito bem — ele disse. — Estou indo agora. Mas lembre-se, vai ter que segurar sozinha. Ouviu? Charlotte? — Os olhos amarelos estavam cravados nele, ela soltou o lábio mordido e enquanto ele dava um pulo de volta em direção à cama ouviu acima do murmúrio risonho do vento as duas vozes na porta da frente, no alpendre — a alta, quase estridente, quase fraturada, voz do doutor arredondado e varizento, e a da cinzenta mulher gorgônea, fria e modulada, num registro de barítono, um bom tanto mais masculina que a voz do homem, as duas vozes desorientadas por causa do vento como as vozes de dois fantasmas brigando por nada, ele (Wilbourne) ouvindo-as e perdendo-as também no mesmo momento em que se debruçou sobre o arregalado olhar amarelo na cabeça que cessara de se mover, sobre o relaxado lábio sangrento. — Charlotte! — ele disse. — Você não pode ir embora agora. Está doendo. Está doendo. Isto não a deixará ir embora. Você pode me ouvir. — Esbofeteou-a, rápido, com dois movimentos da mesma mão. — Está doendo, Charlotte.

— Sim — disse ela. — Você e os seus melhores médicos de New Orleans. Quando qualquer um com um estetoscópio recebido pelo correio podia ter me dado um remédio. Vamos, Rato. Onde estão eles?

— Estão vindo, mas você precisa sentir dor. Está doendo agora.

— Está bem. Estou segurando firme. Mas vocês não devem prendê-lo. Foi tudo que eu pedi. Não foi ele. Ouça, Francis... viu, eu te chamei de Francis. Se eu estivesse mentindo pra você, acha que te chamaria de Francis em vez de Rato? Ouça, Francis. Foi o outro. Não o puto do Wilbourne. Acha que eu deixaria aquele maldito puto desajeitado que nem terminou o curso me cutucar com uma faca... — A voz se calou; não havia nada em seus olhos então, embora ainda estivessem abertos — nem sardinha, nem sequer um ponto — nada. *Mas o coração*, ele pensou. *O coração.* Ele encostou o ouvido contra o peito dela, caçando a pulsação com uma mão; podia ouvi-lo antes de o ouvido tocá-la, lento, ainda forte o bastante, mas cada batida, fazendo uma curiosa reverberação oca, como se o próprio coração estivesse retraído, vendo no mesmo instante (o rosto dele estava voltado para a porta) o médico entrar, ainda carregando a arranhada maleta numa mão, tendo na outra um vagabundo revólver niquelado, destes que se encontra em qualquer loja de penhores e que, no que se refere à serventia, ainda deveria estar lá, seguido da mulher cabeça-de-Medusa de rosto cinza, envolta num xale. Wilbourne se levantou, já caminhando em direção ao médico, a mão já estendida para apanhar a maleta. — Desta vez vai demorar — disse ele —, mas o coração... Aqui. Me dê a maleta. O que traz nela? Estricnina? — Ele observou a maleta voar, arrancada, para trás das pernas grossas, a outra mão ele nem olhou enquanto se erguia, mas só no instante seguinte, para a pistola ordinária apontada contra o nada e sendo sacudida em seu rosto como já o fora a garrafa de uísque.

— Não se mexa! — gritou o médico.

— Abaixe essa arma — disse a mulher, naquela mesma frieza abaritonada. — Eu disse pra não trazer essa porcaria. Dê-lhe a maleta se ele quiser e puder fazer algo com ela.

— Não — gritou o médico. — Eu sou o médico. Ele não é. Ele não é nem um criminoso bem-sucedido. — Então a esposa cinzenta falou com Wilbourne tão abruptamente que por um momento ele nem percebeu que lhe dirigiam a palavra.

— Há alguma coisa nesta maleta que poderia curá-la?

— Curá-la?

— Sim. Colocar ela de pé e fazer vocês dois saírem desta casa. — O médico se virou para a esposa agora, inflando aquela voz estridente quase fraturada:

— Não entende que essa mulher está morrendo?

— Que morra. Que morram os dois. Mas não nesta casa. Não nesta cidade. Faça com que saiam daqui e deixe que se cortem um ao outro e que morram tanto quanto quiserem. — Então

Wilbourne viu o médico brandindo o revólver no rosto da esposa como fizera com ele.

— Eu não vou admitir interferência! — gritou o médico. — Essa mulher está morrendo e este homem deverá pagar por isso.

— Pagar uma ova! — disse a esposa. — Você está furioso porque ele usou o bisturi sem ter um diploma. Ou fez qualquer coisa com ele que a Associação de Medicina acha que não deveria ter feito. Abaixe esse troço e dê a ela qualquer coisa para que possa sair dessa cama. Depois lhes dê dinheiro e chame um táxi, não uma ambulância. Dê do meu dinheiro se você não quiser dar o seu.

— Está louca? — gritou o médico. — Está louca? — A esposa o encarou friamente com seu rosto cinzento sob os rolos de cabelo cinza.

— Então você vai apoiá-lo e auxiliá-lo até o fim, não é? Não me surpreende. Ainda estou pra ver um homem deixar de ajudar outro, contanto que o que queira fazer seja estúpido o suficiente.

— Novamente ela se voltou não para, mas sobre Wilbourne, com aquela fria brutalidade que por um momento não o deixava perceber que se dirigia a ele: — Você não comeu nada, imagino. Vou esquentar um café. Provavelmente vai precisar até que ele e os outros terminem com você.

— Obrigado — disse Wilbourne. — Não posso... — Mas ela já havia saído. Ele se flagrou prestes a dizer: — Espere, vou lhe mostrar — e esqueceu disso em seguida, sem mesmo pensar que ela deveria conhecer a cozinha melhor do que ele, uma vez que era a proprietária, abrindo caminho enquanto o médico passava por ele e se dirigia à cama, seguindo o médico, observando-o colocar a maleta no chão e parecendo então perceber o revólver na mão e olhar em volta procurando um lugar para colocá-lo antes de se lembrar, em seguida se lembrando e voltando sobre o ombro o rosto descomposto.

— Não se mexa! — gritou ele. — Não ouse se mexer!

— Pegue seu estetoscópio — disse Wilbourne. — Pensei numa coisa agora, mas talvez fosse melhor esperar. Porque ela vai sair disso outra vez, não é? Vai se reanimar outra vez. É claro que sim. Vamos. Tire-o.

— Você devia ter pensado nisso antes! — O médico ainda observava Wilbourne, encarando-o, ainda segurando o revólver enquanto mexia na maleta aberta e extraía o estetoscópio; então, ainda empunhando o revólver, encaixou-se nas hastes divididas e se debruçou sobre a cama, parecendo esquecer a arma de novo porque chegou de fato a largá-la na cama, a mão ainda descansando sobre ela, mas inconscientemente, apenas apoiando o peso inclinado, porque havia paz no quarto então, a fúria se retirara; Wilbourne podia agora ouvir a esposa cinzenta no fogão da cozinha e podia ouvir o vento negro outra vez, risonho, caçoador, constante, desatento, e até lhe pareceu poder distinguir o choque selvagem e seco das palmeiras. Então ouviu a ambulância, o primeiro tênue gemido crescente, ainda longínquo, na autoestrada que vinha da cidadezinha, e quase imediatamente a mulher entrou, carregando uma xícara.

— Aí vem sua carona — disse ela. — Nem teve tempo de esquentar. Mas vai ser alguma coisa no seu estômago.

— Eu agradeço — disse Wilbourne. — Realmente agradeço. Mas não vai me cair bem, entenda.

— Besteira. Beba.

— Eu realmente agradeço. — A ambulância gemia mais alto, vinha depressa, estava próxima agora, o gemido se transformando num resmungo com a diminuição da velocidade, para em seguida crescer novamente até o gemido. Parecia estar bem em frente da casa, alta, peremptória e dando uma ilusão de velocidade e pressa, embora Wilbourne soubesse àquela altura que estava apenas se arrastando na pista sulcada e asfixiada de capim que saía da estrada até a casa; dessa vez ao desabar num ronco estava mesmo em frente da casa, o som possuindo agora um tom de resmungo perplexo, quase como a voz de um animal, grande, atônito, talvez até ferido. — Eu agradeço imensamente. Sei que existe sempre certo volume de limpeza inevitável quando se desocupa uma casa. Seria uma bobagem se ainda a sujássemos mais. — Então ouviu os passos sobre o alpendre, escutando-os sobre seu coração, o profundo, forte, incessante e raso repuxo de ar, a respiração a ponto de escapar totalmente dos pulmões; então (não bateram na porta) estavam no vestíbulo, o tropel; três homens entraram, vestidos à paisana — um jovem de cabelos encaracolados cortados rente, numa camiseta polo e sem meias, um asseado homem nervoso sem idade definida e totalmente vestido até o par de óculos de tartaruga, empurrando uma maca de rodinhas, e atrás deles um terceiro homem, com a indelével marca de dez mil subxerifes sulinos, urbanos e suburbanos — a aba do chapéu dobrada, os olhos sádicos, o casaco ligeira e inconfundivelmente estufado, o ar não propriamente de jactância, mas de uma brutalidade formalmente pré-absolvida. Os dois homens com a maca guiaram-na até a cama de maneira profissional; foi ao policial que o médico se dirigiu, mostrando Wilbourne com a mão, e então Wilbourne percebeu que o outro havia realmente esquecido que sua mão ainda empunhava um revólver.

— Este é seu preso — disse o médico. — Darei queixa formal contra ele assim que chegarmos à cidade. Assim que puder.

— Ouça aqui, doutor... Boa noite, d. Martha — disse o policial. — Abaixe esse negócio. Pode disparar sem querer. O cara de quem o senhor pegou o revólver pode ter armado o cão antes de dá-la ao senhor! — O médico olhou para o revólver e então Wilbourne pareceu lembrar-se dele guardando a arma metodicamente na maleta gasta junto com o estetoscópio; ele parecia acabar de se lembrar disso, pois havia seguido a maca até a cama. — Calma agora — ele disse. — Não a acordem. Ela não...

— Eu tomo conta disto — disse o médico, naquela voz cansada que por fim se tinha acalmado após um frenesi, quase como se tivesse se esgotado, mas que havia, poderia ter, se elevado novamente rápida e fácil, se preciso, como que renovada, renovado o ultraje. — Este caso me foi entregue, lembra-se? Eu não pedi nada. — Aproximou-se da cama (foi então que Wilbourne pareceu se lembrar do médico colocando a arma na maleta) e levantou o pulso de Charlotte. — Levem-na com o máximo de cuidado. Mas depressa. O dr. Richardson estará lá e eu os seguirei de carro. Os dois homens suspenderam Charlotte até a maca. Esta possuía pneus de borracha; com o jovem sem chapéu empurrando-a, ela pareceu cruzar o quarto e desaparecer no vestíbulo com incrível rapidez, como que sugada e não empurrada (as próprias rodas fazendo um barulho de sucção no assoalho), não por qualquer força humana, e sim talvez pelo tempo, por algum cano de ventilação através do qual voavam os segundos irrevogáveis, amontoando-se; até a própria noite.

— Muito bem — disse o policial. — Qual é seu nome? Wilson?

— É — disse Wilbourne. Também atravessou o vestíbulo daquela forma, sugado através, onde o homem nervoso agora esperava com uma lanterna; o risonho vento escuro engolia sua gargalhada e murmurava na porta aberta, inclinando seu peso contra ele como uma negra mão tateante, ele se apoiando no vento sobre o vento. Havia o alpendre, os degraus além. — Ela é leve — disse Wilbourne, numa fina voz ansiosa. — Perdeu muito peso ultimamente. Eu poderia carregá-la se eles...

— Eles também podem — disse o policial. — Além do mais, são pagos para isso. Acalme-se.

— Eu sei. Mas aquele baixote, aquele menorzinho com a lanterna...

— Ele guarda a força pra isso. Gosta disso. Você não vai querer ofendê-lo. Acalme-se.

— Ouça — disse Wilbourne tenuemente, murmurando —, por que não me algema? Por que não?

— Você as quer? — disse o policial. E agora a maca sem parar passou sugada pelo alpendre também, até o espaço, ainda no mesmo plano paralelo como se tivesse deslocamento talvez, mas não peso; nem parou, a camisa e as calças brancas do jovem pareciam apenas andar atrás da maca à medida que esta se movia, seguindo a lanterna em direção ao canto da casa, em direção ao que o homem de quem ele alugara a casa chamava de "a estrada". Agora ouvia o desfolhar das palmeiras invisíveis, o som seco e selvagem.

O hospital era um prédio baixo, vagamente espanhol (ou do tipo de Los Angeles), de estuque, quase escondido por uma luxuriante massa de espirradeiras. Havia mais palmeiras desfolhadas, a ambulância fazendo a curva de entrada em velocidade, o gemido da sirene morrendo num grunhido de queda de animal, os pneus secos e sibilantes sobre o cascalho de conchas; quando saiu da ambulância ele pôde ouvir as palmeiras farfalhando e assoviando novamente como se fossem tangidas por um assoprador de areia, e ele ainda podia aspirar o mar, o mesmo vento negro, mas não tão forte, pois o mar ficava a quatro milhas de distância, a maca saindo apressada e macia de novo como se sugada para fora, os pés dos quatro homens estalando sobre as frágeis conchas secas; e então no corredor ele começou a piscar outra vez por causa das pálpebras areentas, dolorosamente sob a luz elétrica, a maca sugando em frente, as rodas sussurrando sobre o linóleo, de forma que foi entre duas piscadas que ele viu que a maca era agora empurrada por duas enfermeiras uniformizadas, uma grande e outra pequena, ele pensando que aparentemente não havia algo como

267

um time homogêneo de maqueiros, como aparentemente todas as macas do mundo devem ser empurradas não por dois corpos físicos em harmonia, e sim por dois desejos emparelhados que querem estar presentes e ver o que está acontecendo. Então viu uma porta aberta reverberando de luz, um cirurgião já a caráter ao lado, a maca entrando, sugada através da porta, o cirurgião olhando-o uma vez, não com curiosidade, mas como se grava uma fisionomia, e depois voltando-se e seguindo a maca quando Wilbourne estava prestes a falar com ele, a porta (ela soava como se tivesse pneus de borracha também) fechando sem ruído no seu rosto, quase o esbofeteando, o policial ao seu cotovelo dizendo: — Acalme-se. — Então apareceu outra enfermeira; ele não a ouvira antes, ela não olhou para ele de todo, falando sucintamente com o policial. — Muito bem — disse o policial. Ele tocou no cotovelo de Wilbourne. — Siga em frente. E acalme-se.

— Mas deixe eu...

— Claro. Acalme-se. — Era outra porta, a enfermeira se voltando e dando passagem, as saias estalando e sibilando também como o cascalho de conchas; ela nem olhou para ele. Entraram, um escritório, uma escrivaninha, outro homem de gorro esterilizado e avental sentado à mesa diante de um formulário branco e uma caneta-tinteiro. Era mais velho que o primeiro. Ele também não olhou para Wilbourne.

— Nome?

— Charlotte Rittenmeyer.

— Senhorita?

— Senhora. — O homem na escrivaninha anotava num bloco.

— Marido?

— Sim.

— Nome?

— Francis Rittenmeyer. — Em seguida deu o endereço também. A caneta fluía, macia e precisa. *Agora é a caneta que me impede de respirar*, pensou Wilbourne. — Posso...? — Ele será notificado. — Então o homem na escrivaninha olhou para ele. O homem usava óculos, as pupilas atrás das lentes ligeiramente distorcidas e perfeitamente impessoais. — Como explica o fato? Os instrumentos não estavam limpos?

— Estavam limpos.

— O senhor acha.

— Tenho certeza.

— É a primeira tentativa?

— Não. A segunda.

— A outra deu certo? Mas talvez não saiba.

— Sim. Sei. A outra deu certo.

— Então como explica este erro? — Ele poderia ter respondido que: *Eu a amava*. Ele poderia ter dito: *Um avaro provavelmente erraria ao explodir o próprio cofre. Deveria ter chamado um profissional, um abridor de cofres que não se importasse, não amassasse os próprios flancos de ferro que guardavam o dinheiro.* Portanto, não disse nada, e depois de um tempo o homem na escrivaninha olhou para baixo e escreveu outra vez, a caneta viajando macia sobre a página. Ele disse, ainda escrevendo, sem levantar os olhos: — Espere lá fora.

— Não vou levar ele já? — disse o policial.

— Não. — O homem na escrivaninha ainda não levantou os olhos.

— Eu não poderia... — disse Wilbourne. — O senhor permitiria... — A caneta parou, mas por um tempo a mais o homem na escrivaninha olhou para o papel, talvez lendo o que escrevera. Então levantou o olhar.

— Para quê? Ela não o reconheceria.

— Mas pode voltar a si. Acordar outra vez. Assim eu poderia... poderíamos... — O outro o encarou. Seus olhos eram frios. Não eram impacientes, embora não fossem palpavelmente pacientes. Apenas aguardaram até que a voz de Wilbourne se calasse. Então o homem na escrivaninha falou:

— Acha que ela vai... doutor? — Por um instante Wilbourne piscou dolorosamente, vendo o caprichado formulário preenchido sob a lâmpada colorida da mesa, a asseada mão do médico segurando ao lado a caneta destampada.

— Não — ele disse maquinalmente. O homem na escrivaninha abaixou o olhar outra vez, até o formulário também, pois a mão que segurava a caneta movera-se na direção dele e escrevia de novo.

— Você será notificado. — Agora falou com o policial, sem olhar para o alto, escrevendo sem parar: — É só.

— É melhor eu sumir com ele antes que o marido estoure por aqui, armado ou coisa parecida, não é, doutor? — perguntou o policial.

— Você será notificado — repetiu o homem na escrivaninha, sem levantar o olhar.

— Muito bem, Jack — disse o policial. Havia um banco, rachado e duro, como um daqueles de bondes antigos. Dali ele podia ver a porta com arremate inferior de borracha. Ela era lisa, tinha um ar definitivo e inexpugnável como as grades de ferro que ladeavam os portões dos castelos; ele viu com alguma perplexidade que mesmo daquele ângulo ela parecia pendurada ao umbral apenas por um lado, levemente, de forma que espalhava luz Klieg* por três quartos da sua circunferência. *Mas ela pode,*

---

* Luz Klieg: tipo de lâmpada usada para iluminar corpos e objetos em movimento, como por exemplo num campo cirúrgico, assim denominada em função de seus inventores, John e Anton Klieg. (N. T.)

ele pensou. *Ela poderia.* — Meu Deus — disse o policial. Ele segurava um cigarro apagado na mão agora (Wilbourne sentira o movimento contra seu cotovelo). — ... meu Deus, você pintou... como você disse que é mesmo seu nome? Webster? — Sim — disse Wilbourne. *Eu poderia chegar lá. Poderia derrubá-lo se necessário e chegar até lá. Porque eu saberia. Eu sim. Eles certamente não.* — Você pintou e bordou, hein? Usando uma faca. Eu sou meio antiquado; o velho método ainda me serve. Não quero novidades.

— Sim — disse Wilbourne. Não havia vento algum ali, nenhum som de vento, embora lhe parecesse poder sentir, senão o cheiro do mar, pelo menos o do seco e teimoso resíduo dele nas conchas de ostras diante do hospital; e então de repente o corredor se encheu de ruídos, as miríades de vozinhas do medo e do trabalho humano que ele conhecia, lembrava — os desinfetados corredores de linóleo e solas de borracha como úteros para os quais seres humanos disparavam ante algum sofrimento mas principalmente por terror, para renderem em pequenas celas monásticas todo o peso da luxúria e desejo e orgulho, até de independência funcional, para se tornarem como embriões por certo tempo mas retendo um pouco da antiga e incorrigível corrupção terrena — o sono leve a qualquer hora, o tédio, o despertante e irrequieto tilintar de sininhos entre as horas que vão da meia-noite até a aproximação lenta e mortiça da alvorada (encontrando talvez pelo menos este bom emprego para o vil dinheiro com o qual o mundo é hoje abarrotado e atravancado); isso durante um tempo, então nascerem outra vez, emergirem renovados para suportar o fardo do mundo mais um pouco, enquanto a coragem perdurar. Ele os podia ouvir de um lado para o outro do corredor — o tilintar dos sinos, a imediata sibilação dos calcanhares de borracha e das saias engomadas, o querelante murmúrio de vozes em torno do nada. Ele os conhecia bem; e então ainda outra enfermeira desceu até a entrada, já o encarando totalmente, diminuindo o ritmo ao passar, olhando para ele, a cabeça se voltando enquanto caminhava, como a de uma coruja, os olhos bem abertos e cheios de algo além da mera curiosidade, sem o menor recuo ou horror, passando. O policial corria a língua pela face interna dos dentes como se procurasse restos de comida; possivelmente estivera comendo em algum lugar quando veio o chamado. Ainda segurava o cigarro apagado.

— Esses médicos e enfermeiras — disse ele. — As coisas que um sujeito ouve sobre os hospitais. Será que aqui se trepa tanto quanto se costuma dizer?

— Não — disse Wilbourne. — Nunca há lugar.

— É mesmo. Mas quando se pensa num lugar como um hospital. Cheio de camas pra qualquer lugar onde se olhe. E todos aqueles caras chapados de barriga pra cima sem poder incomodar ninguém. Afinal de contas, todos os médicos e enfermeiras não passam de homens e mulheres. E bem espertinhos pra cuidar da vida deles, ou então não seriam médicos e enfermeiras. Você sabe como é. Como pensa que é.

— Sim — disse Wilbourne. — Você já me contou. *Porque além de tudo*, pensou, *eles são cavalheiros. Têm que ser. São mais fortes do que nós. Acima de tudo isto. Acima das palhaçadas. Não precisam ser outra coisa a não ser cavalheiros.* E agora o segundo médico ou cirurgião — aquele da caneta — saiu do escritório e desceu pelo corredor, as abas do jaleco sugando e batendo às suas costas. Nem olhou para Wilbourne, mesmo quando este, olhando para ele, ergueu-se enquanto ele passava e deu um passo em sua direção, pronto para falar, o policial se levantando apressadamente, intrometendo-se. Então o médico apenas parou tempo suficiente para voltar a olhar o policial com uma rápida, fria e irascível mirada através dos óculos.

— Você não é responsável por este homem? — disse ele.

— Claro, doutor — disse o policial.

— Qual é o problema, então?

— Coopere, Watson — falou o policial. — Acalme-se, já disse. — O médico se voltou; mal havia parado até ali. — Que tal um cigarro, doutor? — O médico nem respondeu. Seguiu em frente, o jaleco adejando. — Venha cá — disse o policial. — Sente-se antes de se meter noutra confusão! — Novamente a porta se abriu para dentro, sobre as bordas de borracha e voltou, batendo silenciosamente com aquela determinação férrea e aquela ilusão de férrea inexpugnabilidade que era tão falsa, pois mesmo de onde estava ele podia ver como ela balançava no seu eixo apenas por um lado, de forma que uma criança, um sopro, poderia abri-la. — Ouça — disse o policial. — Tenha calma. Eles vão dar um jeito nela. Aquele ali era o próprio dr. Richardson! Uns três anos atrás trouxeram pra cá um crioulo de uma serraria. Tinham aberto as tripas dele com uma navalha durante um jogo de dados. Bem, o que faz o dr. Richardson, abre o homem, corta fora as tripas inúteis, junta os dois pedaços como se vulcaniza um tubo interno, e o crioulo está hoje de volta ao trabalho. É claro que ficou sem um pedaço das tripas e o que sobrou não é muito grande e por isso ele tem que correr pro mato quase antes de acabar de mastigar. Mas está bem. O doutor vai dar um jeito nela também. Isso não é melhor do que nada? Hein?

— É — disse Wilbourne. — É. Será que a gente podia ir lá pra fora um pouco? — O policial se levantou rapidamente, o cigarro ainda apagado na mão.

— É uma ideia. Aí podíamos fumar. — Mas Wilbourne não podia ir.

— Vá você. Eu fico aqui. Não vou embora. Você sabe disso.

— Bem, não sei. Talvez eu pudesse ficar do outro lado da porta e fumar.

— É. Pode me vigiar de lá. Ele olhou de um lado ao outro do corredor, para as portas. — Sabe aonde posso ir se me sentir mal?

— Sentir mal?

— Se tiver que vomitar.

— Vou chamar uma enfermeira pra perguntar.

— Não. Deixa pra lá. Não vou precisar. Acho que não tenho mais nada a perder. Que valha a pena. Vou ficar aqui até me chamarem. — Então o policial desceu o corredor, passou pela porta pendurada em seus três feixes ferozes de luz, em direção à entrada de onde tinham vindo. Wilbourne observou o fósforo estalar sob o polegar e acender contra o rosto do policial, sob a aba do chapéu, rosto e chapéu inclinados para o fósforo (não era propriamente um rosto desagradável, apenas o rosto de um menino de catorze anos que teve de usar uma navalha, que havia começado cedo demais a portar uma arma oficial por um tempo longo demais), a porta da entrada aparentemente ainda aberta, porque a fumaça, a primeira baforada, derivou de volta pelo corredor, desaparecendo: assim Wilbourne descobriu que podia realmente sentir o cheiro do mar, o negro, raso e entorpecido som sem onda que o vento negro havia dispersado. Corredor acima, além de uma esquina, ele podia ouvir as vozes de duas enfermeiras, duas enfermeiras e não duas pacientes, duas fêmeas mesmo que não necessariamente duas mulheres, quando além da mesma esquina um dos sininhos tilintou, nervoso, peremptório, as duas vozes sempre murmurando, em seguida ambas riram, duas enfermeiras rindo e não duas mulheres, o pequeno sino querelante se tornando irascível e frenético, o riso continuando por mais meio minuto sobre o tilintar, seguido pelas solas de borracha sobre o linóleo, sibilando tênues e rápidas: o sino parou. Era do mar o cheiro que ele sentia; havia o gosto da praia negra que o vento soprou neles, em seus pulmões, próximo ao limite dos pulmões, vivenciando novamente aquilo, mas de qualquer

274

forma já imaginara precisar fazê-lo, cada sopro de ar rápido e forte tornando-se mais e mais raso como se o coração tivesse afinal encontrado um receptáculo, um entulho, para a areia negra que havia dragado e bombeado: e agora ele se levantou também, sem ir a lugar algum; apenas se levantou sem querer, o policial à entrada voltando-se imediatamente, atirando o cigarro para trás. Mas Wilbourne não fez outro movimento e o policial diminuiu o ritmo; ele até parou na porta cortada de luz e achatou a aba do chapéu contra ela, contra a fenda por um momento. Então avançou. Avançou, porque Wilbourne o viu; ele viu o policial como se vê um poste que acontece de estar entre você e a rua porque a porta com arremate de borracha abrira novamente, dessa vez para o lado de fora (*as luzes Klieg se apagaram*, pensou. *Apagaram. Apagaram agora.*) e os dois médicos emergiram, a porta batendo silenciosamente atrás deles e oscilando agudamente uma vez, mas se abrindo de novo antes de ter encerrado o movimento, reentrado na imobilidade, para apresentar duas enfermeiras, embora ele as visse apenas com aquela parte da visão com a qual ainda via o policial, porque estava observando o rosto dos dois médicos subindo o corredor e falando entre si com vozes entrecortadas através das máscaras, os jalecos adejando elegantes como as saias de duas mulheres, passando por ele sem um olhar, e ele foi se sentando outra vez porque o policial ao seu lado disse:

— Isso mesmo. Acalme-se —, e ele percebeu que estava se sentando, os dois médicos seguindo em frente, as cinturas marcadas como as de duas senhoras, as barras dos jalecos batendo atrás deles, e em seguida uma das enfermeiras passou também, de máscara também, não olhando para ele tampouco, a saia engomada farfalhando, ele (Wilbourne) sentando no banco duro, ouvindo: de forma que por um momento seu coração o abandonou, batendo forte e lento e contínuo mas longínquo, deixando-o numa esfera de silêncio, num vácuo circular onde apenas o vento lembrado murmurava, para que nele ouvisse, para que as solas de borracha nele sibilassem, a enfermeira parando por fim ao lado do banco e então ele olhou para cima após um tempo.

— Pode entrar agora — ela disse.

— Está bem — ele disse. Mas não se mexeu logo. *É a mesma que não olhou para mim*, pensou. Ela não está olhando pra mim agora. Só que agora está olhando pra mim. Então se pôs de pé; isso era permitido, o policial também se levantando, a enfermeira olhando para ele agora.

— Quer que eu entre com você?

— Está bem. — Estava bem. Talvez bastasse um sopro, porém, ao colocar a mão na porta, descobriu que todo o seu peso não bastava, isto é, ele não parecia poder colocar peso algum contra ela, a porta de fato como uma placa de ferro fixa à parede, exceto naquele momento em que se abriu de repente diante dele sobre os arremates de borracha e ele viu a mão e o braço da enfermeira e a mesa cirúrgica, o contorno do corpo de Charlotte apenas indicado e curiosamente achatado sob o lençol. As luzes Klieg estavam apagadas, os aparelhos empilhados em um canto e apenas uma única luz superior brilhava, e havia outra enfermeira — ele não lembrava de serem quatro — secando as mãos numa pia. Porém nesse momento ela jogou a toalha num cesto e passou por ele, isto é, entrou e saiu do seu campo visual, e desapareceu. Havia um circulador, um ventilador, funcionando também em alguma parte próxima do teto, invisível ou pelo menos escondido, camuflado, então ele chegou perto da mesa, a mão da enfermeira apareceu e dobrou a ponta do lençol e após um instante ele a olhou atravessando-a, piscando as dolorosas pálpebras secas, até a porta onde estava o policial. — Está tudo bem agora — ele disse. — Ele já pode fumar, não?

— Não — disse a enfermeira.

— Não importa — disse ele. — É coisa rápida. Então você...

— Venha — disse a enfermeira. — Você tem apenas um minuto. — Só que este não era um vento fresco soprando para dentro do quarto, mas sim um quente sendo expelido para fora, de forma que não havia qualquer cheiro da areia negra anteriormente soprada. Porém era um vento, contínuo, ele o podia sentir e ver, uma mecha do escuro e curto cabelo selvagem agitando-se nele pesadamente pois o cabelo estava ainda molhado, ainda úmido, entre os olhos fechados e o imaculado nó de cirurgião na gaze que sustentava o maxilar inferior de Charlotte. Só que era mais do que isto. Era mais do que apenas um relaxamento de juntas e músculos, era um colapso do corpo inteiro como um desabamento de água não represada, segura por um instante para que ele pudesse ver, mas ainda procurando aquele nível profundo e primevo muito mais baixo do que o estar de pé e andando, mais baixo que o decúbito da pequena morte chamada sono, mais baixo ainda que a sola fina como uma folha que pisa a terra; a própria terra achatada e mesmo esta não bastante baixa, esparramando-se, desaparecendo, devagar no começo, aumentando em seguida e por fim com incrível rapidez: desaparecida, sumida, sem deixar rastro sobre a poeira insaciável. A enfermeira tocou seu braço. — Venha — disse.

— Espere — ele disse —, espere. — Mas teve que dar um passo para trás; veio tão rápida quanto antes, a mesma maca sobre os pneus de borracha, o homem nervoso também sem chapéu agora, o cabelo cuidadosamente dividido com água, escovado para a frente e curvado para trás como o de um antigo barman, a lanterna no bolso dianteiro das calças, a ponta do casaco presa atrás dela, a maca rolando rapidamente até o lado da mesa quando do a enfermeira novamente suspendeu o lençol. — Não vou precisar ajudar estes dois — disse ele. — Vou?

— Não — respondeu a enfermeira. Já não havia qualquer forma especial sob o lençol e o corpo foi colocado na maca como se não pesasse coisa alguma também. A maca sussurrou ao se mover outra vez, rolando sibilante, sugando através da porta outra vez onde o policial estava parado com o chapéu na mão. Em seguida desapareceu. Ele a ouviu por mais um instante. Então não ouviu mais. A enfermeira esticou a mão até a parede, um botão apertado e o zunido do ventilador parou. Foi interrompido como se tivesse batido de frente contra uma parede, apagado por um tremendo silêncio que rugiu sobre Wilbourne como uma onda, um mar, e não havia nada para ele segurar, agarrando-o, atirando-o e fazendo-o rodopiar e sempre rugindo, deixando-o a pestanejar contínua e dolorosamente com as suas pálpebras granuladas. — Venha — disse a enfermeira. — O dr. Richardson disse que você pode tomar uma bebida.

— Claro, Morrison. — O policial pôs o chapéu de volta na cabeça. — Acalme-se.

A cadeia era de certa forma como o hospital, exceto por possuir dois andares, era quadrada, e não havia espirradeiras. Mas a palmeira estava lá. Ficava bem em frente a sua janela, maior, mais desfolhada; quando ele e o policial passaram sob ela para entrar, sem que soprasse qualquer vento, iniciou um frenético e repentino chacoalhar, como se eles a tivessem assustado, e duas vezes mais durante a noite, enquanto ele ficou mudando as mãos de tempos em tempos daquelas partes das grades que segurava, quando se tornavam mornas e faziam suas palmas suarem, ela se debateu novamente com aquela curta, repentina e inexplicável agitação. Então a maré começou a baixar no rio e ele podia sentir o cheiro disso também — o acre aroma das baixadas de sal onde apodreciam conchas de ostras e cabeças de camarão, cânhamo e velhas estacas. Então a alvorada começou (ele vinha escutando os barcos de camarão zarparem havia algum tempo) e ele pôde ver a ponte levadiça atravessada pela estrada de ferro para New Orleans, de repente, contra o céu esmaecido, e ouviu o trem de New Orleans e observou a fumaça se aproximando, seguida do próprio trem se arrastando através da ponte, alto como um brinquedo e rosado como algo bizarro com que se enfeita os bolos, sob o sol chapado que já estava quente. Logo o trem desapareceu, a fumaça rósea. A palmeira além da janela começou murmurar, seca e contínua, e ele sentiu a fresca brisa matinal vinda do mar, contínua e plena de sal, limpa e iodada na cela sobre o cheiro de creolina e cuspe de fumo e vômitos antigos: o cheiro azedo das baixadas sumiu e então apareceu o brilho na água recortada pela maré, os peixes-agulha turvando-a lentamente, primeiro enquanto subiam, depois descendo por entre o monturo flutuante. Então ouviu passos na escada, e o carcereiro entrou com uma caneca de lata com café e um pedaço de bolo de café industrializado. — Quer mais alguma coisa? — disse ele.

— Carne?

— Obrigado — disse Wilbourne. — Só o café. Ou se você pudesse me arranjar uns cigarros. Não fumo nenhum desde ontem.

— Vou lhe deixar esses até sair para comprar outros. — O carcereiro tirou da camisa um saquinho de fumo de pano e papéis para cigarro. — Sabe enrolar?

— Não sei — disse Wilbourne. — Sim. Obrigado. Já está ótimo. — Mas ele não conseguiu enrolá-los direito. O café era fraco, doce e quente demais, muito quente para se beber, ou mesmo segurar, possuindo aparentemente uma inesgotável, inerente e dinâmica qualidade de renovar seu calor que era impermeável até à própria radiação feroz. De forma que ele colocou a caneca sobre o banquinho e se sentou à beira do catre sobre ela; sem perceber assumira a atitude imemorial de toda miséria, encurvado, pairando não na dor, mas na total concentração visceral, sobre restos de comida, um osso que necessitaria de proteção não contra qualquer coisa que andasse em pé, mas contra as cria-

279

turas que se movem no mesmo plano paralelo do protetor e do protegido, um pária, que latiriam e rosnariam com o protetor pelo osso na poeira. Ele verteu do saco de pano para o papel vincado como pôde, sem absolutamente ser capaz de lembrar quando e onde vira aquele processo, tinha de fazer, observando com ligeiro alarme enquanto o fumo espalhava-se para fora do papel, soprado pelo vento leve que vinha da janela, voltando o corpo para proteger o papel, percebendo que a sua mão começava a tremer, embora não se preocupando com isso, colocando o saquinho cuidadosa e cegamente de lado, observando o fumo como se estivesse mantendo os grãos no papel pelo peso dos olhos, colocando a outra mão no papel e verificando que ambas tremiam agora, o papel se partindo de repente entre suas mãos com um estalo quase audível. Suas mãos tremiam muito agora; ele encheu o segundo papel com uma terrível concentração da vontade, não pelo desejo de tabaco, mas apenas para confeccionar o cigarro; deliberadamente ergueu os cotovelos dos joelhos e segurou o papel cheio diante de seu rosto tranquilo, não barbeado, ligeiramente encovado até que o tremor parasse. Mas assim que as relaxou para enrolar o fumo no papel começaram a tremer novamente, mas dessa vez ele nem parou, girando o fumo cuidadosamente no papel, o fumo chovendo leve e continuamente pelas duas pontas do papel, mas o papel girando. Teve que segurá-lo com as duas mãos para lambê-lo, e então, assim que a língua tocou o papel, sua cabeça pareceu pegar com o contato o mesmo vago sacudir incontrolável, e ele ficou sentado por um momento, olhando para o que tinha realizado — o tubo torto e desconjuntado já quase vazio de fumo e quase úmido demais para ser aceso. Foram necessárias duas mãos para levar o fósforo até o cigarro também, que não queimou nada além de uma fina ponta de calor, de fogo mesmo, que disparou-lhe pela garganta abaixo. Contudo, o cigarro na mão direita e a mão esquerda apertando o pulso direito, deu mais duas tragadas antes que a brasa corresse demais pelo lado seco do papel para poder dar outra baforada e tivesse que jogá-lo fora, prestes a pisá--lo quando se lembrou, percebeu, que ainda estava descalço, e por isso deixou-o queimar enquanto ficava sentado e olhava para a caneca de café com certo desespero, que não havia demonstrado antes e talvez nem tivesse ainda começado a sentir; então pegando a caneca, segurando-a como segurara o cigarro, punho na mão, levou-a à boca, concentrando-se não no café, mas no ato de bebê-lo, tanto que talvez tenha esquecido de se lembrar que o café estava quente demais para ser bebido, fazendo contato entre a borda da caneca e o contínuo e leve tremer da cabeça, engolindo o líquido ainda quase escaldante, sendo rechaçado todas as vezes pelo calor, piscando, engolindo outra vez, piscando, uma colherada de café escapulindo da caneca e caindo no chão, salpicando seus pés e tornozelos como um punhado de agulhas caindo ou talvez como partículas de gelo, percebendo que começara a piscar novamente também e depositando a caneca cuidadosamente — foram necessárias duas mãos para fazer contato com o banquinho também — sobre o banco de novo e ficando sentado de novo, um pouco encurvado e piscando continuamente por causa da granulação dentro das pálpebras, ouvindo dois pares de pés nas escadas, embora dessa feita ele nem tenha olhado em direção à porta, até ouvi-la se abrindo e batendo novamente, olhando então em volta e para cima, até o casaco jaquetão (um panamá cinzento agora), o rosto sobre ele recém-barbeado, mas que também não dormira, pensando (Wilbourne), *Ele teve tantas coisas mais que fazer. Eu só tive que esperar. Teve que sair às pressas e encontrar alguém que ficasse com as crianças.* Rittenmeyer carregava a valise — aquela que saíra de baixo da cama nos alojamentos acadêmicos ano passado e viajara de Chicago a Wisconsin e de Chicago a Utah e a San Antonio e a New Orleans outra vez e agora para a cadeia — e entrou e a colocou ao lado do catre. Porém, mesmo nesse momento, a mão que saía da macia manga cinzenta não se dava por satisfeita, a mão agora se enfiando no paletó.

— Aí estão suas roupas — ele disse. — Paguei sua fiança. Vão deixá-lo sair hoje de manhã. — A mão emergiu e atirou sobre o catre um maço de cédulas cuidadosamente dobradas e redobradas. — São os mesmos trezentos dólares. Você os carregou tempo suficiente para caracterizar usucapião. Hão de levá-lo bem longe. Longe o bastante, pelo menos. Eu lhe aconselharia o México, mas talvez possa ficar escondido em qualquer parte, se tomar cuidado. Mas não vai ter mais. Entenda bem isso. Isto é tudo.

— Quebrar? — disse Wilbourne. — Quebrar a liberdade condicional?

— É! — disse Rittenmeyer violentamente. — Suma já daqui. Vou lhe comprar uma passagem de trem e enviá-la para você...

— Desculpe — disse Wilbourne.

— ... em New Orleans; talvez de lá você possa até apanhar um navio...

— Desculpe — disse Wilbourne. Rittenmeyer se calou. Não estava olhando para Wilbourne; não estava olhando para coisa alguma. Após uma pausa, disse tranquilamente:

— Pense nela.

— Gostaria de conseguir parar de fazê-lo. Gostaria de conseguir. Não, não gostaria. Talvez seja isso. Talvez seja essa a razão...

— E talvez fosse; era a primeira vez que quase a alcançava. Mas não ainda: e isso também não tinha importância; ela voltaria; ele a encontraria, agarraria, quando chegasse o momento.

— Então pense em mim — disse Rittenmeyer.

— Gostaria de conseguir parar de fazer isto também. Eu sinto...

— Eu não! — disse o outro, com aquela súbita violência outra vez. — Não tenha pena de mim. Entendeu? Entendeu? — E havia outra coisa, mas ele não disse, não podia ou queria. Começou a tremer também, dentro do terno limpo, sóbrio e bonito, murmurando: — Jesus, Jesus, Jesus. — Talvez eu sinta muito porque você não pode fazer nada. E sei por que não pode. Qualquer pessoa saberia por que você não pode. Mas isso não ajuda em nada. E eu poderia fazê-lo e talvez adiantasse alguma coisa, não muito talvez, mas um pouco. Só que também não posso. E sei por que não posso também. Acho que sei. Só que eu não tenho... — Ele também se calou. E disse tranquilamente: — Desculpe. — O outro parou de tremer; falou tão tranquilamente quanto Wilbourne:

— Quer dizer que não irá.

— Talvez se pudesse me dizer por quê — disse Wilbourne. Mas o outro não respondeu. Tirou um lenço imaculado do bolso do paletó e com ele enxugou cuidadosamente o rosto, e Wilbourne reparou também que a brisa matinal, vinda do mar, havia desaparecido, seguido em frente, como se a brilhante redoma do céu e da terra ainda salpicada de nuvens fosse um globo vazio, um vácuo, e o pouco vento que havia não fosse suficiente para enchê-lo, mas apenas corresse de um lado para outro dentro dele sem prazo; sem leis para obedecer, imprevisível e vindo e indo para lugar algum, como uma manada de cavalos soltos numa planície deserta. Rittenmeyer foi até a porta e a sacudiu, sem olhar para trás. O carcereiro apareceu e destrancou-a. Ele não ia mais olhar para trás. — Você esqueceu o dinheiro — disse Wilbourne. O outro se voltou e foi até o catre apanhar as notas dobradas. Após um instante, olhou para Wilbourne.

— Quer dizer que não irá — disse. — Não irá.

283

— Desculpe — disse Wilbourne. *Se ao menos ele tivesse me dito por quê*, pensou Wilbourne. *Talvez eu fosse.* Só que sabia que não teria ido. Mesmo assim continuou acreditando de vez em quando, à medida que terminavam os últimos dias daquele junho e tornavam-se julho — os amanheceres enquanto ouvia o forte pulsar dos motores dos pesqueiros, ancorados rio abaixo em direção ao canal, a fresca e fugidia hora matinal, enquanto o sol ainda lhe batia nas costas, a irradiação prolongada das tardes brônzeas, enquanto o sol impregnado de salitre inclinava-se total e ferozmente na sua janela, imprimindo-lhe no rosto e no tronco as grades em que se agarrava — e ele até havia aprendido a dormir outra vez, descobrindo às vezes que dormira entre dois turnos de suas mãos nas barras suadas. Então parou de pensar nisso. Não sabia quando; nem se lembrava de que a visita de Rittenmeyer já se apagara completamente de sua memória.

Um dia — perto do crepúsculo, sem saber como não o tinha visto antes, estava lá havia vinte anos — ele viu, além da margem plana do rio, do outro lado e em direção ao mar, o casco concreto de um daqueles barcos de socorro construídos em 1918 e jamais terminado, o corpo, o casco; nunca saíra dali, o reboque sob ele apodrecido havia muitos anos, deixando-o pousado sobre um lamaçal ao lado do brilho refulgente da embocadura do rio, com uma fina linha de roupas estendidas sobre o convés carcomido. O sol agora ia se pondo atrás do barco e ele não podia ver bem, mas na manhã seguinte divisou a saliência inclinada de um cano de chaminé exalando fumaça e pôde ver a cor das roupas agitadas pelo vento marítimo e observar depois uma pequena figura que ele sabia ser uma mulher tirando a roupa do varal, acreditando discernir o gesto com o qual ela colocava os pregadores um por um na boca, e pensou, *Se nós tivéssemos sabido disso provavelmente teríamos morado lá os quatro dias e economizado dez dólares*, pensando, *Quatro dias. Não era possível que ti-*

vessem sido só quatro dias. Não era; e, observando, uma noite viu o bote atracar e o homem subir o escaler com uma comprida rede entrelaçada cascateando abaixo do ombro ascendente, frágil e feérica, e assistiu ao homem remendar a rede sob o sol matinal, sentado no farol do tombadilho, a rede estendida sobre os joelhos, o sol sobre a intrincada e amarela trama acobreadamente prateada. E uma lua surgiu e crescia noturnamente, enquanto ele ficava parado ali na luz moribunda, enquanto noite após noite ela minguava; e uma tarde viu as bandeiras, dispostas uma acima da outra, rígidas e flamejantes do esbelto mastro sobre a Estação Governamental na embocadura do rio, contra um céu liso, acerado e veloz, e por toda aquela noite uma boia rio afora gemeu e urrou, e a palmeira do outro lado da janela se debateu e agitou, e um pouco antes da alvorada, numa brusca rajada, a cauda do furacão atacou. Não o furacão; este galopava em alguma parte do golfo, apenas sua cauda, um relampejo de crina passando, levantando na costa dez pés de maré turva e amarela, que não caiu durante vinte horas e atravessando ferozmente a frenética palmeira selvagem que ainda ressoava seca e pelo teto da cela, de forma que durante toda aquela segunda noite ele pôde ouvir a explosão dos mares contra o quebra-mar na estrondosa escuridão e a boia também, agora gorgolejando em meio a vagidos; até parecia poder ouvir o rugir da água jorrando ao se insurgir novamente a cada grito estrangulado, a chuva desabando sempre, sobre a próxima alvorada mas com menor fúria então, cruzando a planície frente ao vento oeste. Ela se aquietaria ainda mais terra adentro, tornar-se-ia apenas um brilhante e prateado murmúrio de verão, entre as árvores dignas e pesadas, sobre a grama aparada; devia ser aparada; ele podia imaginá-la, ela seria bastante parecida com a do parque onde ele havia esperado, talvez até às vezes com crianças e babás, o melhor, o que havia de melhor; haveria também uma lápide, em breve, exatamente na época adequada, quando o decoro e a terra restaurada o estipulassem, sem nada dizer; seria aparada e verde e tranquila, o corpo, seu formato sob o lençol estendido, achatado e pequeno e movente nas mãos de dois homens, como sem peso embora o tivesse, não obstante resignado e tranquilo sob o peso férreo da terra. *Só que isso não pode ser tudo*, pensou. *Não pode ser. O desperdício. Não de carne, pois sempre há muita carne. Eles descobriram isso há vinte anos, preservando nações e justificando lemas — se é que as nações que a carne preservou merecem ser mantidas com a carne que consumiram. Mas a memória. Certamente a memória existe independente da carne.* Mas isso estava errado também. *Porque a carne não saberia que era memória*, ele pensou. *Ela não saberia o que recordar. Por isso tem que existir a velha carne, a velha e frágil carne exterminável para ser titilada pela memória.*

Essa foi a segunda vez que ele quase a alcançou. Mas lhe escapou outra vez. Mas ele ainda não estava se esforçando; ainda estava tudo bem, não estava preocupado; pois ela voltaria no momento certo e até ficaria parada ao alcance de sua mão. Então uma noite foi-lhe concedido um banho, e um barbeiro (haviam-lhe tirado suas lâminas de barbear) chegou cedo na manhã seguinte e o barbeou, e numa camisa nova e manietado a um policial por um lado e a seu advogado nomeado pelo tribunal de outro, ele andou sob o sol ainda matinal, por uma rua onde as pessoas — homens das serrarias pantanosas consumidos pela malária e pescadores profissionais devorados pelo vento e pelo sol — se voltaram para observá-lo, em direção ao tribunal de cujo balcão o meirinho já estava gritando. O tribunal por sua vez era como a cadeia, tinha dois andares, era feito do mesmo reboco, com o mesmo cheiro de creolina e cusparadas de fumo, mas não de vômito, localizado num terreno árido de novo com meia dúzia de palmeiras e espirradeiras também, florescendo róseas e brancas sobre uma pequena massa espessa de açucenas. Em seguida uma entrada ainda cheia, por um tempo ainda, de sombra e frescor de adega, o fumo mais forte, o ar permeado de um contínuo rumor humano, não exatamente de palavras, mas daquele murmúrio obsedante que poderia muito bem ser o murmúrio autêntico e constante e insone dos poros em funcionamento.

Eles subiram as escadas, uma porta; ele caminhou até uma passagem entre os bancos repletos enquanto cabeças se voltavam e a voz do meirinho ainda entoava do balcão, e sentou-se a uma mesa entre o advogado e o policial, levantou-se em seguida e se pôs de pé de novo enquanto o juiz sem toga, num terno de linho e com as botinas pretas de um velho, entrou com pequenos passos decididos e abriu a sessão. Não foi longa, foi profissional, rápida, vinte e dois minutos para reunir um júri, o advogado nomeado (um jovem com rosto de lua cheia e olhos míopes atrás dos óculos, num amassado terno de linho) contestando monotonamente, mas só levou vinte e dois minutos, o juiz no alto atrás de uma bancada de pinho granulado e manchado para parecer mogno, com sua cara que não se parecia de forma alguma com a de um advogado, e sim a de um superintendente de Escola Metodista Dominical que nos dias de semana era banqueiro e provavelmente um bom banqueiro, um banqueiro astuto, magro, um cabelo bem aparado e um bigode bem aparado e antiquados óculos de aros de ouro. — Qual é a acusação? — disse ele. — O escrevente a leu, sua voz obsedante, quase sonolenta sobre a verborragia redundante: "… contrária à paz e à dignidade do Estado de Mississippi… homicídio não premeditado…". Um homem se ergueu na outra ponta da mesa. Usava um terno amarfanhado, quase desonroso, de linho listrado. Era bastante gordo, e a sua sim era a cara de um advogado, um belo rosto, quase nobre, feito para as luzes da ribalta, forense, sagaz e ágil: o promotor.

— Acreditamos poder comprovar assassinato, meritíssimo.

— Este homem não está sendo acusado de assassinato, sr. Gower. O senhor devia saber disso. O acusado que se pronuncie. — Então o jovem advogado gorducho se ergueu. Ele não tinha nem a barriga do outro nem a cara de advogado, pelo menos por enquanto.

— Culpado, meritíssimo — ele disse. E então Wilbourne ouviu atrás de si — a longa exalação, o suspiro.

— O acusado está tentando se colocar à mercê desta corte? — disse o juiz.

— Só me declaro culpado, meritíssimo — disse Wilbourne. Ouviu o suspiro outra vez atrás de si, mais alto, porém logo o juiz martelava categoricamente com seu infantil bastão de croqué.

— O senhor não pode falar daí! — disse ele. — O acusado deseja se colocar à mercê desta corte?

— Sim, meritíssimo — disse o jovem advogado.

— Neste caso não há necessidade de formular um sumário, sr. Gower. Vou instruir o júri... — Dessa vez não se ouviu o suspiro. Wilbourne ouviu a respiração presa, então foi quase um rugido, não tão alto, é claro, não ainda, o pequeno bastão de madeira furioso sobre o pinho e o meirinho gritando alguma coisa também, e houve movimento, misturado a um ruído insurgente de pés também; uma voz gritou: — Isso mesmo! Vão em frente. Matem ele! — e Wilbourne viu — o jaquetão cinzento (o mesmo) movendo-se continuamente em direção ao juiz, o rosto, o rosto ultrajante: o homem que sem qualquer advertência tivera que suportar um tipo errado de sofrimento, o único sofrimento para o qual não estava capacitado, que mesmo naquele instante deveria estar dizendo para si mesmo, *Mas por que eu? Por quê? Que fiz? Que diabo fiz na vida?* caminhando firme, em seguida parando e começando a falar, interrompendo o rugido ao abrir a boca.

— Meritíssimo... se a corte permitir...

— Quem é este? — disse o juiz.

— Sou Francis Rittenmeyer — disse Rittenmeyer. Então houve um rugido novamente, o martelo funcionando outra vez, o próprio juiz gritando então, silenciando o rugido com seu grito:

— Ordem! Ordem! Mais uma manifestação destas e mando evacuar a sala! Desarmem este homem!

— Não estou armado — disse Rittenmeyer. — Só quero...

Mas o meirinho e dois outros homens já estavam sobre ele, as macias mangas cinzentas aprisionadas enquanto lhe apalpavam os bolsos e os lados.

— Ele não está armado, meritíssimo — disse o meirinho. O juiz se voltou para o promotor público, tremendo também, um homem asseado e metódico, velho demais para isso também.

— Qual o motivo desta palhaçada, sr. Gower?

— Não sei, meritíssimo. Eu não...

— O senhor não o convocou?

— Não me pareceu necessário. Por consideração à sua...

— Se a corte permitir — disse Rittenmeyer. — Eu só gostaria de... — O juiz ergueu a mão; Rittenmeyer se calou. Ficou imóvel, o rosto calmo como um entalhe, com algo dos rostos esculpidos das catedrais góticas, os olhos claros possuindo algo semelhante à opacidade dos mármores sem pupilas. O juiz encarou o promotor público. O qual (o promotor público) agora era a cara de um advogado, totalmente perscrutador, totalmente alerta, o pensamento indo rápido e secreto sob ele. O juiz olhou para o jovem advogado, o gorducho, duramente. Em seguida voltou o olhar para Rittenmeyer. — O caso está encerrado — ele disse. — Mas se ainda desejar fazer alguma declaração, pode fazê-la. — Agora não se ouviu ruído algum, nem mesmo o respirar que Wilbourne ouvira, exceto o seu próprio e o do jovem advogado ao seu lado, enquanto Rittenmeyer se dirigia ao banco das testemunhas. — Este caso está encerrado — disse o juiz. — O acusado está aguardando a sentença. Faça sua declaração daí. — Rittenmeyer se deteve. Não estava olhando para o juiz, não estava olhando para coisa alguma, o rosto calmo, impecável, ultrajante.

— Quero fazer uma súplica — disse ele. Por um instante o juiz não se moveu, encarando Rittenmeyer, o martelo ainda agarrado ao punho como um sabre, então em seguida inclinou-se lentamente para a frente, encarando Rittenmeyer; e Wilbourne ouviu-o principiar, o enorme inalar, a formação do espanto e da incredulidade.

— O senhor o quê? — disse o juiz. — O quê? Uma súplica? Para este homem? Este homem que intencional e deliberadamente executou uma operação na sua esposa que ele sabia poderia causar-lhe a morte, como o fez? — E então veio o rugido, em ondas, renovado; ele podia ouvir o pisotear no som e as destacadas vozes gritantes, os policiais do tribunal avançando contra a onda como uma equipe de futebol americano: um vórtice de fúria e torvelinho em volta do tranquilo, imóvel e ultrajante rosto sobre o macio casaco belissimamente bem cortado: — Enforquem os dois! Enforquem eles! Ponham os dois na cadeia! Deixem o filho da puta dessa vez operar a ele com a faca! — rugindo acima do estrépito e da gritaria, morrendo por fim mas ainda não cessando, apenas abafado do outro lado das portas temporariamente fechadas, mas elevando-se outra vez do lado de fora do prédio, o juiz agora de pé, os braços escorados pela bancada, ainda agarrando o martelo, a cabeça se balançando e tremendo, de fato a cabeça de um velho agora. Em seguida ele se afundou mais na cadeira, a cabeça balançando como fazem a cabeça dos velhos. Porém a voz estava bastante calma, fria: — Deem a este homem proteção até que saia da cidade. Providencie que ele saia daqui imediatamente.

— Não creio que ele deva tentar sair do prédio agora, meritíssimo — disse o meirinho. — Ouça-os. — Mas ninguém precisava ouvir para escutá-los, nada histéricos agora, só ultrajados e raivosos. — Não estão com aquela raiva de enforcar, só aquela de tacar piche e cobrir de penas. Mas de qualquer maneira... — Muito bem — disse o juiz. — Leve-o para o meu gabinete. Mantenha-o lá até anoitecer. Depois faça-o sair da cidade. Senhores do júri, os senhores considerarão o prisioneiro culpado das acusações e darão seu veredicto, que implica uma sentença de trabalhos forçados na Penitenciária Estadual de Parchman, por um período não menor do que cinquenta anos. Podem se retirar.

— Não creio que seja necessário, meritíssimo — disse o presidente do júri. — Acho que nós todos... — O juiz se voltou para ele, a fúria aguda e trêmula do velho.

— Os senhores se retirarão! Querem ser detidos por desrespeito à corte? — Os membros do júri ausentaram-se por menos de dois minutos, mal o tempo do meirinho abrir e fechar a porta. Do lado de fora o ruído prosseguia, subindo e descendo.

Naquela tarde choveu outra vez, uma brilhante cortina prateada rugindo não se sabe de onde antes de o sol poder ser escondido, galopando sem rumo e como um potro, então trinta minutos depois voltando, rugindo, brilhante e inofensiva seguindo suas próprias pegadas fumegantes. Porém, logo após escurecer, ele devolvido à cela, o céu inefável e imaculado sobre o derradeiro verde do crepúsculo, arqueando a estrela vespertina, a palmeira apenas murmurando além das grades, as grades ainda frias nas suas mãos apesar da água, da chuva, ter havia muito evaporado. Então havia entendido o que Rittenmeyer quis dizer. E agora entendeu por quê. Ouviu dois pares de pés outra vez, mas não se voltou da janela até que a porta tivesse sido aberta e ressoasse e batesse e Rittenmeyer tivesse entrado e ficado parado, por um momento, encarando-o. Então Rittenmeyer tirou algo do bolso e atravessou a cela, a

291

mão estendida. — Tome — disse ele. Era uma caixinha de remédio, sem rótulo. Continha um tablete branco. Por um instante Wilbourne examinou-o sem raciocinar, embora isto fosse só por um instante. Em seguida disse tranquilamente:

— Cianureto.

— Sim — disse Rittenmeyer. Voltou-se, já estava se retirando: o rosto tranquilo, ultrajante e consistente, o homem que sempre estivera certo e nunca encontrara a paz nisso.

— Mas eu não... — disse Wilbourne. — Como o fato de eu estar morto ajudará... — Então acreditou entender. E disse: — Espere. — Rittenmeyer chegou à porta e pôs a mão sobre ela. Entretanto, parou, olhando para trás. — É porque ando meio leso. Não penso direito. Rápido. — O outro o encarou, esperando. — Eu agradeço. Eu realmente agradeço. Gostaria de ter certeza de que faria o mesmo por você se fosse o caso. — Então Rittenmeyer sacudiu a porta uma vez e olhou novamente para Wilbourne — o rosto consistente e seguro e para sempre amaldiçoado. O carcereiro apareceu e abriu a porta.

— Não estou fazendo isso por você — disse Rittenmeyer.

— Tire essa maldita ideia da cabeça. — Então ele se foi, a porta bateu; e não foi um lampejo de compreensão, foi muito tranquilo para isso, foi simplesmente o encaixar de um desenho fragmentado. *É claro*, pensou Wilbourne. *Aquele último dia em New Orleans. Ele prometeu a ela. Ela disse: não este infeliz trapalhão do Wilbourne e ele prometeu a ela.* Foi isso. Isso foi tudo. O desenho se encaixou tranquilamente e assim permaneceu tempo suficiente para que ele o visse, e depois fluiu, desapareceu, para além de toda a lembrança, para sempre e somente restando a memória, eterna e inescapável, enquanto houvesse carne para ser titilada. E agora ele estava prestes a alcançá-la, a pensá-la em palavras, de forma que então estava tudo bem e ele se voltou para a janela e, segurando a caixa aberta cuidadosamente por baixo e espremendo o tablete num papel de cigarro dobrado entre o polegar e o indicador, esfregou cuidadosamente o tablete até transformá-lo em pó, numa das grades inferiores, colocando a última poeira para dentro da caixa e limpando a grade com o papel de cigarro e esvaziou a caixa no chão e com a sola do sapato pisoteou-a com o pó e as antigas cusparadas e os restos de creolina até que tivesse desaparecido completamente e queimou o papel de cigarro e voltou para a janela. Lá estava, esperando, realmente, e estava tudo bem; colocar-se-ia ao alcance de sua mão quando chegasse o momento. Agora podia ver a luz no casco de concreto, na vigia do tombadilho, que ele vinha chamando de cozinha havia semanas, como se vivesse lá, e então com um murmúrio preliminar na palmeira a leve brisa da costa começou a bater, trazendo com ela o cheiro dos pântanos e do jasmim silvestre, soprando sempre sob o poente moribundo e a estrela brilhante; era a noite. Portanto não era só memória. A memória era apenas metade da coisa, não era o bastante. *Mas deve estar em alguma parte*, pensou. *Eis aí o desperdício. Não apenas eu. Pelo menos penso que não quero dizer apenas eu. Espero que eu não queira dizer apenas eu. Que seja qualquer um*, pensando, lembrando, do corpo, das coxas largas e das mãos que gostavam de sacanagem e de fazer objetos. Parecia tão pouco, tão pouco para se querer, se pedir. *Com todo o velho arrastar para o túmulo, a velha, enrugada, murcha e derrotada adesão nem sequer à derrota mas apenas a um antigo hábito; aceitando a derrota até para que fosse permitido se agarrar ao hábito — os pulmões asmáticos, as doloridas entranhas incapazes de prazer.* Mas afinal a memória poderia viver nas velhas entranhas arquejantes: e agora tinha-a nas mãos, incontroversa e clara, serena, a palmeira se debatendo e murmurando seca e selvagem e fraca e na noite, mas ele a podia enfrentar, pensando, *Não poder. Vontade. Eu quero. Portanto é a velha carne afinal, não importa quão velha. Porque se a memória existe fora da carne, não será memória, pois não saberá do que se lembra, de forma que quando ela deixou de ser então metade da memória deixou de ser e se eu deixar de ser, toda a lembrança deixará de existir. Sim* — pensou —, *entre a dor e o nada, escolherei a dor.*

O velho

Um dos rapazes do governador chegou à penitenciária na manhã seguinte. Isto é, era relativamente jovem (já fizera trinta anos e sem dúvida não gostaria de ser mais novo, havendo nele algo que indicava um caráter que nunca havia desejado e nunca desejaria coisa alguma que não possuísse, ou não fosse possuir), membro de uma irmandade saído de uma universidade do Leste, um coronel no staff do governador, título que não fora comprado com uma contribuição de campanha, que havia se aferrado às suas roupas descuidadas no feitio do Leste, e ao nariz arqueado e aos preguiçosos olhos desdenhosos, nos corredores de inúmeras lojas perdidas do interior, e contava suas histórias e ouvia as gargalhadas e as cusparadas dos ouvintes metidos em macacões e com o mesmo olhar acariciava crianças batizadas em memória da última administração e em homenagem (ou esperança) à próxima, e (dizia-se dele, embora com certeza não fosse verdade) por um preguiçoso descuido os traseiros de algumas que já não eram tão crianças, embora ainda não tivessem idade suficiente para votar. Ele estava no escritório do diretor com uma pasta, e logo o vice-diretor da penitenciária e da barragem estava lá também. Ele teria sido chamado dentro em pouco, mas não já, porém veio assim mesmo, sem bater, de chapéu, chamando pelo apelido em voz alta o rapaz do governador e batendo-lhe nas costas com a mão espalmada, e ergueu uma coxa sobre a escrivaninha do diretor, quase entre este e o visitante, o emissário. Ou o vizir com a ordem, a corda com seu nó corredio, como se viu em seguida.

— Bem — disse o rapaz do governador. — Andaram fazendo das suas, não é? — O diretor empunhava um charuto. Oferecera outro ao visitante. Fora recusado, embora logo, enquanto o diretor olhava de soslaio, com dura rigidez e até certa austeridade, o vice-diretor tenha se debruçado e estirado a mão e aberto a gaveta da escrivaninha e tirado um.

— Me parece claro como água — disse o diretor. — Ele foi arrastado contra a vontade. Voltou assim que pôde e se entregou.

— Até trouxe o maldito barco de volta — disse o vice-diretor.

— Se tivesse abandonado o barco poderia ter voltado em três dias. Mas que nada! Ele teve que trazer o barco: "Aí está o barco e aí está a mulher, mas não consegui encontrar nenhum puto na algodoaria". — Ele bateu no joelho, gargalhando. — Esses condenados. Uma mula tem duas vezes mais cabeça!

— Uma mula tem duas vezes mais cabeça do que qualquer coisa a não ser um rato — disse o emissário afavelmente. — Mas esse não é o problema.

— E qual é o problema? — disse o diretor.

— Este homem está morto.

— Claro que não está morto — disse o diretor. — Está lá em cima, naquele galpão, certamente mentindo pelos cotovelos. Vou levá-lo lá e poderá vê-lo. — O diretor estava olhando para o vice-diretor.

— Veja — disse. — Bledsoe estava querendo falar comigo algo sobre a pata da mula Kate. É melhor ir ao estábulo e...

— Já tratei disso — disse o vice-diretor. Ele nem olhou para o diretor. Olhava, falava para, o emissário. — Não senhor. Ele não está... — Mas recebeu baixa oficial como estando morto. Não foi um perdão, nem também liberdade condicional: uma baixa. Ou está morto, ou livre. Em ambos os casos não tem nada que estar aqui. — Então tanto o diretor quanto o vice olharam para o emissário, a boca do vice ligeiramente aberta, o charuto colocado em sua mão pronto para ter a ponta arrancada com uma mordida. O emissário falava com amabilidade, de forma extremamente distinta: — Segundo um atestado de óbito enviado ao governador pelo diretor da penitenciária. — O vice fechou a boca, sem nenhum outro movimento além desse. — Segundo a declaração oficial do agente encarregado naquele momento de zelar e devolver o corpo do prisioneiro à penitenciária. — Agora o vice-diretor colocou o charuto na boca e saiu vagarosamente da mesa, o charuto rolando entre os lábios; disse:

— Então é isso? Eu sou o culpado, é? — Deu uma risadinha curta, falsa, duas notas. — Quando três vezes tive razão sob três diferentes governos? Isso está num livro por aí! Alguém em Jackson pode achá-lo, aliás. E se não puderem, posso mostrar...

— Três governos? — disse o emissário. — Bem, bem. Isso é muito bom.

— Pode ter certeza que é bom — disse o vice-diretor. — Tem muita gente por aqui de quem não se pode dizer o mesmo.

— O diretor observava de novo a nuca do vice.

— Veja — ele disse. — Por que não dá um pulo até minha casa e pega aquela garrafa de uísque do aparador e a traz pra cá?

— Está bem — disse o vice. — Mas acho melhor resolvermos isso antes. Ouça o que devemos fazer...

— Podemos resolver isso mais depressa depois de um ou dois tragos — disse o diretor. — É melhor dar uma passada em casa e apanhar um casaco para que a garrafa...

— Isso vai levar muito tempo — disse o vice-diretor. — Não vou precisar de casaco nenhum. — Foi até a porta, onde parou e se voltou. — Vou lhe dizer o que fazer. Chame doze homens aqui e diga a ele que é um júri — ele só viu um na vida e não vai perceber a diferença — e julgue-o pelo assalto daquele trem. Hamp pode ser o juiz.

— Não se pode julgar um homem duas vezes pelo mesmo crime — disse o emissário. — Ele talvez até saiba disso, ainda que não saiba o que é um júri quando o vê.

— Veja — disse o diretor.

— Está bem. Chamem de um novo assalto de trem. Digam--lhe que ocorreu ontem, digam-lhe que roubou outro trem enquanto estava fora e simplesmente esqueceu. Ele não pôde se conter. Além do mais, ele não vai se incomodar. Para ele tanto faz estar aqui como lá fora. Não teria pra onde ir se estivesse solto. Nenhum deles tem. Solte um e aposto que está de volta antes do Natal, como se isto fosse uma assembleia ou coisa parecida, por ter cometido o mesmo crime pelo qual foi preso antes.

— Ele gargalhou de novo. — Esses condenados.

— Veja — disse o diretor. — Enquanto estiver lá, por que não abre a garrafa e verifica se a bebida está boa? Tome um ou dois tragos. Saboreie a bebida com calma. Se não estiver boa, nem vale a pena trazê-la pra cá.

— Está bem — disse o vice. Dessa vez ele saiu.

— Não poderia trancar a porta? — disse o emissário. O diretor se retorceu por um instante. Isto é, mudou de posição na cadeira.

— Além do mais, ele tem razão — disse. — Já acertou três vezes. E é parente de todo mundo em Pittman County, a não ser dos negros.

— Talvez possamos trabalhar mais depressa, então. — O emissário abriu a pasta e tirou uma pilha de papéis. — Aqui está — ele disse.

— Aqui está o quê?

— Ele fugiu.

— Mas voltou por conta própria e se entregou.

— Mas fugiu.

— Está bem — disse o diretor. — Ele fugiu. E daí? — Então o emissário disse veja. Isto é, ele disse:

— Ouça, estou recebendo uma diária. Isto significa contribuintes, votos. E se houver qualquer possibilidade de se instaurar um inquérito sobre isso, vão aparecer dez senadores e vinte e cinco deputados, talvez num trem especial. Todos recebendo diárias. E vai ser muito difícil impedir que alguns deles não voltem para Jackson, passando por Memphis ou New Orleans — recebendo diárias.

— Muito bem — disse o diretor. — O que ele disse pra gente fazer?

— Isso. O homem saiu daqui sob a custódia de determinado policial. Mas foi entregue por outro.

— Mas ele se ren... — Desta vez o diretor se calou sozinho. Olhou, quase encarou, o emissário. — Muito bem. Continue.

— Sob a custódia específica de um policial nomeado e designado que voltou para cá e declarou que o corpo do prisioneiro já não estava sob sua posse; que, na verdade, não sabia onde o prisioneiro estava. Foi isso mesmo, não foi? — O diretor não disse nada. — Não foi isso mesmo? — disse o emissário, afável, persistente.

— Mas não se pode fazer isto com ele. Já lhe disse que é aparentado com metade do...

— Isso já foi resolvido. O chefe já mandou abrir uma vaga para ele na polícia rodoviária.

— Cruzes! — disse o diretor. — Ele não sabe andar de motocicleta. Não deixo ele nem dirigir um caminhão.

— Não vai precisar. Certamente um Estado surpreso e agradecido poderá fornecer um carro ao homem que adivinhou três vezes seguidas quem venceria as eleições no Mississippi, e um chofer se necessário. Nem vai precisar ficar dentro dele o dia inteiro. Contanto que esteja bastante perto para que, quando um inspetor vir o carro e parar e tocar a buzina, ele possa dar as caras.

— Mesmo assim não gosto — disse o diretor.

— Nem eu. Seu preso poderia ter nos poupado tudo isso se tivesse fugido e se afogado, como levou todo mundo a crer. Mas não o fez. E o chefe disse para fazer. Tem alguma sugestão melhor? — O diretor suspirou.

— Não — disse.

— Está bem. — O emissário dispôs os papéis e destampou a caneta e começou a escrever. — "Tentativa de fuga da penitenciária, dez anos de pena adicional" — disse. — Vice-diretor Buckworth transferido para a Patrulha Rodoviária. Pode dizer que é por mérito, se quiser. Não tem mais importância. Certo?

— Feito — disse o diretor.

— Sendo assim, que tal mandar chamá-lo? Acabar logo com isso. — Então o diretor mandou chamar o condenado alto e logo ele chegou, saturnino e sério, no seu uniforme novo, as bochechas azuis e barbeadas sob o bronzeado de sol, os cabelos recentemente cortados e cuidadosamente repartidos e levemente recendendo à pomada do barbeiro da prisão (o barbeiro estava condenado à prisão perpétua, por assassinar a mulher, ainda barbeiro). O diretor o chamou pelo nome.

— Você teve azar, não foi? — O condenado não disse nada.

— Vão ter que acrescentar dez anos à sua pena.

— Tudo bem — disse o condenado.

— É um grande azar. Sinto muito.

— Tudo bem — disse o condenado. — Se a lei é assim. — Então lhe deram dez anos a mais e o diretor lhe deu um charuto e agora ele se sentava, como um canivete aberto ao contrário no espaço entre os beliches inferiores e superiores, o charuto apagado na mão enquanto o condenado gordo e quatro outros o escutavam. Ou melhor, questionavam-no, uma vez que tudo estava terminado, acabado agora, e ele estava a salvo outra vez, de forma que talvez nem valesse a pena falar novamente sobre o assunto.

— Muito bem — disse o condenado gordo. — Então você voltou para o rio. E depois?

— Nada. Remei.

— Não foi muito difícil remar de volta pra cá?

— A água ainda estava alta. Corria com muita força ainda. Nunca consegui desenvolver muita velocidade nas duas primeiras semanas. Depois disso melhorou. — Então, súbita e tranquilamente, alguma coisa — a incomunicação, a inata e hereditária relutância pela palavra desapareceram e ele se viu, se ouviu, narrando tranquilamente, as palavras fluindo não rápidas, mas com facilidade até sua língua, à medida que necessitava delas: Como remou (descobriu tentando que poderia obter mais velocidade, se é que se podia chamar de velocidade, perto da margem — isso depois de ter sido arrastado súbita e violentamente para o meio do rio antes que pudesse evitar e se encontrado, o bote, viajando de volta à região de onde acabara de fugir e passou quase toda a manhã voltando para a costa e outra vez para o canal de onde havia emergido de madrugada) até a noite chegar, e os dois ancoraram à margem e comeram alguma das comidas que ele havia ocultado na roupa antes de abandonarem o arsenal em New Or-

leans, e a mulher e o menino dormiram no barco como de costume, e quando raiou o dia seguiram viagem e ancoraram novamente naquela noite também, e no dia seguinte a comida acabou e
ele chegou num ancoradouro, numa cidade, não reparou bem
como se chamava, e arranjou um emprego. Era numa fazenda
de cana...

— Cana? — disse um dos condenados. — Pra que alguém
vai querer plantar cana? Cana se corta. A gente luta contra ela de
onde eu venho. Até queima pra se ver livre dela.

— Era de sorgo — disse o condenado alto.

— Sorgo? — disse outro. — Uma fazenda inteira só pra criar
sorgo? *Sorgo?* Que faziam com isso? — O condenado alto não
sabia. Não perguntou, só caminhou pela barragem, onde um caminhão aguardava cheio de negros e um branco que disse: —
Você aí. Sabe manejar um arado? — e o condenado respondeu:
— Sim — e o homem disse: — Pule pra dentro! — e o condenado disse: — Só que tenho uma...

— Isso — disse o condenado gordo. — Isso que eu queria
perguntar. O que você... — O rosto do condenado alto estava
sério, sua voz, calma, um pouco reticente:

— Eles tinham tendas pras pessoas morarem. Ficavam atrás.
— O condenado gordo piscou os olhos para ele.

— Pensaram que ela fosse sua mulher?

— Não sei. Acho que sim. — O gordo piscou o olho para ele.

— E ela não era sua mulher? De vez em quando, assim
como quem não quer nada? — O condenado alto não respondeu
de todo. Um momento depois ergueu o charuto e pareceu examinar algo solto no invólucro, pois após outro momento lambeu
o charuto com cuidado perto da ponta. — Muito bem — disse o
condenado gordo. — E depois? — Então ele trabalhou lá durante quatro dias. Não gostou. Talvez fosse por isso: talvez não pudesse mesmo botar fé naquilo que acreditava ser sorgo. Portanto,

quando lhe disseram que era sábado e lhe pagaram e o homem branco falou sobre alguém que ia para Baton Rouge no dia seguinte num barco a motor, ele foi ver esse homem e pegou os seis dólares que recebera e comprou comida e amarrou o bote atrás do barco a motor e foi para Baton Rouge. Não demorou muito e mesmo depois de deixarem o barco a motor em Baton Rouge, e de ele estar remando outra vez, pareceu ao condenado que o rio estava mais baixo e a corrente não tão rápida, tão forte, então atingiram uma velocidade razoável, ancorando à margem de noite entre os salgueiros, a mulher e o bebê dormindo no bote como se já um hábito antigo. Então a comida acabou de novo. Dessa vez se tratava de um cais para desembarcar lenha, a madeira empilhada e aguardando, uma carroça e os animais atrelados sendo aliviados de outra carga. Os homens com a carroça informaram-no sobre a serraria e o ajudaram a empurrar o bote ancoradouro acima; quiseram deixar o barco lá, mas ele não quis, de forma que o colocaram na carroça também, e ele e a mulher subiram na carroça também e foram para a serraria. Deram-lhes um quarto em uma casa para morar. Pagavam dois dólares por dia com direito a mobília. O trabalho era pesado. Ele gostava. Ficou lá oito dias.

— Se gostava tanto, por que se demitiu? — disse o gordo. O condenado alto examinou o charuto outra vez, segurando-o para cima onde a luz incidia sobre o rico flanco cor de chocolate.

— Me meti numa encrenca — disse ele.

— Que tipo de encrenca?

— Mulher. A mulher de um sujeito.

— Quer dizer que você ficou desfilando pra cima e pra baixo, durante um mês, por todo o estado, com uma zinha, e na primeira vez que tem a chance de parar e tomar fôlego você teve que se meter numa encrenca com outra? — O condenado alto havia pensado nisso. Lembrou: como houve ocasiões, segundos,

303

no princípio, em que se não fosse por causa da criança ele até teria tentado. Mas foram apenas segundos porque no minuto seguinte todo o seu ser parecia rechaçar essa possibilidade num misto de repulsa selvagem e horrorizada; ele se descobria olhando de longe para esse moedor cuja força e o poder do cego e irrisório Movimento o haviam amarrado, pensando, na verdade dizendo em voz alta, num ultraje áspero e selvagem, embora já tivessem decorrido dois anos desde que tivera uma mulher, uma negra desconhecida e não muito jovem, uma qualquer, uma vagabunda que ele apanhara mais ou menos por acaso num dos domingos de visitas, o homem — marido ou namorado — a quem ela viera visitar tendo sido baleado por um dos guardas condenados havia mais ou menos uma semana, e ela não ouvira falar disso: — Ela nem pra isso me serviu!

— Mas a outra você pegou, não foi? — disse o condenado gordo.

— Peguei — disse o alto. O gordo piscou o olho para ele.

— E foi bom?

— É sempre bom — disse um dos outros. — Bem? Continue. Quantas mais você teve no caminho de volta? Às vezes quando um cara consegue uma parece que tudo dá certo mesmo... — Isso foi tudo, o condenado disse a eles. Saíram depressa da serraria, ele não teve tempo de comprar comida até chegarem ao próximo embarcadouro. Lá gastou todos os dezesseis dólares que ganhara e seguiram viagem. O rio estava mais baixo agora, não havia dúvida, e dezesseis dólares de comida parecia uma grande quantidade e ele achou que talvez bastasse, fosse o suficiente. Mas talvez ainda houvesse mais correnteza no rio do que parecia. Mas dessa vez era no Mississippi, era algodão; os cabos do arado se encaixaram certos em suas mãos outra vez, o retesar e agachar das nádegas ágeis contra a lâmina central cavadora era o que ele conhecia, embora aqui só lhe pagassem um dólar por dia. Mas já deu. Ele contou: disseram-lhe que era sábado de novo e lhe pagaram e contou isto — noite, uma lanterna esfumada num disco de terra gasta e estéril tão macia quanto prata, um círculo de figuras agachadas, os importunos murmúrios e ejaculações, as parcas pilhas de notas gastas sob os joelhos dobrados, os cubos ponteados soando e rodando sobre a poeira; e já deu. — Quanto você ganhou? — disse o segundo condenado.

— O bastante — disse o condenado alto.

— Mas quanto?

— O bastante — disse o condenado alto. Era exatamente o bastante; deu todo o dinheiro ao dono do segundo barco a motor (ele não precisaria mais de comida), ele e a mulher na lancha então, o bote rebocado atrás, a mulher com o bebê e o embrulho enrolado em jornal no colo sob sua mão tranquila, em seu colo; quase imediatamente ele reconheceu, não Vicksburg, pois nunca vira Vicksburg, mas a arrumação debaixo da qual, na rumorosa onda de árvores e casas e animais mortos, ele havia disparado, acompanhado por trovões e relâmpagos havia um mês e três semanas; olhou-a uma vez sem calor, até sem interesse enquanto a lancha prosseguia. Mas agora começou a observar a margem, a barragem. Não sabia como iria reconhecê-la, mas sabia que isso aconteceria e realmente o momento chegou e ele disse ao dono da lancha: — Acho que aqui está bom.

— Aqui? — disse o dono da lancha. — Isto não me parece ser lugar nenhum.

— Mas acho que é aqui — disse o condenado. Portanto a lancha ancorou, o motor cessou, ela flutuou e encostou ao lado do embarcadouro e o dono soltou o bote.

— É melhor deixar eu levar você até algum lugar — disse ele. — Foi o que prometi.

— Acho que aqui está bem — disse o condenado. Então eles saltaram e ele parou com o cipó de parreira na mão enquanto a lancha roncou de novo e se afastou, já se curvando; ele não ficou assistindo. Depositou o embrulho no chão e amarrou o cipó numa raiz de um salgueiro, apanhou o embrulho e se voltou. Não disse palavra, galgou o embarcadouro, atravessou a marca, a linha da maré de antiga fúria, agora seca e sulcada, atravessada por fendas rasas e vazias como tolos e suplicantes sorrisos senis, e entrou num bosquete de salgueiros e tirou o macacão e a camisa que lhe haviam dado em New Orleans e os jogou fora sem sequer olhar onde caíram e abriu o embrulho e tirou as outras roupas, as conhecidas, as desejadas, as ligeiramente desbotadas, manchadas e gastas, mas limpas, identificáveis, e as vestiu e voltou para o bote e apanhou o remo. A mulher já estava no barco.

O condenado gordo continuava olhando para ele. — E aí você voltou — disse ele. — Bem, bem. — Agora todos observavam o condenado alto enquanto ele mordia a ponta do charuto com cuidado e com total deliberação e cuspia e lambia a macia e úmida parte mordida e tirou um fósforo do bolso e o examinou por um momento como se estivesse se certificando de que era um dos bons, digno do charuto talvez, e o raspou na coxa com a mesma deliberação — um movimento que se diria quase lento demais para acendê-lo — e o segurou até que a chama queimasse clara e sem enxofre, então encostou-o no charuto. O gordo o observava, piscando rápida e continuamente. — E lhe deram mais dez anos por fuga. Isso é mau. Um cara pode se acostumar com a primeira sentença que lhe dão, para começar não importa de quantos anos seja, até cento e noventa e nove anos. Mas dez anos mais. Dez anos mais, além de tudo. Quando não se esperava. Dez anos mais sem conviver na sociedade, sem companhia de mulher... — Ele piscava continuamente para o condenado alto. Mas ele (o condenado alto) havia pensado nisso também. Tivera uma namorada. Isto é, frequentara as cantorias da igreja e os piqueniques com ela — uma moça um ano e pouco mais jovem que ele, de pernas curtas, seios prontos e uma boca carnuda e olhos opacos como uvas maduras, possuidora de uma lata de farinha quase cheia de brincos e broches e anéis comprados (ou presenteados através de indiretas) em bazares chinfrins. Logo contou a ela seu plano, e houve ocasiões mais tarde quando, cismando, o pensamento lhe ocorreu que possivelmente se não fosse por ela na realidade ele não teria tentado — isto apenas um sentimento, não enunciado, uma vez que ele não poderia verbalizá-lo também: quem sabe que noivado tenebroso com Al Capone ela não havia sonhado como seu destino e fardo, que automóvel veloz cheio de vidros coloridos autênticos e metralhadoras, avançando os sinais de trânsito. Mas isso tudo era passado e acabado quando a ideia lhe ocorreu pela primeira vez, e no terceiro mês do seu encarceramento ela veio visitá-lo. Usava brincos e um ou dois braceletes que ele nunca vira antes e nunca ficou muito claro como chegara até tão longe de casa, e ela chorou violentamente nos três primeiros minutos, embora logo depois (e sem ele jamais saber também exatamente como se separaram ou como ela o conhecera) ele a viu em animada conversa com um dos guardas. Mas o beijou antes de partir aquela noite e disse que voltaria na primeira chance que tivesse, agarrando-se nele, suando um pouco, cheirando a perfume e carne macia de fêmea jovem, ligeiramente cheia de corpo. Mas não voltou, embora ele continuasse a lhe escrever, e sete meses depois ele recebeu uma resposta. Era um cartão-postal, uma litografia colorida de um hotel de Birmingham, um X infantil canhestramente traçado a tinta sobre uma das janelas, a pesada escrita no verso, inclinada e também primária: *É aqui que estamos passando nossa lua de mel. Sua amiga (sra.) Vernon Waldrip.*

O condenado gordo ficou parado piscando para o condenado alto, contínua e rapidamente. — Sim, senhor — disse ele. — São estes dez anos a mais que doem. Dez anos mais pra viver

307

sem mulher, nenhuma mulher que um sujeito alto queira... — Ele piscou contínua e rapidamente, observando o condenado alto. O outro não se moveu, esticado para trás como um canivete aberto entre os dois beliches, sério e limpo, o charuto queimando macia e luxuriosamente em sua mão firme e limpa, a fumaça anelando-se para o alto sobre o rosto saturnino, triste e tranquilo.

— Mais dez anos...

— F... as mulheres! — disse o condenado alto.

Sobre o autor

William Faulkner nasceu em 1897, em New Albany, Mississippi, em uma família tradicional e financeiramente decadente. Publicou seu primeiro romance, *Soldier's Pay*, em 1926, depois de uma breve temporada em Paris — onde frequentava o café favorito de James Joyce. Com o lançamento de *O som e a fúria*, em 1929, iniciou a fase mais consagradora de sua carreira, que culminou com o grande sucesso de *Palmeiras selvagens*, de 1939. Durante as décadas de 1930 e 1940, escreveu roteiros para Hollywood — "Compreendi recentemente o quanto escrever lixo e textos ordinários para o cinema corrompeu a minha escrita", anotaria em 1947. Em 1949 recebeu o prêmio Nobel de literatura. Morreu em 1962, vítima de um infarto, aos 64 anos.

ESTA OBRA FOI COMPOSTA PELA SPRESS EM ELECTRA E IMPRESSA EM OFSETE
PELA GEOGRÁFICA SOBRE PAPEL PÓLEN NATURAL DA SUZANO S.A.
PARA A EDITORA SCHWARCZ EM FEVEREIRO DE 2024

A marca FSC® é a garantia de que a madeira utilizada na fabricação do papel deste livro provém de florestas que foram gerenciadas de maneira ambientalmente correta, socialmente justa e economicamente viável, além de outras fontes de origem controlada.